Le nours

DU MÊME AUTEUR

Éditions Dervy
César l'éclaireur, 1990
Quand l'Ange s'en mêle, 1990 (avec Patricia Montaud)

Éditions Albin-Michel
Le testament de l'Ange, 1993

Éditions Dervy-Edit'As
César l'enchanteur, 1995

Éditions Edit'As
L'accompagnement de la naissance, 1997

ISBN 2-911591-02-X

BERNARD MONTAUD

Le nours

Éditions EDIT'AS
Les Perrots
26120 La Baume Cornillane

À Gitta

Chapitre 1

La rencontre

Pour mille raisons que seuls les petits enfants connaissent, c'était un dimanche. Ça c'est sûr ! D'abord parce que Jérémy avait dû mettre ses chaussures neuves, les rouges, celles des grands jours, celles qui font mal derrière. Les fameuses chaussures rouges avec lesquelles il est interdit de courir.

C'est impossible à comprendre, une chose pareille, pour une petite tête qui commence à peine sa visite sur terre et qui s'interroge sur tout ! Car ce sont des chaussures bien étranges, tout de même. Elles font des jolis pieds, mais quand on a des jolis pieds, voilà qu'on ne doit plus bouger ! Jérémy, en quête d'intelligence humaine, pensait que c'était à cause de leur couleur, certainement à cause de leur couleur, comme les feux sur la route : quand c'est rouge, il faut s'arrêter !

Et puis c'était un dimanche parce que Suzanne, sa maman, avait mis de la peinture brillante sur ses ongles. Avec cette peinture, elle en fait des choses, des choses tellement bizarres ! Elle secoue ses mains dans tous les sens, les doigts bien écartés, peut-être pour la faire tomber ? Et c'est toujours à ce moment-là qu'elle se met à tout ranger dans le salon, en continuant à agiter les bras. A cet instant, il ne faut plus un seul jouet qui traîne, et comme elle ne peut pas les toucher, c'est encore Jérémy qui doit tout ranger. Ensuite, il faut que les chaises soient bien alignées autour de la table. Il est strictement interdit de les pousser d'un millimètre à côté. Même les franges du tapis, on doit les enjamber, pour ne pas les décoiffer. C'est ça un vrai dimanche : maman qui secoue ses mains et qui range tout avec les pieds ! Et il n'y a jamais personne pour vous l'expliquer.

Mais le dimanche, c'est aussi papa installé devant la télé, ou bien le nez dans son journal, ou encore sur le canapé, les yeux fermés. Chut, papa fait la sieste ! Alors là, au moindre bruit on se fait gronder. Au moindre bruit on se retrouve obligé de faire la sieste aussi. Le dimanche, c'est vraiment le jour des grands, le jour où les petits doivent s'amuser tout propres et en cachette. En voilà une chose compliquée !

Ce dimanche-là, Jérémy était loin de se douter qu'une aventure incroyable allait lui arriver. Il faisait tellement gris tout partout. Comme d'habitude, maman avait bien rangé. Mais curieusement, papa avait gardé sa cravate pour faire la sieste, les yeux ouverts.
Chose rare, Suzanne avait sorti les belles tasses et les belles assiettes, celles que l'on ne doit même pas approcher... inutile d'essayer. C'est en suivant sa maman dans la cuisine que Jérémy apprit la bonne nouvelle, à cause de la tarte aux pommes toute chaude qui sortait du four.

« Y a des gens qui doivent venir », avait-il compris, intrigué. C'est même des gens très particuliers, qui mangent les gâteaux que Jérémy ne peut que regarder. C'est des gens seulement pour les papas et les mamans, c'est des gens seulement pour parler, qui s'appellent : les zinvités !

Suzanne avait insisté, en brandissant son doigt pointé : « Avec les invités, il faut être bien sage. Tu as entendu, Jérémy ? Bien sage ! »

Après l'effervescence des préparatifs, ce fut l'attente, une si longue attente, baignée dans une odeur de tarte aux pommes, avec un Jérémy bien peigné, bien habillé. Même le silence devient pesant quand on est soudain le seul à bouger, sous le feu croisé des regards de papa et maman. Alors là, il faut être sur ses gardes, car le moindre geste peut être un danger. On fait trois fois rien, et cela devient une bêtise.

Allez savoir l'étrange limite du « bien sage »... C'est un truc qui change tout le temps, selon les circonstances. Un jour on peut courir, et l'autre non ! Jérémy en était là, testant le « bien sage » du moment. Il avait été installé devant la grande table avec seulement deux voitures pour faire « broum broum » au milieu des napperons brodés.
Et voilà, il venait de faire une bêtise ! Car c'est interdit de balancer les pieds sur les belles chaises de la salle à manger. Dans ce bien sage-là, même les pieds ça compte ! Alors imaginez le reste !

Et pourtant, c'est rudement drôle les courses que l'on peut faire avec seulement deux voitures ! Les grandes courses folles entre les méchants et les gentils, les grands accidents qui tuent les bandits, et les grands virages à toute vitesse ! Mais sur une table c'est beaucoup trop petit. Et puis il y a les napperons, les chaussures rouges, la sieste les yeux ouverts, la tarte aux pommes et les zinvités. Cela faisait trop de choses à surveiller pour que dans l'histoire, Jérémy se retrouve pour de vrai au volant comme un grand justicier. Très vite, il commença à s'ennuyer. Surtout en apercevant le gros camion de pompiers avec lequel il pouvait d'habitude traverser le couloir en hurlant.

Jérémy en était précisément là de ses tourments, partagé entre l'envie d'un énorme « pin-pou » et la nécessité impérieuse de rester propre et gentil, s'il voulait plaire à sa maman.

C'est alors que des pas résonnèrent dans l'escalier. D'un seul coup d'un seul, tout ce petit monde jusque-là paisible bascula dans une agitation effrénée. Suzanne se mit à courir dans tous les sens, tapotant un coussin, déplaçant un bibelot, sans oublier d'enjamber les franges du tapis. En passant devant la glace elle vérifia même sa coiffure en s'écriant :

– Allez, allez Jérémy, viens dire bonjour à monsieur et madame Carpentier !

Le père de Jérémy tardait à se lever. Mais il quitta très vite le canapé au moment où Suzanne lui fit les gros yeux. Lui aussi, il devait aller dire bonjour à monsieur et madame Carpentier.

– Robert, ta cravate ! lança Suzanne en se précipitant dans le couloir.

Devant la porte, ce furent les dernières retouches : un pli de la robe de maman, le col de chemise de papa, et les cheveux de Jérémy. L'instant allait atteindre une tension insoutenable quand soudain la sonnette se mit à retentir.
Enfin maman se décida à ouvrir, chaussée d'un sourire de circonstance, un de ces drôles de sourires qui en vérité ne rigolent pas du tout.

Debout dans l'entrée, tout le monde se congratula : effusions de mains, profusion de mots et plein de petits gloussements, le tout baigné dans le parfum capiteux de madame Carpentier détrônant celui de la tarte aux pommes.
Jérémy se tordait le cou en essayant de comprendre tout ce qui se déroulait un mètre au dessus de sa tête. Il s'en

passait des choses là-haut : des yeux bizarres, des bouches tordues, des cris comme quand on a peur. Et puis ils parlaient tous en même temps, très fort, mais sans se disputer.
« Ah ! tiens, le gros monsieur Carpentier, il a amené des gâteaux !... Hum, c'est bon les gâteaux », se délecta d'avance Jérémy en reconnaissant le carton.
Oh ! et la dame elle a... elle a un nounours blanc ! Elle est gentille, cette dame, de promener son nounours. Jérémy aussi, il va parfois au jardin public pour se promener avec sa maman.
Il fut rassuré : les zinvités c'étaient des gentils, pas du tout des méchants. On n'a jamais vu un méchant promener son nounours blanc !

Au milieu de toutes ces salutations en bonne et due forme, Suzanne lança fièrement en se tournant vers son fils :

– Et voilà notre petit Jérémy ! Allez dis bonjour, Jérémy ! Si, si, j'insiste ! Tu sais, madame Carpentier a aussi un garçon, mais il est bien plus grand que toi.

Alors, sous l'avalanche des commentaires concernant sa taille, Jérémy se dressa sur la pointe des pieds. Ensuite il tendit la joue, pour faire bien comme il faut. Et là, il attendit qu'elles aient fini de parler de sa santé. Parfois, on attend longtemps, très longtemps !

– Oh ! qu'il est mignon ! qu'il est gentil ! s'exclama madame Carpentier en lui tapotant la tête et en le décoiffant un peu, sans même l'embrasser.

« C'était bien la peine de me peigner », pensa Jérémy en redescendant sur ses talons.
Il en était sûr : elle l'avait à peine regardé. On les sent, ces choses-là, ça ne s'explique pas. Et pourtant, il aurait tant aimé se faire un peu remarquer.

– Eh ben, Jérémy y va au jardin, et y joue au sable avec sa maman ! se risqua-t-il à dire pour signifier que, lui aussi, il allait parfois se promener comme le nounours de la dame.

Mais personne ne releva sa réflexion pourtant si pertinente. Un mètre sous les grands, c'était vraiment un autre monde, où Jérémy dut se résoudre à seulement encombrer le passage.
Passé le rituel des premières civilités, monsieur et madame Carpentier se déshabillèrent enfin. Par commodité, Suzanne les soulagea de l'ours et des petits gâteaux, pendant que Robert s'affairait à suspendre les manteaux dans le placard.

– Comme c'est gentil d'avoir apporté des gâteaux. Il ne fallait pas ! Je vais vite les mettre dans le frigo, s'écria Suzanne en s'éloignant vers la cuisine.

En passant devant la commode de l'entrée, elle posa négligemment le nounours tout en continuant sa route sans même interrompre la conversation.
Pendant ce temps, sous la conduite de Robert, les invités passèrent au salon, sans penser un seul instant ni au petit ours blanc, ni même à Jérémy.

« Et moi qui croyais qu'elle l'aimait, son nounours, pensa Jérémy surpris. Pourquoi elle a amené son nounours si elle veut pas nous le montrer ? Moi j'aurais joué avec, il se serait pas ennuyé. »
Il en restait perplexe, figé dans le couloir. Plus rien au monde ne pouvait exister. Debout au beau milieu de l'entrée, il roulait ses yeux inquiets de la commode au salon, et puis du salon à la commode, l'air de dire : « Et alors, vous n'avez rien oublié ? »
C'est incroyable quand même, une chose pareille ! Ils ont laissé le nounours... un nounours tout blanc couché sur le côté, déjà abandonné.
Et s'il est malade ? Hein, s'il est malade ! Qui va le soigner ?

En ressortant de la cuisine, Suzanne vint éteindre le couloir machinalement, sans même s'apercevoir du drame qui se jouait.
Jérémy était prostré dans la semi-obscurité. Maintenant il avait un orphelin sur les bras, et peut-être même un orphelin malade, couché sur le côté. « Et s'il avait peur du noir ? songea soudain son sauveur de circonstance. Ce nounours, il est tout seul, le pauvre, tout seul et dans le noir. » Et petit à petit la détresse du nounours parvint jusqu'à Jérémy.

Un nounours oublié, c'est fou comme cela fait mal, surtout si on lui ressemble un peu. Plus on y pense, et plus on le sent qu'il est petit et tout seul, si petit et tellement seul. D'ailleurs Jérémy, lui aussi, était petit : il ne pouvait même pas l'attraper sur la commode pour le prendre dans ses bras, pour le réconforter. Même en sautant, il ne pouvait pas y arriver.
Alors il s'arma d'un grand courage. Il fallait le sauver, ce nounours, le sauver à tout prix. Il fonça tête baissée dans le salon, fermement décidé à se faire entendre, fermement décidé à réparer cette injustice.
Ah ! mais on ne laisse pas un nounours comme ça !
Il n'en est pas question !
D'abord, il est à qui ce nounours, hein !
Qui c'est, la vilaine maman qui a abandonné ce tout petit nounours ?

Il s'en passe, des choses, dans une tête de petit garçon, en quelques secondes, le temps de traverser un couloir. Il se passe des vrais soucis, des colères terribles et des douleurs incroyables. Mais ce sont des pensées si pures que c'est d'une tout autre langue qu'il s'agit.
Plus tard, penser et vivre deviendront deux choses différentes, mais à cet âge-là c'est encore une seule et même chose. A cet âge-là on chavire corps et âme sur une simple idée.

Là-bas, tout là-bas dans le salon, c'était en fait une autre planète. Confortablement assis dans leurs fauteuils en face du canapé, monsieur et madame Carpentier gloussaient de rire en écoutant les bonnes histoires de Robert.
Jérémy débaroula en trombe, la tête la première, la tête pleine à craquer. « D'abord, c'est pas une maman, la dame ! C'est une vilaine, voilà ! C'est une méchante, et moi je vais lui dire, voilà ! »

Jérémy chercha des yeux le fauteuil de l'accusée. Et il vint se planter juste en face de la désormais odieuse madame Carpentier.
Alors qu'il se préparait à tendre le bras en direction de l'entrée, pour lui rappeler qu'un nounours en peluche y était abandonné, il fut coupé net dans son élan par sa maman, pour une histoire de chemise qui sortait de son pantalon.

Quel gâchis ! Il s'était élancé tel un Géant vengeur et il se retrouvait comme un nain, totalement ignoré dans sa grandeur... totalement nié.
En effet, tout en le rhabillant prestement, Suzanne le harcelait de questions comme si elle s'adressait à un tout petit.
Non, il n'en voulait pas du gâteau !
Non, il n'avait pas soif !
Non, non et non, il n'avait pas trop chaud !
D'abord un Géant ça n'a pas soif, ça ne veut pas de gâteau et ça n'a pas trop chaud, quand il s'agit de sauver un nounours.
Il aurait voulu dire que...
C'est vraiment agaçant à la fin, ces grands qui parlent toujours d'autre chose. Ils sont là, juste en face, ils s'adressent à vous mais ils regardent quelqu'un d'autre : non pas un sauveur de nounours, mais un petit Jérémy.
Et voilà, on se retrouve tout petit, si petit qu'il est inutile de leur dire quoi que ce soit, tellement c'est une autre langue.

« Y a un nounours sur la commode, quand même ! Je l'ai pas inventé. Moi, je vous dis qu'il va pleurer », aurait-il voulu crier.

Deux fois il leva le bras en direction du couloir, mais rien à faire. Deux fois il fit les gros yeux, ceux que l'on sait faire à cet âge-là, et il les planta dans le cœur de madame Carpentier. Toujours rien ! Impossible d'attirer leur attention, impossible de placer le moindre mot. Eux, ils étaient ailleurs, dans d'autres gravités.

– Oh ! Georgette si tu savais ! Il a toussé tout le printemps, se plaignait Suzanne en mal de reconnaissance.
– Oh, ma pauvre ! répondait en écho madame Carpentier, sur un ton compassé.
– Il a fallu que je me lève presque toutes les nuits, tu te rends compte ?
– Et le médecin, qu'est-ce qu'il en dit ?

Jérémy n'en croyait pas ses oreilles. Que c'était dur d'avoir été un Géant et de finir dans la peau d'un nain... d'un nain malade, de surcroît persécuteur nocturne d'une gentille maman.
Alors il se renfrogna. C'était trop difficile à vivre : on parlait de lui comme s'il était important, mais en même temps personne ne le voyait vraiment, personne ne voulait l'entendre.
Debout entre les fauteuils et le canapé, il sentit sa tête lui échapper. Elle cherchait déjà à toute vitesse comment il pourrait faire pour se venger. C'était une question de survie, tout simplement parce qu'il est insupportable à cet âge de ne pas exister à ce point. Il le savait, il le sentait venir, c'était plus fort que lui : le Jérémy bien sage, c'était fini ! Il allait devenir polisson. Il lui fallait franchir cette frontière invisible où l'on fait une bêtise, juste pour être regardé.

C'est tout un art la bêtise. Il faut savoir la cibler, surprendre les grands en plein cœur. C'est parfois le seul moyen de parler la même langue qu'eux, quand on veut les rejoindre.
Alors la rumeur enfla dans sa tête. Avec l'œil d'un chirurgien il scruta l'ambiance, le scalpel à la main. L'incision serait courte, mais elle devait faire mal, secouer tout ce beau monde. A cet âge on voit tout quand on en a besoin, et on sait précisément les points sensibles qu'il faut entailler.

Le gentil Jérémy, c'était fini, il allait faire une grosse bêtise. Alors, comme ça, sans raison apparente pour le monde des grands, mais avec l'assentiment intime du monde des petits, campé sur ses deux jambes, le nain malade s'écria soudain :

– Eh ben elle est vilaine la dame ! Elle a un gros nez, voilà !

Bien sûr, tout bascula : seconde éternelle où l'enfance déguste son pouvoir. Vertige infini de sentir les grands ramper jusqu'à ses pieds. Comme il est bon, cet instant de la grosse bêtise, comme il est court aussi !
Évidemment, ils s'arrêtèrent de parler sur-le-champ. Il y eut même un drôle de petit silence gêné, où chacun essayait de trouver dans son fauteuil une position lui redonnant un peu de dignité. Ils se guettaient les uns les autres, cherchant à savoir qui allait répondre à cette infamie. Comme c'est bon pour l'enfance, tous ces nains très âgés !

Voilà, c'était gagné ! Cette fois-ci, Jérémy avait été entendu. Et forcément il était un peu grisé par tant de pouvoir, après avoir été si longtemps ignoré. Maintenant qu'ils écoutaient, il allait pouvoir leur dire au sujet du nounours et de sa vilaine maman :

– Elle est vilaine la dame, parce que le...

Eh bien non, il lui fut impossible de terminer, car la seconde éternelle prit fin à cet instant. C'est si court, une éternité !

Suzanne se redressa menaçante, et elle s'écria soudain :

– Mais qu'est-ce que tu dis, Jérémy ? Qu'est-ce que tu dis ? Oh ! Georgette, excuse-le, il fait son intéressant.
  Jérémy, tu es un vilain ! Va jouer dans ta chambre, je ne veux plus te voir.
– Mais qu'est-ce que c'est que ces manières ? ajouta Robert en emboîtant le pas à son épouse. Allez, file dans ta chambre ! Allez, plus vite que ça !

Jérémy, dépité, vaincu, quitta le salon la tête basse en traînant les pieds. Là-bas, la vilaine madame Carpentier essayait de minimiser le drame. Quand Jérémy arriva dans le couloir, ils avaient déjà repris leur conversation.

Brusquement, il eut une idée, une idée fantastique lui redonnant espoir : peut-être avait-il grandi depuis tout à l'heure ? Peut-être allait-il pouvoir sauver ce pauvre nounours ?

Il retourna dans l'entrée. En s'avançant vers la commode, il lui sembla que... oui, il lui sembla bien qu'il avait grandi. Mais il eut beau s'y reprendre à deux fois, puis trois, puis quatre, en tirant sur ses bras avec toute la force de son désespoir, il n'y avait rien à faire. Cette maudite commode était encore trop haute pour lui.

Soudain, il crut entendre une plainte, un gémissement. Et puis de nouveau le silence.

Il en fut sidéré. A cet âge on ne se demande jamais si l'on a rêvé, car entre le rêve et la réalité il n'y a pas encore de différence. A cet âge, tout ce qui arrive est vrai. Voilà pourquoi Jérémy se mit à écouter de toutes ses oreilles, et de toute son immobilité.

Une nouvelle fois, il entendit gémir. Forcément, il en avait tellement besoin. Puis le gémissement s'amplifia.

Alors là, c'était trop ! Il l'avait bien dit, que le nounours allait pleurer. Il l'avait bien dit qu'il ne faut pas abandonner les nounours blancs.
Il se précipita une nouvelle fois dans le salon. Il avait son idée : sa maman, sa maman à lui, elle allait l'aider, c'était sûr.
Après tout, Jérémy, il avait une vraie maman : une maman gentille. Rien à voir avec la dame au gros nez qui laisse les nounours dans le noir. Jérémy, lui, il avait une maman qui vient quand les enfants commencent à pleurer.

– Maman... Mamaaaan ! s'écria Jérémy très pressé.
– Tu es un vilain. Je ne veux plus t'entendre. Va jouer dans ta chambre.

Elle se leva même, le bras et le doigt tendus pour indiquer la direction. Il était inutile d'insister. Oh mon Dieu, même elle... même elle ne voulait rien entendre !
Jérémy tourna sur ses talons, la tête pleine de vrais soucis.
Les grands sont parfois si loin qu'ils ne savent pas la terrible solitude des enfants qui ne peuvent même pas en pleurer.

C'est au moment où il allait s'engager dans le couloir qu'il se produisit quelque chose de tout à fait extraordinaire. Jérémy entendit soudain une toute petite voix, douce comme la confiture à la rhubarbe de mamie Vette, une sorte de mélodie sucrée s'infiltrant goutte à goutte par tous les pores de sa peau. C'était une chose incroyable, une chose que l'on n'entend pas avec les oreilles, mais que l'on écoute avec tout son corps.

– Coucou, Jérémy, coucou !
Coucou, mon Coucoulou !

Ça alors ! Non, il n'avait pas rêvé. Il en était sûr, l'ours avait bien parlé. Par tous les pores de sa peau il le savait, comme si du miel flottait dans l'air.

Soudain, il fut intimidé, très intimidé, tortillant sa chemise entre ses doigts jusqu'à la faire sortir du pantalon. Vous ne savez plus, vous les grands, ce que cela fait d'entendre un nounours parler !
Bien sûr, il est en peluche ! Mais qu'est-ce que cela change ? Puisqu'il parle !
Même que ses mots sont des caresses profondes, qui viennent se poser juste là où l'on manque de tout. Ce sont des mots calinoux, au point que l'on se sent retrouvé. Ce sont des mots, et en même temps ce ne sont pas des mots. Juste une musique comme des bras ouverts. On tombe dedans, on est enfin aimé.
Ah !... qui se souvient de ce frisson ? De ce frisson dont on ne peut jamais parler...

– Coucou, Jérémy, coucou ! répéta l'ours un peu plus fort.
– C'est toi, le Nours ? répondit Jérémy, juste pour dire quelque chose.

Cette voix, oh, cette voix ! Il aurait voulu que jamais ça ne s'arrête. Il ne l'avait jamais entendue et pourtant il la reconnaissait, cette voix toute chaude qui venait le cueillir au sommet de sa solitude. N'est-ce pas toujours ainsi, pour qu'elle apparaisse ? L'enfance possède un pouvoir : celui de la vraie douleur, toujours authentique. Voilà pourquoi les nounours se mettent à parler ! Plus tard, cela devient si compliqué !

Brusquement, là dans l'entrée, au beau milieu d'un dimanche d'automne, on en est sûr : par une étrange alchimie, c'est la même chaleur que dans le ventre de maman. C'est la même, exactement la même ! Voilà pourquoi on la reconnaît. Il ne faut pas chercher à comprendre, surtout pas, l'intelligence ne peut rien avec ces choses-là. L'intelligence, cela sert seulement à séparer le dedans et le dehors. Mais là, c'est un autre monde, celui des nounours, celui de la voix qui câline, où le dehors et le dedans n'existent pas encore.

Alors, seulement alors, c'est la magie qui commence. Tout ce que l'on veut entendre, on l'entend. Il suffit de prêter l'oreille. Tiens ! c'est même pour ça que l'on est soudain si timide. Pour ça que l'on met ses doigts dans sa bouche en tortillant une mèche de cheveux, comme un bébé surpris de sa propre découverte, surpris de son incroyable pouvoir.

Et ce n'est pas parce qu'ils parlent que les nounours sont extraordinaires ! Mais parce que cette voix, seuls les enfants n'ont rien à faire pour l'entendre. Ils se souviennent et cela suffit. Ils se souviennent d'une chaleur qui fait du bien, et puis voilà, soudain « ça » parle dans un nounours. Comme tout cela est magique ! Comme il suffit de peu, de rien, pour enchanter un instant. Mais les grands en sont si loin.

– Coucoulou, coucou ! murmura l'ours dans la pénombre.

Jérémy se laissa imbiber par la substance des mots, tortillant sa mèche, les yeux écarquillés. Pour rien au monde, il n'aurait bougé.

– Coucoulou, mon petit Coucoulou !

Ah ! cette douce chaleur qu'il avait fallu quitter ! Cette communion qu'il avait dû perdre pour naître. Il esquissa un sourire, au moment de glisser le pouce dans sa bouche à la place des autres doigts. Sur terre, les câlins, c'est jamais assez. Sur terre, les bisous, c'est toujours à côté. Mais là, au milieu du couloir, tout est soudain comblé.

– Coucoulou, mon petit Coucoulou Moucoulou !

Voyez-vous, quand on est petit, il suffit d'un nounours pour se rappeler les chaleurs d'où l'on vient. Voyez-vous, quand on est petit, on ferait n'importe quoi pour retrouver la grande étreinte perdue, le vrai corps à corps. Voyez-vous, quand on est petit, c'est parce que l'on ne fait rien, que cela revient... Et c'est tout un art de ne rien faire, rien vouloir, seulement se laisser surprendre.

Quelle magie ordinaire : sur la commode du couloir, il y a un ours qui parle avec des mots-bisous. Et cela tombe bien, Jérémy en avait si faim.

Soudain il eut peur que le charme se rompe, peur que le petit ours se sente abandonné par la vilaine dame au gros nez.

– Dis, Nours, t'es pas triste ?
Jérémy, y t'aime tu sais.

A cet âge-là, on ne sait pas encore très bien parler avec les hommes, mais on parle si bien avec les nounours.

– Mais non, mon petit Coucoulou, je ne suis pas triste ! Puisque tu es là.

Soudain Jérémy se sentit important, très important. C'était même la première fois qu'il était si important. Personne avant ce Nours n'avait eu autant besoin de Jérémy. Car c'était Jérémy qui faisait vivre ce Nours, Jérémy tout seul !

Il n'y avait que Jérémy qui savait l'entendre. Et d'ailleurs, pour qu'un nounours parle, il faut toujours un petit garçon qui écoute. Un petit garçon qui y croit, bien sûr ! Comme si la foi suffisait pour faire parler le silence.

En s'asseyant au milieu du couloir, Jérémy se demanda si Nours n'avait pas bougé. De toute la force de ses yeux, il se tendit vers lui, en essayant de percer l'obscurité.

Étrange scène pour des regards adultes, que ce petit bonhomme suspendu corps et âme à cette intense présence en peluche.

Je crois bien que nous avons tout oublié de ce premier amour, quand il est encore si facile d'écouter le silence-qui-parle ! Mon Dieu, qu'avons-nous donc fait au silence, pour qu'ensuite il nous abandonne ? Peut-être avons-nous seulement oublié de nous asseoir au milieu de tous nos couloirs ?

– Tu sais Nours, ta maman, eh ben, elle a un gros nez. Elle est vilaine ! lança Jérémy pour entrer en intimité avec son nouvel ami, mais aussi pour vérifier si avec les nounours c'est encore une bêtise de dire ces choses-là.
– Ah oui, tu crois ? Elle a un gros nez, mon Coucoulou ? Un si gros nez que ça ? Mais alors, c'est une maman-clown !

Une maman-clown, une maman-clown ! Alors ça, Jérémy n'y avait pas pensé. D'abord parce qu'il ne la trouvait pas drôle du tout cette maman, mais alors pas du tout. Et puis son nez n'était pas rouge comme celui des clowns. Quand même, Jérémy, il avait déjà vu des clowns ! Et les clowns, c'est fait pour rigoler, c'est pas fait pour gronder !

– Elle est clown, ta maman, Nours ? Non, elle est pas clown, elle a les yeux qui grondent, répondit Jérémy, très sûr de son argumentation.
– Mon petit Coucoulou, mon tout petit Coucoulou ! Les yeux qui grondent, c'est pour semblant. Les grands, vois-tu, ils ont des yeux méchants parce qu'ils ont perdu les yeux gentils.
– Perdu ! Y z'ont perdu les yeux gentils ? répéta Jérémy, franchement perplexe.

« C'est incroyable cette histoire ! pensa-t-il. Perdre ses yeux gentils ! » Comment pouvait-on perdre ses yeux gentils ? Bon d'accord, souvent Jérémy perdait quelque chose sous le lit, mais les yeux gentils, ça alors !
Pourtant, Nours devait avoir raison, car sinon comment expliquer toutes ces grimaces que font les grands pour

un oui ou pour un non, surtout le matin au petit déjeuner quand ils vont travailler ?

– Dis Nours, pourquoi elle a perdu ses yeux gentils, ta maman ?
– Oh ! mon Coucoulou, mais parce qu'elle ne sait plus faire les mimis. Plus du tout. Alors plus personne ne lui fait de bisous. Tu te rends compte, plus personne !
  Et pfitt, les yeux gentils, ils sont tombés !
– Y sont tombés ! ! ! répéta Jérémy, ahuri d'une telle découverte. Y sont tombés où, Nours, les yeux de ta maman ?
– Mais mon Coucoulou, ils sont tombés dans le fond de la tête, tout au fond, à force de la secouer en disant toujours « non ». Pfitt, disparus, partis, les yeux gentils !

Quelle drôle d'histoire quand même ! Des yeux qui tombent tout au fond de la tête parce qu'on dit toujours non et parce qu'on ne sait pas faire les mimis !
Jérémy osa à peine bouger sa tête, il eut même un peu peur pour ses yeux gentils à lui en repensant à tous les « non » qu'il disait tout le temps, surtout quand il fallait manger des haricots verts. Mais c'était bien vrai, Nours avait raison : madame Carpentier ne savait pas faire les mimis, elle décoiffait les cheveux, c'est tout !

Jérémy se sentit heureux. Un bonheur qui ne s'explique pas. Comme s'il comprenait enfin les choses, toutes les choses. Personne, avant Nours, ne lui avait expliqué des choses aussi graves. Car c'est très grave les yeux qui tombent dans la tête. Et pourtant, avec Nours, même le grave devenait joyeux. De tout cela, il ne restait qu'un jeu, un grand jeu. Et justement ! Jérémy venait d'avoir une idée :

– Dis Nours, à quoi on joue ? demanda-t-il, subitement mis en appétit par ces simples mots.

D'ailleurs quand un enfant va jouer, c'est toujours sacré. Et ça, par bonheur, les nounours le savent bien. Le jeu, c'est le sacré de l'enfance, un sacré sur mesure, une clef ouvrant sur un autre monde. Heureusement que nous avons l'enfance pour nous éduquer à ce frisson mystérieux ! Le jeu c'est de la vitamine C, comme Céleste. C'est une messe si ordinaire que plus tard il faudra des églises pour essayer d'en retrouver le goût, ou bien alors le perdre à jamais. Le jeu ! voilà le maître mot de toute initiation bien comprise, et Jérémy se sentait prêt à tout.

Sur la commode, Nours avait bougé. Cette fois-ci, Jérémy en était certain. Forcément, depuis le temps qu'il était là-haut immobile, ses jambes devaient lui piquer de partout.

– Dis Nours, à quoi on joue ? A quoi on joue ? insista Jérémy.
– Tiens ! J'ai une idée, mon Coucoulou !
Je vais t'apprendre un grand, un très grand pouvoir magique.
– Oh oui, Nours, un magique... un magique !
C'est quoi un magique, Nours ?
– Mon Coucoulou, mais tu n'y connais rien !
Tu ne sais pas ce que c'est qu'un pouvoir magique ?

Jérémy n'osa pas dire « non », et surtout pas secouer la tête de peur de faire tomber ses yeux gentils. Il s'agita sur ses fesses, car à lui aussi les jambes lui piquaient.

– Alors écoute bien !
Tu dis : Abracadabra coucoulou moucoulou !
Et hop, ça suffit, les yeux méchants deviennent des yeux gentils. C'est simple, non !
– Bradabra couloulou ! s'entraînait déjà Jérémy.
– Tu te rends compte, mon Coucoulou !
Tu vas pouvoir aider les grands à retrouver leurs yeux gentils. Aider les grands, tu te rends compte !
Alors, veux-tu être un grand magicien ?

– Cabrabra coucoulou ! continuait à répéter Jérémy trouvant ces mots amusants.
Oh ! oui, Nours, un magique... je veux être un grand magique.

Jérémy ouvrait des yeux comme des soucoupes. Il frétillait sur place d'impatience. Non mais, vous imaginez ! Aller chercher tout au fond de la tête des grands, les yeux gentils qu'ils ont fait tomber, ça c'est quelque chose !
A force de répéter « cadabra couloulou », c'était devenu une petite musique impossible à oublier, qu'il se mit à chantonner tout doucement.

– Cadabra couloulou, cadabra couloulou, cadabra...
– Oh ! c'est bien, mon Coucoulou, maintenant tu connais les mots magiques. Alors approche-toi ! Viens plus près. Je vais te confier un secret, un grand secret de magicien. Je vais te dire comment il faut faire avec les mots magiques !

Jérémy se leva. L'heure était initiatique. Il allait être un grand magique. Il s'approcha de la commode à petits pas, l'air grave, les doigts de nouveau dans la bouche comme pour se donner du courage. De plus près, Nours était encore plus impressionnant. « Ça alors, avec Nours, les jeux, c'est des vrais jeux ! » pensa-t-il.

– Eh bien voilà, mon petit Coucoulou, murmura à voix basse le nounours, tu vas aller dans le salon.
Et là, tu regarderas bien les yeux des grands. Si par hasard, tu aperçois quelqu'un avec des yeux méchants, alors très vite tu iras lui faire un mimi magique, et tu lui diras abracadabra coucoulou moucoulou...
– C'est quoi un mimi magique, Nours ? demanda Jérémy inquiet tant il ne connaissait que les simples mimis.
– Mon Coucoulou, c'est un bisou qui fait du bruit sur la joue. Plus tu fais du bruit, et plus tu fais

remonter les yeux gentils. Regarde bien, et tu verras : et un, et deux, et trois, et les yeux gentils seront là.

Jérémy n'en revenait pas. Lui, Jérémy Luguet, il allait être un vrai magique, un vrai de vrai ! Il allait recoller les yeux gentils sur la tête des grands. Il ne fallait rien oublier : d'abord le bisou qui fait du bruit, et puis les mots magiques, et un, et deux, et trois, les yeux gentils seront là.

A pas de loup, fort de cette grande mission, il se mit en route vers le salon. Maintenant il avait mis un doigt sur sa bouche, comme pour se rappeler que c'était un secret. Bien sûr, là-bas, ils discutaient encore, tout en grignotant les gâteaux. Robert parlait de la terre mourant sous les engrais et les pesticides, pendant que Suzanne évoquait les dernières vacances passées dans le Midi. Personne ne remarqua l'entrée curieuse de Jérémy qui, tel un Indien sioux, marchait sur des œufs, avec son doigt sur la bouche.

– Le pire, reprenait Robert, ce sont les élevages de porcs. Ils vont tuer la Bretagne.

– Ah ! ne m'en parlez pas, explosa monsieur Carpentier. Nous avons une petite maison en Bretagne. Eh bien, c'est scandaleux, on ne peut même pas boire l'eau du robinet ! Vous vous rendez compte ? poursuivit-il l'œil en colère, très en colère.

Jérémy, aux aguets depuis quelques instants, ne fit ni une ni deux. Il en était certain, ces yeux-là, c'étaient bien des yeux méchants. Alors il grimpa sur les genoux du gros monsieur Carpentier, totalement surpris, et avant même que celui-ci ne comprenne ce qui lui arrivait, Jérémy s'écria :

– Dacabra couloulou !

L'assistance resta médusée. Tout avait été si vite. De plus, personne n'avait rien compris au charabia de

Jérémy. Chacun ouvrait encore de grands yeux quand le grand magique fit son retentissant bisou sur la joue de monsieur Carpentier.
Ah là là, il fallait voir ça ! Jérémy tomba en arrêt sous le nez du gros monsieur, à quelques centimètres de son visage, guettant et un, et deux, et trois, la remontée des yeux gentils.

Il n'eut pas beaucoup à attendre. Car sous le choc de la surprise, le gros monsieur ne tarda pas à craquer, en tapotant la joue toute proche de notre petit héros.

– Ça y est, ça y est ! s'écria Jérémy en sautant sur ses genoux. J'ai recollé tes yeux gentils... j'ai recollé tes yeux gentils, se mit-il à chantonner à tue-tête.

Bien évidemment, tout le monde se mit à rire, sans vraiment comprendre ce qui arrivait. Il ne fallait pas trop en demander. Après l'épisode du gros nez, pour les grands, le bisou tombait bien. Chacun y trouvait son compte, et Jérémy devint le roi d'un instant.

Alors ça, il en était stupéfait : ça marchait ! Ça marchait le grand magique ! En jetant un rapide coup d'œil circulaire, il découvrit que Robert, Suzanne et même la maman-clown avaient retrouvé leurs yeux gentils.
Nours avait raison. Quel Nours alors ! Maintenant Jérémy était un vrai magique. Il n'y avait plus de doute. Il possédait le seul pouvoir que donnent les vrais chemins initiatiques, celui après lequel tout le monde court bien plus tard : le mimi qui rend vivant, quand embrasser suffit pour faire éclore la force du printemps dans l'homme.

– Jé-ré-my est un magique... Jé-ré-my est un magique ! Nananaire ! se mit-il à chantonner en quittant le salon.

En revenant près de Nours, Jérémy était radieux, vivant parmi les vivants. Forcément, quand on y songe, il

venait d'être printemps pour les yeux des grands. Et ces choses-là, ça laisse des traces, une sorte de certitude de ce que l'on pourrait être.
Fier de lui, il raconta toute l'histoire à Nours, sans rien oublier.

– Hein, Nours, je suis un grand magique maintenant ?
– Oh oui, mon petit Coucoulou !
Tu es un vrai grand magique.
Et sais-tu ? Chaque fois que tu feras un bisou qui fait du bruit, eh bien, tu verras remonter les yeux gentils.

Décidément ce Nours, il en savait des choses, des choses que même les grands ignorent.
Debout devant la commode, Jérémy ne tenait plus en place. Il aurait voulu l'embrasser, lui dire plein de mots gentils. Il avait tant à lui dire, tant et tant.

– Dis Nours !
– Oui mon Coucoulou ?
– Heu... heu... tu en connais beaucoup des magiques ?
– Plein, plein, plein mon petit Coucoulou !
Tout plein ! Et je te les apprendrai. Tu veux bien ?
– Oh oui, Nours, oh oui !

Intérieurement, Jérémy fut très content. Nours allait donc revenir, ils allaient se revoir. Mais quand ? Il fallait vite aller le demander à sa maman-clown. Cela devint d'une extrême urgence. Comme un fou, il se précipita de nouveau dans le salon, avec cette seule idée en tête : quand est-ce que Nours reviendrait ?
En arrivant devant la grande madame Carpentier, Jérémy trouva finalement qu'elle n'avait pas un si gros nez que ça :

– Dis madame... dis madame ! C'est quand que tu reviens ?

Ah ! l'éternel problème de la langue entre les grands et les petits. Et puis, quand on est petit, on croit toujours que les grands savent tout. Eh bien, ce n'est pas vrai ! Parfois, ils ne comprennent rien, mais rien de rien ! Après l'histoire du gros nez, elle n'était pas peu fière, la grande madame Carpentier, que Jérémy la réclame à ce point. Elle aussi, elle voulut un bisou. Comme son mari. Non vraiment, elle ne comprenait rien ! Les bisous qui font du bruit, c'est quand on a les yeux méchants. Enfin bon, Jérémy s'exécuta quand même, pour avoir sa réponse. Puis il s'empressa de demander à nouveau :

– Dis madame, c'est quand que tu reviens ?
Ton nounours, y m'a dit...

Jérémy n'eut pas le loisir de finir sa phrase. Car soudain, il se produisit une chose extraordinaire qui la fit bondir de son fauteuil et s'agiter dans tous les sens :

– Oh ! mon Dieu, ce pauvre petit !
Et moi qui lui avais acheté un ours en peluche. Mais où ai-je la tête ? Qu'est-ce que j'en ai fait ? Albert, on a dû oublier l'ours à la maison.
– Mais non, ma chérie, tu l'as laissé dans l'entrée en te déshabillant, répondit monsieur Carpentier sur un ton rassurant.

Alors là ! Jérémy crut d'abord avoir mal compris. Les yeux écarquillés, la bouche grande ouverte, il regarda sa maman, puis son papa, pour vérifier si c'était bien réel. Tout l'univers se mit à flotter dans sa poitrine. Le bonheur le submergeait par rafales. Un instant il perdit tout contact avec la réalité, tant le rêve, le rêve des rêves, le plus grand rêve devenait la seule chose vraie.

Quelqu'un avait dû se lever. Il ne savait même plus qui. Quelqu'un était allé chercher Nours et le rapportait à Jérémy.
Bref, Nours, le seul, le vrai, le blanc... celui de la commode, il était là dans ses bras. Il était à lui maintenant !

Vous vous rendez compte : à lui !
Nours n'allait pas revenir : il restait !

Personne ne peut savoir à quel point certains cadeaux nous marquent à vie ! Personne ne peut comprendre pourquoi tel ours est un joyau inestimable. C'est de l'amour, tout simplement de l'amour à l'état pur. Seulement de l'amour que l'on tient soudain dans ses bras.
Jérémy osait à peine le serrer. Il le regardait en silence, perdu dans sa voie lactée.
Puissent tous les petits garçons rencontrer plus tard une femme qui reste auprès d'eux comme le Nours de ce dimanche-là ! Alors on pourra dire que c'est avec les nounours qu'ils auront appris à aimer.

Jérémy ne trouvait pas la force du moindre geste. Il était debout avec son trésor. Jamais plus il ne serait aussi riche qu'à cet instant. Mais cela, il lui faudrait une vie pour le découvrir.

– Eh bien, mon chéri, qu'est-ce qu'on dit à Georgette ?
– Mais non, c'est trois fois rien, tu sais ! avait répondu cette dernière l'air faussement gênée.
– Si, si, j'y tiens ! reprenait Suzanne.

Bien sûr, Jérémy prononça un gros merci, bien appliqué, en direction de madame Carpentier. Il essaya même de lui faire un mimi en montant sur la pointe des pieds. Mais elle était déjà ailleurs, et son bisou resta dans le vide.
Tout en s'excusant encore de son étourderie, machinalement elle décoiffa une nouvelle fois Jérémy. Pour elle, c'était trois fois rien ce petit nounours, mais pour notre petit bonhomme c'était le reste du monde qui n'avait plus d'importance.

Jérémy serrait Nours contre lui, et cela seul comptait.

Jérémy et Nours, que de secrets ils allaient partager. Des années durant, ils allaient faire route ensemble. Quel mystère un nounours ! On ne sait plus très bien à quoi cela sert, parce que plus tard on a tous oublié. Au fond, ce sont les grands qui devraient avoir des nounours, pour être des grands magiques au lieu de vivre le grand tragique.

Oui, quel mystère un nounours, et la chaleur qu'il contient ! Mais qui sait seulement d'où elle vient ?

Chapitre 2

Le disquionnaire de la grande Ourse

Une fois les invités partis, Nours fut enfin à Jérémy et à lui seul, comme la confiture de rhubarbe est à la crêpe chez mamie Vette, c'est-à-dire : inséparables.
Cette petite peluche venait combler un manque, celui dont souffre si souvent la petite enfance : ne jamais être vraiment important pour personne. Car les grands font toujours semblant avec les petits. Oh ! bien sûr, ils les écoutent, ils les regardent, ils leur remettent la chemise dans le pantalon, mais en réalité ils pensent toujours à autre chose.

Avec Nours au moins, Jérémy avait enfin trouvé quelqu'un qui ne penserait qu'à lui, quelqu'un qui le regarderait toute la journée.
C'est bien là le profond mystère des nounours : ils comprennent et parlent la même langue que les petits. Et puis ils ont des yeux caramel, toujours gentils. Vivre sans guetter en permanence les sourcils froncés, c'est quand même autre chose !

Suzanne et Robert virent d'un bon œil cet amour si soudain, un peu surprenant tout de même pour un nounours si bon marché. « Mais qu'est-ce qu'il lui trouve, à cet ours ? » se demandèrent-ils un peu circonspects, en songeant aux peluches hors de prix qui remplissaient déjà la chambre de leur fils. Une chose était certaine : l'arrivée de Nours ce jour-là avait considérablement calmé l'ambiance de la maisonnée. Finis les hurlements de sirène dans le couloir, et les irruptions incessantes dans le salon à la poursuite des méchants. Non, ce soir-là, il y eut à la place de petits conciliabules à voix basse dans les recoins les plus inattendus de la maison.

Nours était enfin à Jérémy. Et le printemps entrait dans sa tête par petites bouffées toutes neuves. Bien sûr, il lui fit tout visiter, la chaise des papas, la chaise des mamans, et celle de Jérémy. Un peu plus loin, il se hasarda dans la partie très sombre au fond du couloir, là où ça fait peur, là où habitent les méchants. Tout l'appartement y passa, mais pas du tout celui qu'aurait pu présenter un agent immobilier. Et puis, comme par enchantement, nos deux compères cessèrent leurs apparitions.

Au bout d'un certain temps, Suzanne s'était inquiétée. Trop de silence, c'est aussi dangereux que trop de bruit, à cet âge-là. Quelle bêtise était-il en train de faire pour être occupé à ce point ? Elle s'était mise à chercher son fils sur la pointe des pieds en suivant la piste des petits chuchotements qui lui parvenaient aux oreilles.

C'est assis au fond des W.-C. qu'elle les avait retrouvés, coincés entre la cuvette et le mur, avec un oreiller sur la tête pour faire comme une cabane, sans doute. Ils étaient face au mur, en pleine histoire secrète d'où filtraient seulement quelques petites exclamations. Sans bruit, Suzanne amusée était allée chercher Robert, et tous deux revinrent espionner un court instant cette idylle murmurante.

Là-bas, tout là-bas, au fond des W.-C., dans la cabane de la voie lactée, il y avait de l'effervescence dans l'air, car Jérémy avait décidé d'expliquer à Nours tout ce que l'on ne devait pas faire dans cette maison si l'on ne voulait pas se faire gronder. Et le moindre appartement, chez le peuple des grands, c'est un champ de mines, on n'en a pas idée ! Attention aux franges du tapis, attention aux doigts sales sur les portes, attention aux pieds sur le canapé, et sur le lit on ne doit pas sauter, même si c'est rudement drôle.

– Eh ben, Nours ! On doit pas mettre les doigts dans son nez, comme papa. C'est pas joli ! pas joli ! Même si c'est pas pour manger, ça compte !
– Ah bon, mon Coucoulou !
– Et puis dans le couloir tu peux courir, mais pas dans le salon, c'est interdit ! Dis, Nours, pourquoi c'est interdit dans le salon ?
– Oh, ça, mon Coucoulou, mais parce que c'est un autre pays !
– C'est quoi, un autre pays, Nours ? avait immédiatement répliqué Jérémy devant une réponse si curieuse.
– Mon Coucoulou Roudoudou, tu ne sais pas que dans les maisons, il y a plein de pays, tout plein de pays étranges ?
– Heu, non, Jérémy y sait pas ! Dis-moi les pays, Nours ! Dis-moi les pays !

A coup sûr, cette histoire de pays c'était encore un secret. Aussi Jérémy tira sur l'oreiller qui se trouvait sur sa tête afin que la cabane soit bien fermée. Ce n'était vraiment pas l'heure d'être dérangé. En posant sa tête contre la bouche de Nours, il eut un frisson, celui des grandes aventures, celui que seuls les vrais explorateurs connaissent en découvrant une terre inconnue.

– Ecoute mon Coucoulou ! Il y a d'abord le pays tout foufou du couloir. Celui-là tu le connais : on peut y faire la rigolade, sauf au bout, dans le pays tout noir des méchants. Mais il y a aussi le pays merveilleux, le pays du chocolat dans la cuisine. C'est le pays des mamans-fées qui font plein de bonnes choses à manger. Tu le connais ce pays ?

– Oh oui, Nours ! répondit Jérémy, sans trop oser dire que c'était aussi le pays des haricots verts.

– Il y a l'incroyable royaume des rêves et des jouets, c'est le pays des histoires dans la tête, c'est le pays des gentils et c'est la chambre de Jérémy. Et puis il y a le mystérieux pays tout-beau-tout-rangé du salon ; c'est le pays du dimanche pour les zinvités. Et enfin le terrible pays interdit... Est-ce que tu connais le terrible pays interdit, le redoutable pays de la chambre des papas et des mamans ? Ah, celui-là, quel pays !

– Et... et pourquoi il est interdit, Nours ? C'est quoi le pays interdit ? demanda notre petit bonhomme, maintenant au cœur de l'aventure, au cœur de tous les dangers.

Il y eut un silence, puis deux, soulignant la gravité extrême du moment. Plus rien ne bougeait. Même la terre avait dû s'arrêter de tourner. Ça, il faut l'avoir vécu pour le comprendre ! Il y a des réponses que l'on attend tellement, que toute vie se fige avant la délivrance. Quel dommage que seule la petite enfance sache le faire !

– Ah ça ! mon Coucoulou, c'est un très grand secret ! C'est le secret de la porte fermée... toujours fermée. Sais-tu pourquoi la chambre des mamans est toujours fermée ? Est-ce que tu as le droit de l'ouvrir, mon Coucoulou ?

– Oh non ! c'est une grosse bêtise la porte des mamans ! Pourquoi, c'est une grosse bêtise, Nours ?

– Vois-tu mon Coucoulou, les papas et les mamans ne savent plus jouer. Alors forcément, ils n'ont plus de jouets... mais alors plus du tout. Tu te rends compte !

Mais comme ils veulent que personne ne le sache, ils cachent leur chambre triste. Voilà pourquoi ils ferment la porte en interdisant aux petits d'y entrer. Mon Coucoulou, ils ont tellement peur que tu découvres leur secret... tellement peur !
C'est le secret de la chambre triste, voilà tout !
– Y z'ont plus de jouets, répéta Jérémy hébété. Plus de jouets !

Ça alors, il n'y avait jamais pensé. Heureusement que maintenant Nours lui disait toutes les choses graves du monde. Plus de jouets ! Mais comment peut-on vivre sans jouer ? Jérémy fut soudain très triste. Elle ne lui plaisait pas cette histoire. Elle ne lui plaisait pas du tout.

En se recalant contre la cuvette des W.-C., sous l'emprise d'une certaine agitation, il fit tomber l'oreiller. Tant pis pour la cabane. D'ailleurs il n'en avait plus besoin. Mille souvenirs défilaient dans sa tête où ni son papa, ni sa maman n'avaient bien su jouer. En même temps il ne voulait plus y penser, et en même temps, c'était plus fort que lui.
Tiens, par exemple ! Aux cubes, c'est vrai, ils ne savent pas jouer ! Ils les empilent, ils les empilent toujours bien comme il faut, alors que le jeu c'est de les faire tomber tout partout dans un grand badaboum. Ils ne savent pas jouer aux cubes, ni à la guerre, ni aux petites voitures !
Jérémy secoua la tête pour chasser toutes ces idées. La chambre triste lui faisait mal même seulement en pensée. Et à force de secouer la tête, eh ben voilà, il en avait perdu les yeux gentils. Nours avait peut-être raison : les grands ne savent plus jouer, les pauvres ! Ils ont toujours la porte fermée.

C'est Suzanne qui ramena soudain tout ce petit monde vers plus de réalité, en faisant irruption dans les cabinets pour le sacro-saint bain du dimanche soir. Car

le dimanche c'est comme ça ! C'est un jour bizarre, celui où l'on doit être propre seulement le soir, alors que les autres jours c'est le matin qu'il faut se laver. « Là aussi, il doit bien y avoir un secret », pensa Jérémy en prenant la main de sa maman.
En passant devant la terrible porte fermée de la chambre triste, Jérémy serra un peu plus fort les doigts de sa pauvre maman. Nours chuchota : « Tu vois, elle est fermée ! », mais notre petit bonhomme ne voulut pas regarder.

D'habitude c'était une corvée, ce grand bain avec de l'eau jusqu'au cou. D'abord parce que cela fait peur, toute cette eau au ras du menton quand parfois on boit la tasse. Et puis le bain, c'est aussi le savon dans les yeux quand vient l'heure de laver les cheveux. Heureusement, il y avait Nours assis près de lui, et ce soir-là ce fut tout autre chose, tant il lui donna des idées pour s'amuser.
Pour plaire à Jérémy, et préparer le moment fatidique du shampooing, Suzanne essaya de jouer un peu avec le petit canard jaune. Elle le faisait nager en disant broum-broum, comme avec les petites voitures, la pauvre ! Elle le faisait glisser sur l'eau en s'exclamant : « Tu as vu comme il nage bien ! ». Elle ne savait pas qu'un canard c'est fait exprès pour plonger, exprès pour faire gicler de l'eau partout, même si on doit un peu se faire disputer. C'est ça un canard !

En voyant sa maman répéter si gentiment « broum-broum coin-coin », Jérémy eut un coup d'œil complice en direction de Nours. Cette fois-ci, il en était sûr : Nours avait raison. Un canard qui fait broum-broum, qui nage sans éclaboussures, on n'a jamais vu ça. Pauvre maman !

Quand ce fut l'heure de la tête en arrière pour rincer les cheveux, Jérémy s'arma de courage. Il ne voulait pas pleurer, comme les autres fois. Non, sa maman était déjà assez malheureuse de ne pas savoir jouer au canard. Il ne fallait surtout pas en rajouter.

– Oh ! Mais tu deviens un grand garçon mon chéri, si tu ne pleures plus quand je te lave les cheveux. Regarde ton nounours, comme il est fier de toi !

Suzanne était vraiment contente d'avoir évité le drame. « Au fond, pensa-t-elle, il suffit de jouer avec son canard pour faire passer le reste. » Elle fut secrètement soulagée d'une telle trouvaille. Il faut si peu de chose pour rendre heureux un petit garçon. Toute à son apaisement, elle voulut régler un autre problème qui lui préoccupait l'esprit.

– Est-ce que ton nounours va dormir avec toi, ce soir ? Moi, je crois que les nounours, la nuit, il faut les laisser tranquilles, conseilla Suzanne inquiète à l'idée que cette encombrante peluche ne gêne son fils dans son sommeil.

Mais il lui fallait trouver très vite une bonne raison pour que cet ours dorme au pied du lit. Une raison suffisamment merveilleuse pour que Jérémy comprenne l'impérieuse nécessité de cette séparation nocturne.

– Et tu sais pourquoi il faut les laisser tranquilles ? Parce que la nuit, tous les nounours font un grand voyage dans les étoiles, un très très grand voyage ! C'est pourquoi il vaudrait mieux le laisser par terre, quand tu iras dormir. Mais on le mettra juste à côté de toi !

Bon, elle n'allait quand même pas se battre pour cette histoire ! Il ne fallait pas que cela devienne un nouveau drame. En sortant Jérémy du bain, elle constata qu'il n'y avait pas trop de réticences, aussi s'empressa-t-elle d'insister :

– Est-ce que tu sais, mon chéri, où vont les nounours la nuit, pendant que les petits enfants dorment ?

Est-ce que tu le sais ?

– Non ! y vont où les nours, maman ? répondit Jérémy, la tête sous la serviette, secouée de toute part pour faire sécher les cheveux.

– Eh bien moi, je le sais : ils vont rejoindre leur maman du ciel !

– Leur maman du ciel ? Elle est où leur maman du ciel ? sursauta notre petit bonhomme, en sortant sa tête ébouriffée de la serviette.

Mais Suzanne ne répondit pas, brusquement pressée.

– Bon allez, mets vite ton pyjama, lança-t-elle en sortant précipitamment de la salle de bains à cause d'un gratin au four dont les effluves suggéraient déjà le brûlé.

« A table, les hommes, c'est prêt ! » avait-elle crié ensuite depuis la cuisine.

« Et voilà ! maugréa Jérémy en enfilant acrobatiquement une jambe du pantalon de pyjama. C'est toujours la même chose avec les grands. Ils disent la moitié des secrets, que la moitié ! Et ils partent ailleurs avec l'autre moitié. C'est agaçant à la fin ! »
Et d'abord c'était qui cette maman du ciel ? Comment se faisait-il que personne ne lui en ait jamais parlé ? Une maman du ciel... une maman du ciel, ça n'existe pas !
Plusieurs fois pendant le repas, notre petit bonhomme tenta de ramener la conversation sur le sujet. Mais en vain ; une fois de plus sa maman était partie avec la moitié d'un secret, une fois de plus elle l'avait perdu dans sa tête. Là-bas, à l'autre bout du monde, Suzanne et Robert se chamaillaient pour une histoire de fuite au robinet de la salle de bains. Alors Jérémy mangea tout, sans savoir ce qu'il mangeait. Il avait trop la tête ailleurs. Il était obsédé par cette maman du ciel avec laquelle il allait devoir partager Nours, son Nours à lui !

Des tempêtes se levèrent sous son crâne à l'idée des pires scénarios. Des tempêtes frôlant la catastrophe qui lui laissaient entrevoir que peut-être un jour Nours ne reviendrait pas.

Profitant d'un certain silence crispé autour de la table, il s'élança une nouvelle fois.

– Papa, papa ! Tu sais, eh ben, Nours, il a une maman du ciel !

– Mais bien sûr mon chéri, répondit Robert en sautant sur l'occasion pour apaiser la situation. La maman de tous les nounours c'est la grande Ourse. Hein ! Suzanne, c'est bien la grande Ourse, insista-t-il devant le sourire retrouvé de son épouse.

– La Dourse ! la Dourse ! répéta Jérémy qui avançait enfin dans son enquête, heureux d'avoir un nom. C'est qui la Dourse ? Elle est où la Dourse, papa ?

Robert prit gentiment la main de son fils et il le fit sortir de table, ce qui d'habitude est strictement interdit au milieu du repas. Tous deux se rendirent jusqu'à la fenêtre avec une certaine gravité. Là, Robert pointa son doigt en direction du ciel tout en s'écriant :

– Tu vois, elle est là, la grande Ourse. C'est la petite casserole qui flotte dans le ciel, tu la vois, mon chéri ?

– Non ! répondit Jérémy qui pourtant regardait de toutes ses forces.

– Là, regarde, juste au bout de mon doigt.

Jérémy ne voyait rien, sinon des milliers d'étoiles. Quant à la casserole flottante il ne comprenait vraiment pas ce qu'elle faisait là-haut ! Pourtant au milieu de toutes ces petites lumières, quelque part au milieu, il pressentit la Dourse. Elle était là ! Elle était bien là ! Il était vraiment urgent d'en parler avec Nours, lui seul pouvait expliquer une chose pareille.

Puis très vite, ce fut l'heure d'aller au lit. D'habitude Jérémy n'aimait pas beaucoup ce moment-là. Alors, avant d'éteindre la lumière, il avait le droit de regarder un livre, ou de jouer gentiment.
Mais ce soir-là, à la grande surprise de ses parents, il ne se fit pas prier. En se couchant, ils s'installèrent face à face Nours et lui, truffe contre nez presque à se toucher. Après avoir franchi quelques frissons, ils arrivèrent au bout, tout au bout du silence, en se tenant par les yeux. Ils arrivèrent précisément à cet endroit où commence le pays des vrais mots, comme une fontaine de chocolat chaud. Et comme c'est aussi là que finit la terre, nos deux amis se retrouvèrent assis sur un croissant de lune, qui se balançait tout doucement.

– Dis Nours ! demanda Jérémy à voix basse pour ne pas rompre le charme. C'est qui ta maman ?
– Mon petit Coucoulou, mon tout petit ! C'est une grande étoile dans le ciel, grande comme une maman. C'est une étoile avec des lunettes sur le bout du nez, qui tricote des mots. Une gentille étoile qui sait bien faire les crêpes, tu sais !
– C'est la Dourse ! C'est la Dourse ! s'écria Jérémy, tout content de faire savoir qu'il connaissait son nom.
– Oui mon Coucoulou, c'est la grande Ourse, la maman qui apprend à lire à tous les nounours dans le dictionnaire des câlins.
– C'est quoi le disquionnaire, Nours ? C'est quoi ?

Mais Jérémy n'entendit jamais la réponse. A cause du balancement de la lune il s'était endormi très vite. Alors, pendant que son jeune ami voguait dans ses songes, Nours dut se rendre au bout du monde, dans la casserole flottante, pour reprendre sa lecture du grand dictionnaire des câlins.

*
* *

En voilà un drôle de livre ! Comment vous l'expliquer ?

D'abord il faut des nounours blancs, qui suivent avec le doigt ce qu'une étoile à lunettes lit et relit tout doucement. Et puis il faut le dictionnaire des câlins, le grand dictionnaire bilingue des choses vues à l'envers que l'on peut traduire à l'endroit. Tenez, par exemple ! C'est dans ce livre magique que les nounours apprennent à lire qu'une maison bien rangée, c'est aussi le pays des merveilles... « une maille à l'endroit, une maille à l'envers » aurait dit la grande Ourse en tricotant le mot : maison des parents.

Ensuite seulement, les nounours retournent sur terre avec leur mission. Et c'est en jouant avec les petits enfants qu'ils doivent traduire le nom des choses qui piquent, qui grattent, et qui démangent dans la langue des guili-guili qui chatouillent sous les bras.
Et il en faut des mots câlins, des bonbons sucrés, des mots à sucer pour que le monde tout gris des grands devienne citron-orange-mandarine dans les yeux des petits.

C'est un métier, être nounours, un vrai métier. Il faut d'abord apprendre à lire tous les drames des petites choses et puis ensuite les traduire du côté du sourire, plutôt que du côté des larmes. C'est un métier, nounours, quand il faut transformer une vilaine-dame en maman-clown, ou encore recoller les yeux gentils qui sont tombés au fond de la tête, simplement en jouant sur les mots douillets, les mots qui changent les yeux et qui en plus ne mentent jamais.
C'est bien ça la vraie magie : dire la vérité, toute la vérité, mais l'autre, celle qui enchante au lieu d'accabler, celle qui transforme en secret la terrible porte fermée de la chambre des parents, celle qui fait que la vie ordinaire devient toujours le plus grand mystère quand on contourne l'ennui.

Essayez donc de vous émerveiller avec la seule réalité quotidienne... et vous verrez comme c'est dur de lire dans le grand dictionnaire !

Ce soir-là, Nours était assis presque au premier rang parmi tous ses congénères, juste en face du majestueux fauteuil de la grande Ourse. De là où il était il pouvait voir distinctement à quel point les lunettes risquaient de tomber.

– Alors Nours-de-Jérémy, encore en retard, avait signalé la grande Ourse dans un battement de cils qui diffusa de la poussière d'or.
Ce soir, j'ai ouvert le dictionnaire des câlins à la lettre N, et je lis : Nounours. Voilà qui vous concerne, mes petits chérubins.
Nounours : une maille à l'envers, une maille à l'endroit.

Nours poussa du coude son copain d'à côté, un petit lapin noir et gris, qui s'appelait Lapin-d'Élodie. Tout le temps ce dernier se moquait de notre pauvre Nours qui n'avait pas encore de mission, pas encore de petit enfant à câliner.
Mais là, Nours tenait sa revanche ; maintenant il était Nours-de-Jérémy. Et savourant sa victoire, il murmura à l'oreille de son voisin : « D'abord toi, tu es un lapin, nananaire ! Et tu t'appelles nounours, seulement parce que nous les ours, on te prête notre gentillesse ! Tu es un lapin... tu es un lapin ! ». Lapin-d'Élodie haussa les épaules en signe de désabusement.

C'est la poussière d'or qui les rappela à l'ordre, la poussière d'or qui leur tombait sur la tête, signe que la grande Ourse venait de battre des cils en les regardant.

– Nounours : une maille à l'envers, une maille à l'endroit ! Tricotons-lui une petite définition, reprit la grande Ourse.

Qu'est-ce que c'est un nounours sur la terre ? C'est une peluche que l'on offre aux enfants. C'est un cadeau pas trop cher, mais attention aux normes de sécurité ! Il doit avoir les yeux solidement fixés, afin que l'on ne risque pas de les avaler. Il doit être ininflammable, et lavable par-dessus le marché. Et il est recommandé qu'il soit en poil synthétique pour éviter les allergies.

Les milliers de petits nounours assis sur leur derrière au pied du grand fauteuil ouvraient des yeux tout ronds devant une telle définition. C'était incroyable une histoire pareille : des normes de sécurité ! La grande Ourse enleva ses lunettes pour continuer, comme pour souligner l'importance de ce qui allait suivre :

– Mes petits chérubins, écoutez bien !

Il y a les bons nounours, ceux avec qui l'on dort, ceux qui partagent tous les secrets.

Et puis il y a les autres, qui encombrent seulement les chambres et les placards parce qu'ils ne servent à rien. Et personne... personne ne sait pourquoi un petit bonhomme tombe soudain amoureux de l'un d'entre eux.

Eh bien, je vais vous le dire, mes petits chérubins ! Tout simplement parce que celui-là sait lire dans le grand dictionnaire des câlins. Il sait lire, écouter et répondre, et cela ne figure jamais sur les étiquettes des grands magasins.

Nours fut pris de stupeur, en inspectant ses yeux, son poil rêche. Il chercha à toute vitesse la petite étiquette sur le côté. Ouf, il l'avait échappé belle ! C'était écrit en toutes lettres : ininflammable, lavable. Et la grande Ourse avait raison : aucune mention n'était faite concernant le savoir-lire, et le savoir-parler. Mais comment pouvaient-ils faire pour s'y retrouver, les petits enfants de la terre !

– Nounours, poursuivit la grande étoile à lunettes, une maille à l'envers, une maille à l'endroit. Qu'est-ce qu'un nounours vu du ciel ? Ah ! c'est une tout autre histoire mes petits lapins ! une tout autre histoire !

Lapin-d'Élodie sursauta. L'occasion était trop belle. Il envoya un petit coup de coude à son voisin en lui murmurant : « Tu vois Nours-de-Jérémy, elle a dit « lapin » ! Elle a dit : « mes petits lapins » ! Eh ben, nous les petits lapins, on prête à tous les nounours notre côté coquin ! ». Mais la poussière d'or tomba sur leur tête, avant même que Nours ait pu répondre.

– Nounours : une maille à l'endroit, une maille à l'envers... tricotons mes petits amis, tricotons-lui une autre définition : celle qui vient du ciel !
Mais d'abord, qui donc a pu inventer les nounours ? D'où les hommes savent-ils que les petits enfants ont besoin d'une peluche ?
Pourquoi pas une fourchette, une chaussure, ou une petite voiture ? Avez-vous remarqué comme c'est toujours avec un petit animal, seulement avec un petit animal que cela marche ?
En voilà un bien étrange mystère ! Je vais vous le raconter.

L'histoire commence dans la vallée merveilleueuse, bien avant que les bébés naissent. Dans ce pays incroyable, les rivières sont en grenadine et les champs en sucre d'orge.
A cette époque les petits d'hommes sont encore tous déguisés, de la tête aux pieds. Ils n'ont pas de nez, ils ont des truffes. Ils n'ont pas de mains mais des petites pattes. Certains sont en lapins, en ours ou bien en koalas, d'autres en petits lions ou en chinchillas. Et tous les petits d'hommes gambadent de-ci de-là dans ce paradis tout en chocolat. Ils

voient, ils pensent, ils parlent dans la langue des nounours, bien sûr ! Alors ils chantent, ils s'enchantent de tout ce qui pousse dans le pays merveilleueux.
Le mot jouer n'existe pas encore, puisqu'il n'y a pas autre chose. Oh ! là là, si vous saviez mes petits chérubins, comme ils sont heureux déguisés en nounours, réchauffés de la sorte dans un gros câlin permanent !

Et puis un beau jour, après quelques roulades et quelques petits bonds espiègles, voilà qu'ils arrivent au bout du pays merveilleueux. Précisément là où se dressent deux arbres géants qui s'appellent Hinc et Hunc, comme un gros hoquet.
De l'autre côté, chacun peut voir que ces deux arbres surplombent une autre vallée. Etrange vallée, en vérité, car les rivières sont en eau et les champs sont en herbe. Et vous n'allez pas me croire, mais dans les champs il y a des lapins qui courent, des koalas, des petits lions, des chinchillas. Et ce ne sont plus des déguisements !
Quelle incroyable vallée, se disent les petits d'hommes curieux, si curieux d'aller voir l'eau qui mouille et l'herbe qui chatouille. Oui mais voilà, en passant sous les deux grands arbres Hinc et Hunc – comme un gros hoquet – les bébés perdent leur déguisement et les voilà tout nus avec leurs petites fesses à l'air.

Forcément, ils ont un peu froid ces petits hommes tout neufs. Et puis surtout, ils ne savent plus jouer sans leur déguisement et la petite chaleur qui régnait dedans.
C'est pourquoi, il y a très longtemps, les étoiles ont fait une grande réunion pour inventer les nounours en peluche et la petite chaleur qui manque aux enfants.

C'est ainsi que sont nés tous les nounours, pour que les petits d'hommes retrouvent leur déguisement perdu et la chaleur qui fait gambader. Alors il fallut inventer le mot jouer pour survivre dans cette bien étrange vallée où les lapins, les koalas, les petits lions et les chinchillas courent trop loin dans les champs, pour que l'on puisse s'amuser avec.

Mes petits chérubins, vu du ciel, un nounours c'est un petit déguisement rempli de paille et de poussière d'or par les étoiles. C'est un petit déguisement sur mesure que tous les enfants cherchent à retrouver exactement.

Il faudrait le dire à tous les docteurs de la terre : c'est une petite chaleur, une toute petite chaleur qui fait circuler le sang et qui aide l'air dans les poumons.

Un nounours, c'est un médicament contre le mal de terre. Et quand un petit bonhomme retrouve son déguisement dans un cadeau, il le reconnaît, il le reconnaît tellement, si vous saviez, qu'il ne peut plus s'en séparer.

Voilà, mes chérubins, une maille à l'envers, une maille à l'endroit, ce qu'est un nounours dans le grand dictionnaire des câlins.

Soudain une petite clochette tintinnabula. C'était la fin du cours. Là-bas, sur terre, le jour allait se lever. Il ne fallait pas traîner, chacun devait rejoindre sa moitié.

Jérémy bailla. Il ouvrit un œil et tomba nez à nez avec Nours, que Suzanne n'avait pas eu le cœur de lui enlever.

Mon Dieu, comme il fut rassuré ! Nours était revenu, sa maman du ciel ne l'avait pas gardé. Il y eut une petite chaleur, une petite chaleur apprise ailleurs, qui se mit à circuler entre nos deux amis, une sorte de transfusion s'achevant dans un gros bisou.

Chapitre 3

Y a que Nours qui parle ! !

Nours avait pris sa place, maintenant, partout dans la maisonnée. Même à table il avait sa chaise, et la cabane à côté de la cuvette des W.-C. était devenue au fil du temps le sanctuaire de toutes les confidences, le point de départ de toutes les aventures extraordinaires que l'on peut vivre seulement dans un appartement tropical.

D'ailleurs Biscotte, le chat, ne s'y trompait pas. Ce nounours, c'était vraiment quelqu'un ! Depuis son arrivée tout avait changé ! Voilà pourquoi il allait si fréquemment se frotter, en ronronnant, contre son nouvel ami en peluche. Robert, intrigué par ce comportement étrange, expliquait tout cela par l'odeur de Jérémy imprégnée dans les poils de Nours.
En vérité, qui connaît le mystère des chats ? Les chats sont comme les petits enfants, ils possèdent encore un sixième sens : un odorat fasciné par la poussière d'or de la grande Ourse, un incroyable odorat que seule la poésie peut comprendre, tandis que l'intelligence cherche des explications.

En vérité, jadis, nos nounours ont certainement dû nous confier le secret des chats. Comment pourrait-il en être autrement ? C'est seulement parce que nous pensons en prose que nos cerveaux ont perdu l'odorat de la poésie.

Ah ! Quelles étranges créatures que les petits minous ! Eux, ils sentent le visible par la truffe mais, chose extraordinaire, ils pressentent encore l'invisible par le bout des moustaches. Il faut le voir pour le croire : à chaque instant la poussière d'or, en ruisselant sur le bout de leurs poils, les chatouille d'une divine surprise. Voilà pourquoi les chats ne clignent jamais des yeux, pour ne pas en perdre une miette.
Voilà pourquoi ils sont si indépendants, libres des hommes et de leurs odeurs, tant ils goûtent au parfum de l'étoile à lunettes qui récite Dieu en alexandrins.

En vérité les chats sont des prêtres, tournés ailleurs, constamment étonnés par la poudre céleste qui tombe sur leurs moustaches. Ils vivent au ralenti pour la déguster, ils font patte de velours sur une terre tellement sacrée, et soudain ils plongent dans l'immobilité, impassibles et sereins, parce qu'ils sont des émerveillés.
Qui sait d'où vient le silence des chats ? Qui leur apprend la méditation permanente sur les fauteuils et les coussins ? C'est là qu'ils nous intriguent, c'est là qu'ils nous fascinent : par leur foi innée, épidermique au plus haut degré.
Voilà le secret des chats : ce sont des ravis à poils longs.

Alors maintenant, observons un enfant, un enfant à qui l'on raconte une histoire de lutins malicieux. Il est chat, les yeux grands ouverts. Il est chat, assis sur son petit derrière, immobile, si totalement immobile, la bouche grande ouverte en découvrant stupéfait la poussière d'or qui ruisselle. C'est ainsi, pendant que d'un côté nous inventons, eux, de l'autre ils y croient dur comme fer, car ce sont des ravis à poils ras.

Les enfants-chats, ce sont des moines cloîtrés dans la poésie. Ils sont tournés ailleurs, eux aussi, vers la divine odeur qui tombe partout. Les enfants-chats, ils ont un tout petit duvet sur la peau qui, comme les moustaches, frissonne et frissonne encore quand la poussière d'or vient les chatouiller.

Allons, Robert, l'odeur de Jérémy sur Nours, le « parfum » de Jérémy, c'est une plaisanterie pour comprendre les ronronnements de Biscotte ! C'est tout juste une petite intelligence qui te met la main devant les yeux !
Car depuis que Nours avait un nom, depuis qu'il s'appelait Nours-de-Jérémy, le chat, l'enfant-chat, et la peluche à poudre céleste formaient une fameuse équipe, une équipe secrète qu'aucun adulte ne peut imaginer : celle des copains du parfum de vérité.

Pourtant Nours n'était pas un sommet de beauté. Il n'avait rien de la génération sophistiquée des peluches d'aujourd'hui. D'abord parce qu'il était bourré d'une sorte de paille synthétique qui, de nos jours, ne se fait vraiment plus. Cependant ce retard de modernisme lui conférait une éloquence lui permettant de s'exprimer bruyamment par des craquements divers. Ainsi pouvait-il tantôt grogner, tantôt gémir ou murmurer à loisir, grâce à la généreuse nature de sa paille bavarde. Sans oublier, bien sûr, la poussière d'or qui le remplissait aussi, puisque la grande Ourse ne le quittait pas des yeux afin qu'il transforme les mots gris en mots confettis.

Et puis Nours était blanc, enfin pas vraiment, rien à voir avec la pureté immaculée que suggère d'habitude cette couleur. Non, lui, il était d'un blanc extrêmement tolérant, un blanc qui supporte aisément les mains sales, et qui évite ainsi aux petits garçons de se faire disputer. Et ça, c'était chic, tout de même !

Enfin, ses yeux n'étaient pas très bien accrochés, de quoi faire frémir les normes de sécurité. C'étaient deux agates vertes reflétant mille intonations coquines, qui avaient l'étrange particularité de vous fixer où que vous soyez dans la pièce.
Bref, Nours était un guetteur, ce qui lui valait souvent le rôle de chef indien dans les aventures de Jérémy.

Mais où madame Carpentier avait-elle déniché un ours pareil ? Quand même pas dans son grenier, elle n'aurait pas osé ? Une chose était certaine : il était neuf depuis longtemps, avec ses pattes articulées comme les bras de certaines poupées, avec sa truffe déjà décousue sur le côté, avec son poil rêche à en faire honte au velours. Il n'avait pas grand-chose de la légendaire gentillesse des nounours, celle qui fait tant craquer les petits enfants.

Nours était une peluche de campagne et non pas de salon. Il ne s'embarrassait d'aucune délicatesse esthétique. Il instaurait une distance sans compromis avec toute personne trop sensible aux charmes de l'apparence.
Ah le bougre ! Il fallait vraiment l'aimer pour l'approcher et pour le cajoler !
Avec lui, la tendresse ne coulait pas de source, tant il imposait au premier abord une sorte d'exigence dans le sentiment amoureux.

Pourtant, à sa manière, Nours était un roi, repoussant les sympathies faciles, les élans tièdes et les bisous mous. Il ne faisait aucun effort pour plaire, aucun effort pour attendrir. Et c'est précisément pour cette sincérité sans concession que Jérémy l'aimait tant.

Forcément, Jérémy et Nours devinrent vraiment inséparables. Et Biscotte savait très bien pourquoi.

Cela produisit quelques drames retentissants, certains dimanches chez mamie Vette, quand par mégarde Nours était resté à la maison. Mais comment faire comprendre cela aux grands !

Avec le temps, chacun s'était efforcé d'entrer dans le jeu. « Nours a-t-il bien mangé ? » demandaient les uns. « Comment va Nours, aujourd'hui ? Oh, mais il a encore grandi ! » remarquaient les autres.
« C'est incroyable d'entendre des choses pareilles. Ils croient que c'est pour de rire les nounours ! pensait notre petit bonhomme ahuri. Un Nours, ça mange pas ! Un Nours ça dort pas, et ça grandit pas ! C'est pas là le magique, c'est pas là du tout. Mais qu'est-ce qu'ils disent ? A quoi ils jouent ? »

Un Nours, c'est bien mieux que ça, c'est un terrible secret qu'il faut garder, un secret qui gratte et qui démange la tête, tellement on a envie de le confier. Car Nours, lui, il parle ! Il parle vraiment, et c'est plus que manger, grandir ou tomber malade. Tandis que les autres il faut les voir ! Tous ces nounours qui marchent à pile, qui ferment les yeux, et qui disent : bonjour, bonjour, bonjour... bonjour. Ça, ce n'est pas parler ! Résultat, les pauvres, ils finissent dans un placard parce qu'ils empêchent de rêver.

Et puis il y eut cette maudite journée. A cet âge-là c'est si dur de garder un secret ! Surtout quand on est heureux.
C'était l'heure du goûter. Ce jour-là Suzanne avait fait des crêpes. Et c'est drôlement bon les crêpes à la confiture, parce que ça fait venir la fête dans les yeux. Même Biscotte, assis au bout de la table, en frémissait des moustaches tellement la poussière d'or tombait par gros paquets.

A cause des crêpes, il y eut soudain un charme venant tout envelopper. Suzanne était si contente de combler son Jérémy. Et notre petit bonhomme ne pouvait rien ignorer de ce bonheur saupoudrant la cuisine. Brusquement il n'y tint plus, une furieuse envie de confier son secret fit irruption dans sa tête, comme une nécessité. Parce qu'il nageait dans le bonheur, il lui fallait offrir le plus beau de lui-même, son plus grand cadeau, son plus grand secret. Quand on a une maman si jolie, il ne faut pas hésiter !

Jérémy en était à la moitié de sa première crêpe. Pour l'instant, seule la confiture parvenait à retenir sa confession, car elle coulait partout sur ses mains et sa chemise, et il commençait à craindre le pire. Mais Suzanne, trop affairée à sa cuisine, n'avait encore rien vu. Et puis le délit de confiture devint insuffisant pour retenir ses élans. Il fallait la donner, cette preuve suprême de son grand amour, il le fallait à tout prix.

– Tu sais maman... Eh ben Nours, y parle !

Là-bas, il y eut un « plouf » dans l'évier quand Suzanne commença à frotter les casseroles. Pas un mot, pas un regard. Mais cela, Jérémy connaissait : avec les grands il faut s'attendre à tout, il faut souvent refaire le numéro pour obtenir la ligne.

– Maman... Nours y parle ! Eh ben, c'est un secret !

– Mais oui, mon chéri, mais oui ! avait-elle répondu sans même se retourner tout en continuant sa vaisselle.

Jérémy resta pensif quelques instants, la fourchette en suspens. Alors ça ! Son secret, son plus grand secret, ne faisait pas plus d'effet ! Il avait bien obtenu la ligne, mais il n'y avait personne au bout du fil. C'était encore ces « oui-oui » qui veulent seulement dire que l'on pense à autre chose. Dans le doute, Jérémy revint à l'assaut en insistant sur tous les mots :

– Mamaaaan ! Je te dis que Nours, y parle !

– Mais je sais, ma petite puce, tous les nounours parlent aux petits enfants, avait-elle rajouté pour faire semblant de s'intéresser au sujet.

Cette réponse ahurissante plongea Jérémy dans un abîme de perplexité. « Tous les Nours parlent, tous les Nours parlent, pensa-t-il, et on me l'avait pas dit ! »
Un court instant, il en voulut à cette maman qui lui volait l'effet de son plus beau secret. D'ailleurs Biscotte sentit le vent tourner, car il se replia en direction du salon.
En s'essuyant les mains, Suzanne se souvint de son enfance. Elle crut bon de rajouter pour montrer à quel point elle suivait la conversation :

– Tu sais, mon chéri, les poupées, elles parlent aussi ! Moi, quand j'étais petite, j'avais deux grandes poupées qui me parlaient souvent. Tu vois les deux poupées qui sont sur mon lit ? Eh bien, c'étaient les poupées de maman.

« Les poupées aussi... les poupées parlent aussi ! » Jérémy n'en revenait pas. C'était comme si tout un pan du monde s'ouvrait sous ses pieds. Une information si importante, non mais, vous imaginez ! Il en avait le souffle coupé.
Jérémy perdit alors tout espoir de séduire sa maman. Sa tête était pleine de cliquetis et de grincements. Mais qui est qui ? Qui parle et qui ne parle pas ? Voilà que tous les ours parlent maintenant, et les poupées aussi ! Comment voulez-vous que l'on ait confiance après de telles cachotteries ?

Jérémy en boudait presque. Et puis il bouda vraiment. C'était trop méchant ! Une fois encore, il le sentait bien : il allait être polisson. Il y était obligé, comme une démangeaison. C'était plus fort que lui, le polisson, le pas sage, le pas gentil. Il lui restait à choisir comment s'y prendre pour se faire enfin remarquer, puisque son plus grand secret n'avait pas marché. Alors la deuxième crêpe fut une orgie. Et la poudre d'or cessa brusquement de tomber. Dans l'assiette, la vilaine crêpe reçut une vraie fessée, à coups de fourchette bien ciblés pour faire gicler la confiture partout.

Dans ces instants-là, même l'enfance perd la tête, oublie le sens du danger. Ça fait tellement du bien, tellement du bien, d'être polisson un court instant. Par une sorte de frénésie, la moindre chose devient alors objet de représailles, symbole du drame et lieu de défoulements. La crêpe eut bientôt les fesses rouges en mille morceaux. C'est bien fait ! Elle pleurait de la confiture partout. C'est bien fait ! C'était un carnage, une boucherie sur la chemise, sur le pantalon, sur le nez et sur les oreilles. Voilà, c'est bien fait ! bien fait ! bien fait !

– Oh ! non, Jérémy ! Mais regarde comment tu manges ! s'exclama Suzanne en constatant l'étendue du désastre. Tu es un vrai cochon, un vrai petit cochon ! Allez, donne-moi tes mains et ta figure, que je t'essuie. Oh ! là là ! Mais tu en as mis partout !

Jérémy tendit docilement ses mains et ses joues. C'était si bon d'être polisson sans trop se faire gronder. Bien sûr, il fallait savoir s'arrêter. D'ailleurs maintenant son âme était en paix : la crêpe, la vilaine crêpe, avait payé ! Les choses rentraient dans l'ordre, il avait reçu sa petite dose d'intérêt. Mais il restait quelques séquelles de toute cette histoire. Et d'abord, les fameuses poupées !

Soudain l'esprit de Jérémy sursauta. Délicieuse enfance au cerveau de papillon. Il venait d'avoir une idée, une idée fantastique. Elles étaient là-bas dans la chambre des parents, les deux poupées de maman. Elles étaient là-bas trônant sur le lit. Et même s'il n'avait pas le droit d'y toucher, il pouvait au moins aller les regarder.

Elles allaient en faire une tête, ces deux-là ! Maintenant Jérémy était devenu grand. Il savait tout. Il le savait, lui aussi, qu'elles pouvaient parler. Ah ! la tête qu'elles allaient faire ! Jérémy se régalait d'avance à l'idée de les surprendre. A peine fut-il redevenu présentable, que déjà il sautait de sa chaise et se précipitait vers la chambre.

C'est dans le couloir que notre jeune héros se rappela le terrible secret de la porte fermée et la mystérieuse chambre des parents qui n'ont plus de jouets.
« Eh ben Nours, il s'est trompé. Maman, elle a encore ses poupées », pensa-t-il en frémissant quand même à l'idée de rentrer dans le pays interdit.

En arrivant devant la porte du temple sacré, le courage faillit lui manquer. Car là, c'était vraiment une grosse bêtise qu'il allait faire. Passé la porte, il fallait s'attendre au pire si Suzanne venait à le surprendre. Alors ce fut la bagarre, entre sa peur et sa curiosité, et c'est d'une main hésitante qu'il tourna la poignée.
Mon Dieu, comme Jérémy était impressionné, très impressionné, en entrant dans le pays interdit. Il bravait tous les dangers, sans trop savoir lesquels.
Il fit un pas, puis deux, sur la pointe des pieds, en retenant son souffle. D'ailleurs il était tellement sur la pointe qu'il faillit en tomber.

Une chose pareille, il faut l'avoir vécue : le silence, la pénombre, et l'immobilité absolue de tous les objets. Le moindre craquement fait sursauter, dans une telle ambiance. A tout instant il faut être prêt au pire, parce que la moindre lampe pourrait bouger.
Jérémy fit un nouveau pas prudent, tâtant le sol avec ses pieds comme pour en éprouver la solidité. Pour un peu, on en arriverait presque à croire aux sables mouvants, à craindre les dragons, les diables et les fantômes. Allez, montrez-vous, vilains diables et vilains fantômes ! Que l'on en finisse !

Jérémy arriva au bord du lit, la gorge nouée, les yeux écarquillés, avec les sourcils qui étaient montés se cacher sous les cheveux.
Les poupées étaient là, hautaines et distantes, collées l'une contre l'autre, comme dans un palais des mille et une nuits.
Si vous saviez comme c'est grave quand on sait qu'elles vont parler !

Jérémy n'était pas rassuré. Il s'attendait à tout moment à une réprimande de leur part : « Et alors, qu'est-ce que tu fais là ? Tu ne sais pas que c'est interdit ? On le dira à Suzanne ! »
Non, les grands ne se souviennent pas du courage qu'il faut pour savoir les choses ! Ce n'est pas du tout cuit, loin de là. A cet âge, on apprend encore au péril de sa vie !

En s'approchant un peu plus, les yeux de Jérémy s'habituèrent à la pénombre. Et il les découvrit très belles. Il y avait la rouge, pleine de jupons, et puis la blanche, comme une fée dans une robe brodée. « Ah, tiens ! elle a perdu une chaussure », nota Jérémy.
Peu à peu il devint tout bébête, tout intimidé. Il n'osait plus bouger devant tant de beauté royale. Rien à voir avec Nours ! Lui, avec sa truffe décousue, il mettait tout de suite à l'aise. Elles, on aurait dit des princesses... non, des mariées ! non, des mamans ! Impossible de se laisser aller. C'est donc en tortillant sa chemise entre ses doigts, le nez plongé dans ses chaussures, tout en se dandinant un peu, que Jérémy bredouilla n'importe quoi, pourvu que cela plaise aux deux poupées.

– ... jour poupées ! bonjour ! Je parle doucement, parce que ma maman, elle veut pas que je vienne ici.

Sur le lit, il n'y eut pas de réponse, pas le moindre signe de vie. Peut-être avait-il parlé trop doucement pour qu'elles entendent. Il fallait insister.

– Moi, je... euh !... ben, je m'appelle Jérémy ! Et vous ?

Pendant une seconde notre petit bonhomme eut vraiment peur. On aurait dit qu'un volant de la robe rouge avait bougé. Il en resta pétrifié, un doigt dans la bouche, et un autre emprisonné dans la chemise tirebouchonnée. L'instant s'étira, comme pour vérifier. Non, il avait dû rêver. « D'abord, pourquoi elles me regardent pas ? se demanda-t-il soudain. Nours, lui, il me regarde toujours ! »

En se penchant sur le côté, pour apercevoir leurs regards, il découvrit que l'une d'elles avait « les yeux qui grondent ». Mirage, ou réalité ? En tous les cas, ce n'était pas fait pour le rassurer. Et de bébête il devint nigaud, se balançant sur un pied, tout en se disant : « Oh là là, peut-être qu'elle est fâchée ! »

– T'es fâchée, poupée ? risqua-t-il dans un extrême courage. T'es pas fâchée, hein ?

Pas de réponse. Cela devenait vraiment désespérant. Alors Jérémy s'enhardit un peu. Qu'est-ce qui peut résister à la curiosité ? Il voulut s'approcher encore, s'asseoir en face d'elles. Comme ça, elle seraient bien obligées de lui répondre.

Oh ! non, il n'avait pas peur, presque pas peur... enfin un peu, quand même ! Pour tout dire, il était tétanisé de peur, mais il ne fallait pas le montrer, sinon que diraient les poupées ? Elles se moqueraient de lui.

C'est au moment où il grimpa sur le lit, alors qu'il avait encore un pied par terre, que se produisit une chose impensable. A peine le poids de son corps eut-il pesé sur le matelas, que la blanche, la plus gentille des deux, tomba soudain sur le côté. Comme ça, sans se retourner !

Jérémy fit un bond en arrière. Cette fois-ci, elle avait bougé. Mais ce n'était pas le vrai bouger, comme avec

Nours. Non, là, c'était un bouger sans vie, un bouger qui ne bouge pas en vérité. Alors là, Jérémy en était sûr. C'était évident : quand on tombe ainsi, c'est que l'on ne sait pas parler ; on est juste une poupée, seulement une poupée, voilà tout !

*
* *

Pendant tout ce temps, Nours était resté dans la cuisine avec Suzanne qui épluchait les légumes pour le repas du soir. Et comme les grands, cela ne compte pas pour les nounours en peluche, il profita de ce congé pour rejoindre la grande Ourse.

Là-bas, la cloche avait sonné. Nours-de-Jérémy retrouvait Lapin-d'Élodie. La grande étoile à lunettes ouvrit le dictionnaire des câlins.
A « confiture », on pouvait lire : larmes de crêpe, ce qui rassura Nours encore inquiet du carnage auquel il venait d'assister.
Par contre, au mot « crêpe », la grande Ourse ne trouva aucune allusion concernant la fessée. Il fallait en convenir : en la circonstance, le grand dictionnaire avait été débordé. Aussi promit-elle à Nours d'y remédier.

Bien sûr, la leçon du jour porta sur le mensonge et la vérité. Comment s'y retrouver ? La chose n'est pas si simple : elles parlent, ou elles ne parlent pas, ces poupées ? Qui ment, qui dit la vérité ? Allez faire comprendre cela à des nounours. Le mensonge, par définition, ils n'en ont aucune idée.

Doctement, la grande Ourse ajusta ses lunettes pour lire dans le grand dictionnaire des câlins :

– Je vais vous raconter l'histoire du premier mensonge. Quelle belle histoire, mes amis ! Elle se passe dans la vallée merveilleueuse, celle qui se termine par les deux grands arbres Hinc et Hunc comme un gros hoquet.

En ce temps-là toute chose avait un pouvoir magique, seulement à cause de sa forme. Et si la chose changeait de forme, alors elle changeait aussi de pouvoir magique. Vous vous rendez compte !

Jusque-là les petits nounours ne se rendaient compte de rien du tout. Pour l'instant elle était bizarre, cette histoire de forme et de pouvoir. En se grattant la tête quelques-uns se contentèrent de demander : « C'est quoi un mensonge, c'est quoi ? »

– Un peu de patience, j'y viens !

Dans la vallée merveilleueuse donc, les choses prenaient une forme pour exercer leur pouvoir magique. Comme les robinets, par exemple, qui avaient le pouvoir magique de l'eau. Car selon la forme du robinet, ce n'était pas la même eau. Il y avait les petits robinets pour l'eau qui lave les mains, les robinets de douche pour l'eau des cheveux, les robinets pour l'eau à boire, pour l'eau qui arrose. Bref, toutes sortes de robinets.

La grande Ourse releva le nez pour voir si tout le monde suivait. Manifestement, l'épisode robinet avait fait son effet.

– Dans la vallée merveilleueuse, bientôt le peuple des petites choses et celui des fleurs décidèrent de ne plus changer de formes. Un seul pouvoir magique c'est déjà beaucoup de travail, savez-vous ! Alors le peigne se mit à seulement peigner les cheveux, et il laissa au râteau le soin de s'occuper de l'herbe. Et les bateaux eux aussi ne voulurent plus que naviguer. La pomme et la banane se séparèrent bonnes copines. Et chacune d'elles se consacra à ceux qui veulent manger de la pomme ou bien de la banane. Même les fleurs, en prenant une seule forme, choisiraient dorénavant un seul parfum magique.

Aussitôt dit, aussitôt fait, il en fut ainsi. Les petites choses et les fleurs diraient toujours la vérité : le goût de pomme pour la pomme, le peigne pour peigner, et le râteau pour ratisser. Mais seules les petites choses et les fleurs avaient choisi la vérité, pas encore les animaux et les hommes.

C'est pourquoi dans la vallée merveilleueuse, il y avait aussi des choses bizarres : des gentils dragons et des enfants déguisés en nounours. C'était incroyable, car les dragons et les enfants pouvaient changer de forme et changer de peau selon leur besoin. Les dragons pouvaient être à chaque instant n'importe quel animal. Ils prenaient une forme juste pour utiliser son pouvoir. Et les enfants, eux aussi, pouvaient se déguiser à tout moment en un nounours différent, seulement pour profiter du câlin de cette forme. Il fallait voir ça ! Les gentils dragons prenaient soudain des pattes de kangourou pour sauter la rivière, et ensuite un cou de girafe pour manger un fruit tout en haut d'un arbre, et puis soudain des longues oreilles de lapin pour entendre au loin.

– Comme les éléphants... comme les éléphants ! s'écria Nours en se dandinant sur son petit derrière, trop content de faire savoir combien il suivait toute cette histoire. Eux aussi, ils ont des grandes oreilles, hein ?

– Oh oui, très grandes, répondit l'étoile à lunettes, mais ce ne sont pas les mêmes que celles des lapins. Elles n'ont pas le même pouvoir puisqu'elles n'ont pas la même forme.

– Pas les mêmes ! répéta Nours désappointé, en constatant soudain qu'il n'avait pas tout compris. Mais elles sont grandes quand même !

– Ah, mes petits chéris, si vous saviez le secret des formes ! Il faut apprendre à les regarder pour percer le mystère de leur pouvoir. Savez-vous pourquoi les éléphants n'ont pas les oreilles dressées, et pourquoi elles sont collées contre leur tête ?

– Heu... non ! non, on sait pas, répondirent prudemment quelques nounours.

– Les oreilles dressées servent à entendre le dehors, pour écouter au loin afin de ne pas se faire surprendre. Mais l'éléphant est bien trop gros, bien trop fort pour avoir peur qu'on le surprenne. Il s'en moque, il n'a pas besoin d'oreilles dressées. Non, lui, il lui faut des oreilles qui lui bouchent les oreilles, non pas des oreilles pour écouter dehors, mais pour entendre dedans. Car voyez-vous, mes chéris, l'éléphant a de la mémoire, et il passe son temps à l'écouter tout au fond, comme une jolie musique. L'éléphant se souvient plus qu'il n'entend, et il se bouche les oreilles pour ne pas oublier. C'est ainsi, tous ceux qui se bouchent les oreilles ne peuvent plus que se souvenir !

Immédiatement une certaine agitation s'installa dans l'assemblée. Car tous les petits nounours tripotèrent fébrilement leurs oreilles afin de vérifier quel pouvoir elles pouvaient bien cacher.

– Dans la vallée merveilleueuse, tout le monde était tout nu. Pensez donc, il faisait si bon ! Tout le monde était tout nu, avec seulement une peau d'animal ou une peau de nounours. Mais personne ne savait qu'il était nu, puisqu'on n'avait pas encore inventé les habits.

D'ailleurs, à cette époque, les miroirs ne pouvaient même pas inverser leurs reflets. Car, eux aussi, ils disaient toute la vérité, la vérité toute nue du pays sans habits, la vérité toute nue selon laquelle pour chaque forme il existe un pouvoir.

Mais il advint un terrible matin. Ce jour-là, un dragon hippopotame très fatigué voulait rentrer chez lui. Il demanda à une souris de passage de

bien vouloir le prendre sur son dos. Non mais, vous imaginez !
Alors la souris se transforma en vieil âne pour dire : « Non, non, il n'en est pas question ! » Car les oreilles d'âne servent à bien écouter, mais uniquement pour bouder. C'est ainsi avec les ânes. Quand ils entendent : « Avance ! », c'est toujours pour reculer. Voilà à quoi ça sert, un âne, et c'est encore la vérité !

Pas très loin de là gambadait dans les champs une petite fille qui s'était fait copine avec un papillon. Lui, il était trop loin pour qu'on puisse le voir, mais elle, on pouvait aisément l'observer, virevoltant de fleur en fleur, flottant presque au dessus de la rosée. Rien qu'en la regardant on se sentait soudain léger, si léger.
Notre hippopotame se dit en l'apercevant : « Mais voilà ce qu'il me faut ! Voilà une forme qui ne semble pas craindre la fatigue. Je veux être petite fille... oui, c'est ça, petite fille, pour rentrer chez moi le cœur léger ! »
Aussitôt dit, aussitôt fait ! Le gentil dragon lourdaud devint une petite fille charmante, une petite fille coquine de la tête aux pieds.
« Comme c'est drôle des pieds de petite fille, c'est tout léger, pensa le dragon.
Comme c'est drôle des mains de petite fille... ça chatouille le printemps ! »
Mais en arrivant à sa tête de petite fille, il fit alors une découverte stupéfiante : « Comme c'est bizarre des oreilles de petite fille ! »

Ce sont des oreilles collées sur le crâne, mais à l'envers de celles des éléphants. Ce sont des oreilles tout ouvertes, des oreilles d'hommes. Mais comme les hommes n'ont peur de rien au dehors, leurs oreilles ne servent même pas à écouter. Incroyable quand même !

Pire encore : parce qu'elles sont collées à l'envers, ce ne sont même pas des oreilles qui bouchent les oreilles et qui permettent d'entendre le dedans. Quelle folie des oreilles pareilles ! Quel danger !

Voilà une forme, la forme humaine, qui n'a pas de pouvoir. Elle prétend les avoir tous, mais elle vit tout à moitié.
« Voilà une forme qui n'a pas de pouvoir ! se répéta ébahi le gentil dragon. Elle peut être légère comme un papillon, mais elle n'est pas papillon. Elle peut courir comme une gazelle, mais pas devenir gazelle. Elle peut chanter comme un oiseau mais en aucun cas être oiseau. C'est tout à moitié, c'est tout du faux, jamais la vérité ! » s'exclama le dragon à peau de petite fille.

Alors le gentil dragon se dit qu'il ne fallait pas rester en aussi mauvaise posture, et qu'il fallait de toute urgence avertir les habitants de la vallée. Aussi se transforma-t-il en perroquet, rouge de colère, et s'envola-t-il d'arbre en arbre raconter l'étonnante histoire de la forme sans pouvoir, de la forme qui copie tout à moitié.

Depuis ce jour tous les dragons se mirent à chuchoter en voyant passer un homme. Bientôt cette forme fut interdite par décret, tant elle était jugée dangereuse pour la vérité.
« Mais qu'est-ce que j'ai ? Mais qu'est-ce que j'ai ? » se demandaient les hommes en se voyant observés ainsi. Bientôt, et pour toujours, les hommes ne parvinrent plus à faire copain-copain avec les animaux.

Alors il y eut un homme parmi les hommes qui se précipita sur un miroir, pour essayer de voir pourquoi on le regardait ainsi. Après tout, peut-

être s'était-il fait des taches, et personne n'osait le lui dire ?
Mais l'homme parmi les hommes se découvrit tout nu, au point d'en avoir honte, comme si la honte perçue dans les yeux des animaux habitait maintenant dans son propre regard.

Alors il voulut s'habiller, pour cacher cette forme sans pouvoir, pour cacher sa honte. Et c'est ainsi que la première culotte et la première chemise devinrent le premier mensonge de la vallée merveilleueuse.
Les Dragons chassèrent alors les hommes au delà des deux grands arbres Hinc et Hunc comme un gros hoquet de chagrin.

Dorénavant, tous les vêtements serviraient à cacher la forme sans pouvoir, à cacher le mensonge !
Dorénavant, seuls les hommes, quand ils seraient nus, pourraient savoir qu'ils sont nus, à cause de la vieille honte apprise dans les yeux des animaux.
Dorénavant, et pour toujours, les miroirs inverseraient les reflets des hommes en mémoire de ce jour maudit.
Dorénavant, en prenant des vêtements de mensonge, tous les hommes perdraient leur peau de nounours, leur peau de vérité. Il y aurait donc d'un côté les enfants à culotte, et de l'autre, dans leurs bras, un petit nounours en mémoire d'autrefois.

L'assistance était muette, pétrifiée, quand la grande Ourse referma le dictionnaire des câlins. Et c'est curieux comme certaines histoires – quand on les découvre – en vérité on les reconnaît, comme si on les avait toujours sues, comme si on les avait seulement oubliées.

La cloche tintinnabula. Les petits nounours retournèrent à leur mission sur terre.

*
* *

Jérémy resta en arrêt quelques instants dans la chambre interdite. « C'est pas le vrai bouger, c'est pas le vrai bouger ! » pensait-il pas très rassuré.
D'ailleurs, couchée sur le côté, la soi-disant fée restait toujours muette. C'était bien la preuve quand même !
Prudemment, il traversa la chambre à reculons, sans la quitter des yeux. On ne sait jamais, elle pouvait encore lui faire un signe !
Arrivé sur le pas de la porte, il fit demi-tour brusquement et se précipita à bride abattue jusqu'à la cuisine.

Secrètement notre petit bonhomme n'était pas mécontent de cette découverte. Parce que Nours, lui au moins, il parlait pour de vrai !
Il débaroula en trombe dans la cuisine, où Suzanne continuait d'éplucher ses légumes.

– Maman, maman ! Mamaaan ! C'est pas vrai... pas vrai, tes poupées, elles parlent pas !

Alors là, il était drôlement content, il marquait un sacré point. Il le savait bien que les poupées et les autres nounours ne parlaient pas. Maintenant, c'était sûr : il n'y avait que Nours qui parlait, sinon il ne serait pas magique !
D'un coup, toute la grandeur de son secret, un instant ternie par la banalité, pouvait à nouveau redevenir extraordinaire. Alors il répéta, sur un ton triomphal :

– Maman, eh ben tes poupées, elles parlent pas !

A cet instant précis, Suzanne comprit que Jérémy avait été dans la chambre. Elle fut soudain très inquiète, à cause des somnifères sur la table de nuit. Jérémy était bien capable de les avoir avalés, comme ça, pour jouer ! Il n'y a rien de pire qu'une maman qui a peur. Au début cela commence doucement, et puis après elle se raconte des histoires, au point de perdre tout contact avec la réalité.

– Ah ça non, Jérémy ! Je t'ai dit mille fois que je ne voulais pas que tu ailles jouer dans la chambre de papa et maman... Mille fois !

Jérémy fut d'abord surpris par une telle réaction. Bien sûr, il était allé dans la chambre ! Mais ce n'était rien à côté des poupées qui ne parlent pas. Décidément, les grands sont toujours à côté, ils ne savent vraiment pas ce qui est grave et ce qui ne l'est pas.

– Je ne veux plus avoir à te le redire, tu entends Jérémy ! Sinon gare à tes fesses !

Mais Jérémy n'écoutait plus. D'abord, il n'avait même pas sali, même pas sauté sur le lit. Et puis il lui fallait absolument insister à propos des poupées, parce que l'enfance est ainsi, parce qu'à cet âge il faut comprendre, comprendre à tout prix, c'est une question de survie.

– Elles parlent pas tes poupées, voilà !
– Tu n'as rien cassé au moins ? Tu n'as rien touché ?
– Eh ben, elle est tombée, la poupée. Elle a pas parlé...
– Jérémy, écoute-moi ! Est-ce que tu as touché à quelque chose ? demanda Suzanne de plus en plus inquiète, en saisissant son fils fermement par le bras.
– Elle est tombée, la poupée... elle est tombée toute seule ! répondit Jérémy qui ne comprenait pas la tournure des événements.
« Elle est tombée, et c'est pas moi qui l'ai poussée ! » Voilà en fait ce qu'il voulait dire.
Maman... maman, elles parlent pas, tes poupées !
– Oh, Jérémy, tu m'agaces à la fin ! Tu me casses les oreilles avec ton histoire de poupées. Bien sûr que non, elles ne parlent pas, mais je...

Jérémy n'entendit plus la suite. Suzanne s'était mise à parler très fort, en le secouant. Mais plus rien ne pouvait entrer dans ses petites oreilles.
Sous le choc, il en était resté bouche bée. Un terrible écho résonnait dans sa tête : « Bien sûr que non, elles ne parlent pas... parlent pas... parlent pas ! »
Soudain il se sentit égaré : sa maman avait menti. Le monde entier se dérobait sous ses pieds. Avec ce premier mensonge, le sens des mots, le sens des choses volait en éclats. C'était comme si tous les pouvoirs magiques s'envolaient d'un coup, comme si en un mensonge Jérémy s'était retrouvé expulsé dans le pays où tout est grave, le pays où il n'y a plus rien de léger.

Jérémy prit Nours dans ses bras, comme un noyé s'accroche à sa bouée.
Il lui fallait retrouver ses marques, comprendre à tout prix ce qui se passait, et d'abord comprendre pourquoi sa maman avait menti. Qu'est-ce que c'est un mensonge pour un enfant de cet âge ? Sinon un truc qui enlève la poussière d'or, qui l'empêche de tomber, cette poussière d'or si nécessaire pour respirer et pour rêver.
Bientôt ce fut l'affrontement drame contre drame, celui de Jérémy contre celui de Suzanne. Comment auraient-ils pu se rencontrer ?

– Jérémy, regarde-moi ! Tu n'as pas touché aux pilules sur la table de nuit, hein ? Réponds ! Tu ne les as pas touchées ?

Jérémy ne comprenait rien à cette histoire de pilules. Aussi secoua-t-il la tête mollement de droite à gauche en signe de dénégation. « Alors, elles parlent ou elles parlent pas, ces poupées ? » se demandait-il sans oser le formuler à voix haute.

Pour lui, c'était clair et terrible à la fois : il n'existait pas aux yeux de sa maman, pour qu'elle soit sourde à

ce point-là. Jérémy et ses valeurs, Jérémy et ses souffrances, Jérémy et ses questions, rien de tout cela n'avait le droit de s'exprimer.
C'était sa maman ou lui qui existait, mais pas les deux. Dans une dernière tentative, le nez dans ses chaussures, il essaya de conquérir une petite place sur terre, une toute petite quand même !

– Eh ben, mon Nours, lui y parle, voilà !
– Tu vas voir tes fesses, si tu as touché aux pilules de papa ! J'en ai marre de tes bêtises. J'en ai vraiment marre.

Ensuite Suzanne se précipita dans la chambre, pour vérifier si les fameuses pilules n'avaient pas bougé. Il y avait de l'électricité dans l'air, des portes qui claquaient, des lampes qui tremblaient, et son pas martelant le plancher.
C'était évident, cela crevait les yeux : Jérémy n'existait vraiment pas, sa maman ne l'aimait plus et en plus elle mentait. Oh ! comme cela va vite, ce genre de désastre, dans la tête des petits enfants.

Suzanne revint calmée. Mais Jérémy vaincu, dépité, alla se réfugier dans sa chambre. Il essaya bien quelques broum-broum avec les petites voitures, mais le cœur n'y était pas. Alors il passa aux cubes, sans plus de conviction. C'est simple, il n'avait même plus envie de jouer. Ce qui est bien la maladie la plus grave que l'on puisse attraper à cet âge-là.

Nours, appuyé contre le mur, observait son petit ami du coin de l'œil, en repensant aux oreilles des hommes collées à l'envers. Après la scène à laquelle il venait d'assister, il devait en convenir : la forme humaine n'avait pas de pouvoir. Quel gâchis ! Il fallait délivrer cette petite tête de ses énormes soucis.
En se tournant pour ramasser un cube, Jérémy fut saisi par le regard de tendresse que Nours posait sur lui.

C'était bien ce qui lui manquait : qu'on le regarde lui, rien que lui, qu'il existe enfin pour quelqu'un !

– Coucou mon Jérémy ! Coucou mon petit Coucoulou ! A quoi on joue ?
– J'ai pas envie de jouer, Nours ! répondit Jérémy encore si préoccupé.
– Mais mon petit Coucoulou Moucoulou, qu'est-ce qu'il t'arrive ?
– Euh, je... Dis Nours, les poupées, elles parlent ?

Lui au moins, il allait répondre. Lui au moins il ne raconterait pas une histoire de pilules à laquelle Jérémy ne comprenait rien.

– Mon Poucoulou ! Mais bien sûr qu'elles parlent, les poupées. Elles parlent aux petites filles seulement, mais ni aux mamans, ni aux petits garçons.
– Ah ! pas aux mamans ! Et pourquoi, pas aux mamans ?
– Mais parce que les papas et les mamans font tant de bruit dans leur tête qu'ils ne peuvent plus entendre la petite voix des poupées.
  Mon Coucoulou, sais-tu, leurs oreilles sont collées à l'envers, et quand tu dis « turlututu » ils entendent « blablabla ».
– Y z'ont les oreilles à l'envers ! s'écria Jérémy franchement surpris.

Des oreilles à l'envers ! Il n'en revenait pas ! L'affaire devenait sérieuse, aussi s'approcha-t-il de Nours. Il s'installa à plat ventre à quelques centimètres de son ami, la tête entre les mains. Et il demanda tout doucement :

– Nours, pourquoi y z'ont les oreilles à l'envers, les papas et les mamans ?

Nours lui raconta l'histoire de la vallée merveilleuse, et les secrets de toutes les formes d'oreilles. Il raconta la pauvre petite fille, le dragon hippopotame, les

vêtements, le premier mensonge et... les oreilles d'homme collées à l'envers.
Il lui confia aussi que tant que les petits garçons ont des nounours, ils n'ont rien à craindre. Même collées à l'envers, les oreilles des enfants entendent tout.

– A l'envers ! répéta Jérémy en vérifiant sur les siennes.
– Eh oui, à l'envers, mon Coucoulou ! D'ailleurs tu as bien vu : tu disais « poupées », et ta maman entendait « pilules ».
Tu sais, mon petit Moucoulou, les papas et les mamans n'entendent plus que les gros bruits : les gros badaboums et les gros patatras, mais pas les turlututus chapeau pointu.
– Jérémy, il entend les turlututus. Hein, Nours ?
– Mais bien sûr tu les entends, puisque tu m'entends. Est-ce que tu m'entends mon Coucoulou ?
– Oh oui, Nours !
– Eh bien, malgré tes oreilles collées à l'envers, tu peux tout entendre alors. Tiens ! je vais te dire un secret. Est-ce que tu veux être un grand magicien ?
– Oh oui, Nours, un grand magique, répondit Jérémy en battant des mains.
– Alors mon petit Coucoulou, nous allons recoller à l'endroit les oreilles de ta maman. Tu es d'accord ?

Jérémy fut enthousiaste à cette idée. Déjà il sautait de joie sur place. Pensez donc, quelle aubaine ! Reconquérir sa maman perdue !

– Monsieur le grand magique, écoutez-moi bien, lança Nours d'une voix forte. D'abord, il faut attendre un blablabla.
– C'est quoi un blablabla, Nours ?
– Mais tu le sais : c'est quand les grands parlent sans écouter les petits.

Alors ça, Jérémy, il connaissait bien. Pas besoin de lui

expliquer : après le coup des poupées, il ne craignait pas d'oublier.

– Écoute bien mon Coucoulou, je vais t'apprendre le secret qui recolle les oreilles à l'endroit. Quand maman parlera toute seule sans écouter Jérémy, il te suffira de taper dans tes mains et de lui dire qu'elle est jolie, très jolie, en continuant d'applaudir bien fort puisque les grands n'entendent que les gros badaboums. Alors tu verras, elle s'arrêtera tout net et elle ne regardera que toi, mon tout petit.

En sortant dans le couloir, avec Nours sous le bras, Jérémy marchait déjà comme un chef indien. Qu'on se le dise, il allait recoller les oreilles à l'endroit !
En passant devant la chambre des parents, il vit la porte ouverte, et il aperçut Biscotte couché sur le lit. Jérémy n'eut alors plus qu'une idée en tête : pourvu que Biscotte ne mange pas les pilules de papa ! Il risquait de mourir, lui aussi, comme avait dit Suzanne tout à l'heure quand elle grondait.

Dans la cuisine, Suzanne avait repris ses esprits. Elle était même désolée d'avoir autant paniqué, de s'être ainsi emportée. « Pauvre chéri, pensa-t-elle, il n'a rien dû y comprendre. » Aussi, quand Jérémy fit irruption dans la cuisine, c'est tout tendrement qu'elle se tourna vers lui :

– Tu sais mon trésor, les mamans se font tellement de souci. Elles ont toujours peur qu'il arrive un accident, tu comprends ?
– Maman, Biscotte...
– Tout à l'heure, j'ai cru que tu avais mangé les pilules. C'est pour cela que j'ai un peu crié, mon chéri !
– Maman, maman ! Biscotte y...
– Tu aurais pu être très, très malade, tu sais. Et maman, elle ne veut pas que son Jérémy soit malade.

Cela renforça Jérémy dans sa conviction : Biscotte risquait de mourir, lui aussi.
Passé les premiers instants de remords, Suzanne retourna à la préparation du repas. Jérémy bien sûr la suivit, en tirant sur sa robe.

– Maman, mamaaan... Biscotte, il est dans ta chambre.

Mais évidemment, pour Suzanne, Biscotte c'était tout autre chose. Le chat pouvait bien aller où bon lui semblait. D'ailleurs, il dormait très souvent sur le lit. Mais comment notre pauvre petit Jérémy aurait-il pu comprendre tout cela ?
Biscotte allait mourir, et sa maman ne le grondait pas.
Biscotte allait mourir, et elle ne bougeait même pas.

– Tu sais mon Jérémy, quand j'étais petite, à mes poupées je leur disais tout ! Tous mes secrets !
– Mais... mais Biscotte !
– Oh ! je me souviens : la poupée rouge, je l'appelais Chantal. C'était ma préférée.
– Maman, Biscotte y va manger les pilules.
– Mais non, mon trésor, mais non ! Ce gros paresseux doit dormir sur le lit. Et tu sais, la poupée qui a la robe blanche... C'est ma maman qui avait fait la robe, parce que je voulais une princesse. Tu te rends compte !

Nours n'en revenait pas : voilà que maintenant c'était Jérémy qui parlait pilules et sa maman qui répondait poupées. Il y avait de quoi se pincer.
Il poussa alors du coude Jérémy en lui murmurant : « blablabla ! »
Le temps pressait, là-bas Biscotte allait mourir, il fallait dire les mots magiques et puis applaudir, applaudir très fort pour recoller les oreilles à l'endroit.

– Tu es jolie, maman !

Suzanne resta un instant interdite, le geste en suspens. Ce qui laissa à notre petit bonhomme tout le temps pour applaudir et répéter très fort :

– Tu es jolie maman... Tu es jolie maman !

– Oh, mon petit chéri ! murmura Suzanne au bord des larmes, en le prenant dans ses bras.

Jérémy était aux anges. Sa maman l'embrassait, et l'embrassait encore en le serrant très fort.

– Oh, mon chéri, si tu savais comme maman t'aime. Parfois, elle gronde un peu. C'est comme ça les mamans, que veux-tu !

– Dis maman, Biscotte, il va pas mourir ?

– Mais non, pourquoi veux-tu qu'il meure ? Viens voir comme il dort, ce gros paresseux !

Elle l'emmena dans la chambre, en le portant dans ses bras. Comme c'était bon ! Elle ne regardait que lui, elle répondait à toutes ses questions. Elle était à lui, tout simplement.

– Tiens ! Si tu veux, tu vas aider maman. Ce soir, c'est Jérémy qui va faire la soupe de Biscotte. D'accord ?

Jérémy appela Biscotte qui sortit en trottinant. Il lui fit sa soupe, que le gros paresseux mangea goulûment. Décidément, ce soir, c'était vraiment chouette ! Même le chat écoutait Jérémy.

Chapitre 4

Le terrible jeu des secrets

– A table, les hommes ! avait crié Suzanne depuis la cuisine.

Mais personne n'avait répondu, car Jérémy, la tête enfouie dans les coussins et le derrière en l'air, faisait la bagarre avec son papa sur le grand divan du salon.
La bagarre ! Voilà une chose que les filles ne peuvent pas comprendre ! C'est un câlin très spécial, exclusivement réservé aux mâles, et qui sert à mesurer leur virilité et leur pouvoir respectif sur le territoire. Mais bien entendu, entre Robert et Jérémy c'était seulement un jeu, tant le vieux mâle faisait encore patte de velours face aux assauts fougueux de sa progéniture.

Ah ! la bagarre, c'est vraiment un rite qui remonte à la nuit des temps, où chacun doit apprendre à rugir de façon sanguinaire, juste pour impressionner l'autre. Dans cet affrontement, il faut savoir bomber du torse et sortir sa force. Le premier qui a peur a perdu, c'est la règle du jeu. Alors, entre deux rires, il faut que ce soit vraiment la guerre, la drôle de guerre des guili-guili dans les tranchées d'oreillers.
Là-bas, dans la cuisine, la femelle tant convoitée doit le savoir : il y a du carnage dans l'air, deux mâles en

furie se disputent ses faveurs. C'est souvent ainsi la vie d'une grande femelle : elle tremble la pauvre, cachée au fond de sa tanière. Elle tremble, mais elle n'est pas peu fière, en écoutant le concert de grognements qui monte de la savane juste pour lui plaire. Elle sera au vainqueur, un point c'est tout, elle ne peut rien y faire ! C'est là toute la magie de la bagarre, et l'ancestral bonheur de ce jeu.

– A table, les hommes ! répéta Suzanne du fin fond de sa tanière.

Jérémy venait de se faire mordre les fesses, suprême injure, suprême aveu de sa faiblesse. Mais vainqueur ou vaincu, quelle importance ! C'est tellement bon tous ces instants magiques, quand son papa, on ne le voit pas très souvent. C'était en effet si rare que Robert rentre tôt le soir, si rare qu'il partage avec son fils quelques giclées de fou rire. Bien sûr, notre petit bonhomme s'était habitué à manger tout seul sur son petit coin de table, juste avant d'aller se coucher. Suzanne lui avait répété si souvent que les grands soupent tard, très tard, parce que les papas doivent beaucoup travailler pour acheter les vacances, les économies et même l'eau du robinet.

Mais l'enfance a beau le savoir, le coup du papa tellement occupé ailleurs, il manquera toujours quelque chose dans la cuisine à l'heure des mouillettes trempées dans le « cacou ». Ne serait-ce que quelqu'un qui retourne la coquille pour faire croire – le coquin ! – que l'œuf reste encore à manger.

– A table, les hommes ! Mon repas va brûler ! s'impatienta Suzanne sur un ton qui annonçait le dernier appel.

Robert se leva dans un ultime rugissement. Il prit son fils dans ses bras, tout en continuant de chahuter. Dans leur lutte, il lui fit même un petit mimi dans le cou, fait

rarissime chez un vieux mâle qui aurait pu égorger, mais suprême guili-guili signant sa victoire.
Décidément, ce soir-là, les choses sortaient de l'ordinaire. Robert aimait trop subitement son fils, sans que ce soit pourtant son anniversaire. Jérémy aurait dû se méfier : les grands ont toujours quelque chose à cacher quand soudain ils en font trop avec les petits. D'ailleurs notre jeune héros en fut secrètement alerté, lors du mimi à mourir de rire. Mais tout à sa joie, comment aurait-il pu s'en inquiéter ?

C'est dans cette ambiance inhabituelle que tout le monde se retrouva à table. Et Jérémy n'en revenait pas d'être assis entre sa maman et son papa. Il roulait ses yeux de l'un à l'autre en regardant la poussière d'or tomber. Et il se tricota à toute vitesse un bonheur en famille.

Pourtant ce n'était pas Dimanche, ça il en était sûr, puisqu'il n'avait pas mis ses belles chaussures rouges. Mais alors, que se passait-il donc ce soir ? Pourquoi un tel repas avait-il lieu ? Il lui fallait trouver un indice, une bonne raison justifiant cette fête inopinée, et la poussière d'or qui venait tout sucrer. Jérémy scruta l'univers attablé autour de lui, mais en vain. Il fouilla les yeux et les gestes de chacun. Mais par bonheur il ne remarqua pas certains silences entre Suzanne et Robert, de tout petits silences chargés d'un brouillard épais.

Car à cette table, il y avait vraiment deux saisons : l'hiver et le printemps. Il y régnait un hiver brumeux, tant le couple de ses parents traversait depuis quelques mois une très mauvaise passe. Et tandis que la météo annonçait un sale temps chez les grands, de l'autre côté il faisait encore si beau chez les petits... un temps radieux, comme on dit !
Robert travaillait trop. Robert ne regardait plus sa femme. Robert regardait toujours la télé, seulement la

télé. Cela pouvait se résumer ainsi. Entre Suzanne et Robert, les années avaient filé à toute vitesse. Il n'y avait pas eu assez de bon temps. Mais heureusement pour Suzanne, il y avait Jérémy... Jérémy l'éclaircie !

En effet, avec les années, elle avait dû se résoudre à ne plus plaire à son mari. Et seule la bonne mère recevait encore certaines attentions. C'est ainsi que peu à peu son rôle de maman était devenu son dernier atout de séduction. Oui mais voilà, simple maman cela ne suffisait pas aux yeux de Robert. Il fallait être une maman remarquable, voire même héroïque, pour que la femme ait une chance d'être aperçue, d'être désirable.

Étrange jeu, en vérité ! Car c'est précisément à cette époque de turbulences du couple que Jérémy avait commencé à tousser. « Rhinopharyngite ! » disait le docteur Alibert à chacune de ses visites, en évoquant les pollutions et les brouillards de la région. Comment aurait-il pu deviner une autre pollution possible, un autre brouillard bien plus insidieux ? Une autre version des faits racontant Suzanne et son obligation d'être une super-maman, une maman obligée de se lever presque toutes les nuits pour son fils chéri afin de récupérer l'attention perdue de son mari. Car n'est-ce pas en se dévouant ainsi corps et âme pour Jérémy, qu'elle espérait retrouver un corps et une âme dans les yeux de Robert ?

C'est à cette époque que Jérémy dut prendre l'habitude que l'on parle de lui comme d'un enfant gentil, mais si fragile des bronches.
Au début, personne ne prend garde à l'installation de ce nouveau refrain, de cette nouvelle manie. On vous taille le portrait, à vous d'y ressembler !
Alors forcément, il se mit à tousser, et sa maman, la pauvre, se releva la nuit. Et voilà, le tour était joué. Ensuite on parla de lui, devant lui bien sûr, en se faisant

toujours beaucoup de souci. Ah ! le souci, c'est vraiment une bonne chose chez les grands pour se faire remarquer : « Je m'inquiète donc je suis ! » Et c'est ainsi que peu à peu le costume colle à la peau. L'enfant finit même par se faire au personnage, tant il y trouve quelques avantages.
Au bout de quelque temps, c'est complètement entré dans les mœurs. Cela n'a plus d'importance : au moindre « zinvité » qui passe, l'enfant a pris l'habitude d'entendre la célèbre histoire de celui-qui-est-toujours-malade, d'être le petit souci qui fait tellement de bien à sa maman.

Alors cela devient un jeu, un terrible jeu pour la vie. « C'est quand tu voudras, ma petite maman chérie ! Quand tu voudras, je tousserai toute la nuit ! C'est quand tu voudras, il suffira juste de la petite lueur triste au fond de tes yeux ! »
Et parce que la terrible habitude s'instaure, cela devient une sorte de loi du milieu, où chacun finit par y trouver son compte.
Mon Dieu, qui sait les brouillards qui poussent un enfant à tousser ? Qui connaît cette autre version de la grande bagarre des mâles, capables de tout faire pour attirer la femelle jusqu'à leur lit ?

– Allez mon chéri, fais un effort, finis tes haricots verts ! C'est bon pour les petits garçons qui toussent ! Tu sais ce soir, il y a une surprise : nous avons à te dire un grand secret ! Et puis j'ai fait un bon dessert.

Jérémy fit la grimace : le dessert, le secret, tout cela ne le dispensait pas de l'obstacle haricots verts. D'ailleurs, même la poussière d'or faisait un détour devant ce terrible légume.
Robert, se sentant coupable de ses absences répétées, avait décidé ce soir-là de faire des efforts tout particuliers en direction de son fils. Aussi fut-il ému par

l'épreuve des haricots que subissait Jérémy. Et il trouva, en cette circonstance, l'occasion idéale pour voler au secours de son petit bonhomme.

Profitant d'un instant où Suzanne avait le dos tourné, il termina rapidement l'assiette de Jérémy. Puis il s'empressa de mettre un doigt sur sa bouche, en signe de secret. Oh ! là là, comme Jérémy était content de « faire le secret » à sa maman, et par la même occasion de se débarrasser de son calvaire.

– Viens voir Suzanne... viens voir ! lança Robert sur un ton qui se voulait espiègle. C'est incroyable, Jérémy a mangé tous ses haricots. Moi, je crois qu'il aura droit à un bon dessert.

Jérémy était à la fête, roucoulant des yeux complices en direction de son papa malin, de son papa-copain. Comme c'est drôle, un secret ! Soudain on sait tout et c'est maman qui ne comprend rien. Pour une fois, on est invité chez les grands, et c'est maman qui se retrouve bébête chez les petits.

– Oh, mais c'est un miracle ! s'exclama Suzanne en apercevant l'assiette vide. Notre Jérémy devient un grand garçon. Tu vois, finalement, c'est bon les haricots verts !

Et voilà ! Elle était devenue une toute petite fille qui se fait rouler par les apparences. Robert mit sa main devant la bouche pour rigoler derrière. Alors, par simple complicité délicieuse, Jérémy fit de même. Quel bonheur de se retrouver comme un papa qui sait tout. On est tellement content dans ces moments-là, qu'il faudrait que maman le sache. Oui, mais on ne peut pas, car c'est un secret !

Pourtant derrière la main on commence à faire des petits bruits, tellement cela démange. Des petits gloussements qui tiennent encore le rire en laisse, mais

qui dessinent des yeux si malicieux. Bientôt, on n'y tient plus, on gigote sur une fesse parce que le secret fait des chatouillis partout. Alors on pouffe de rire, et papa fait : « chut ! » Et puis on recommence, un peu plus bruyamment pour que maman s'étonne.
C'est peut-être bien cela le bonheur : ne pas le dire, mais tout faire pour que cela se sache !

– Mais qu'est-ce qu'il vous arrive, à tous les deux ? Pourquoi riez-vous de la sorte ? Quelle bêtise avez-vous encore faite ?
– Maman... maman ! Eh ben papa, il a mangé tous mes haricots verts, explosa Jérémy en secouant la main en signe d'extrême gravité.

Suzanne sursauta, feignant la surprise et la colère. Puis, en se tournant vers Robert, elle mima les gros yeux. Alors Jérémy accosta sur la plage des « très-beaucoup-heureux ».

– Maman... maman ! C'est papa en cachette. Il a tout mangé, répéta notre petit bonhomme dans l'espoir de prolonger l'écoulement du charme.
– Oh ! mais il va être privé de dessert, le vilain ! Et il va avoir la fessée...
– Non, non, pas la fessée... pas la fessée ! supplia Robert, l'air terriblement apeuré.

Même si c'est « pour semblant », il y a tant de choses qui sont vraies dans ces moments-là. « Tout est faux ! » seraient tentés de dire les adeptes de la stricte vérité. Et pourtant la tendresse et la complicité atteignent là leur plus haut degré.
Il existe donc, ce pays des mots et des circonstances où les grands et les petits vivent enfin ensemble sur la même planète ! Ce pays magique, loin de toutes les gravités adultes, où les rêves sont soudain si près de la réalité que le moindre mensonge devient poésie. Et dire qu'il suffirait de jouer pour vivre en cette contrée ! Et

dire que nos enfants sont seulement un prétexte pour nous y inviter.

– Et alors, Jérémy, tu as trahi notre secret ! lança Robert mi-figue, mi-raisin. Maintenant c'est moi qui vais me faire gronder. Nous les hommes, il faut bien qu'on ait des petits secrets quand même ! Nous les hommes, il faut apprendre à nous serrer les coudes...

Et voilà, patatras ! Le secret devint soudain quelque chose de si compliqué que Jérémy n'eut plus du tout envie de jouer. Non seulement il y avait cette histoire de coudes incompréhensible, mais il y avait aussi un « nous les hommes » qui compliquait tout dorénavant. Et la tendre complicité des instants précédents devint une trahison.

Il y avait un « nous les hommes » dans lequel les femmes ne pouvaient pas entrer... même pas les mamans ! Alors, à cause de ce « nous les hommes », les secrets en alexandrins devenaient des mensonges en prose.

« Eh ben d'abord, c'est pas vrai les sourcils froncés de maman ! C'est pas vrai la fessée ! Tout ça, c'est pas vrai ! » Voilà bien où en était arrivé notre pauvre Jérémy.

Il fallait de toute urgence en revenir à la stricte réalité, car la poussière d'or en s'arrêtant de tomber avait tout changé en mensonge organisé.

Il se creusa alors la tête à toute vitesse. Aussi vite qu'il se lavait la figure. Il lui fallait sortir de cette impasse, trouver une diversion. Fort heureusement, quand on est petit, l'instant est tellement papillon qu'il suffit d'un rien pour que la vie se tourne vers d'autres horizons. Justement, Suzanne sortait du frigo le dessert tant annoncé : de la mousse au chocolat... De quoi tout oublier !

« De la mousse au chocolat, comme le dimanche chez mamie Vette, pensa Jérémy intrigué. Décidément, quelle drôle de fête ! »

– Qui veut de ma mousse au chocolat ? Levez les doigts bien haut. Vous allez m'en dire des nouvelles… rien à voir avec celle de mamie Yvette ! Et puis, je crois bien que papa va dire un secret à Jérémy… un très grand secret.

Cette fois-ci, notre petit bonhomme se préparait à respecter un « nous les hommes » sans faille. Il ne fallait surtout pas trahir papa. C'est pourquoi, attentif à l'extrême, il fut soudain alerté par l'étrange ambiance qui se mit à régner autour de la table. Il y avait chez ses parents un petit je ne sais quoi forçant leur allure, soulignant leurs gestes. « Mais pourquoi font-ils cette drôle de tête ? s'interrogea Jérémy. Un secret, c'est la fête ! »

– Dis-lui toi ! murmura doucement Robert. Dis-lui, c'est mieux, si c'est toi !

Suzanne ne répondit rien, se contentant d'acquiescer mollement, tout en jetant un regard de reproche en direction de son mari. Et puis elle se mit fébrilement à installer les petites assiettes à dessert. Robert, lui, débarrassa la table, ce qui n'était vraiment pas dans ses habitudes. D'ailleurs, il aurait nettoyé n'importe quoi pour éviter de se rasseoir. « Mais qu'est-ce qui leur prend ? » se demanda Jérémy qui n'en perdait pas une miette.

C'est toujours inquiétant ces choses-là quand on est petit. Car le silence se remplit à vue d'œil, et on le sait bien que tôt ou tard il va déborder. C'est un silence spécial, plein d'ambulances et de camions de pompiers. Il y a des gyrophares partout qui annoncent une certaine gravité, mais l'accident n'est pas encore arrivé.

Jérémy chercha, dans les mots qu'il connaissait, à reconnaître sa maman. Non ! ce n'était pas une maman triste, ni une maman fatiguée ! Non, elle ne semblait pas en colère, pas malheureuse non plus ! Mais qu'est-ce que c'était que cette maman-là ?

Alors il se vengea sur la mousse au chocolat. Et son assiette devint vite un champ de bataille à l'image du trouble qui régnait dans sa tête.

– Tu sais mon chéri, nous avons un grand secret à te dire, une grande nouvelle. N'est-ce pas Robert ?
– Oh oui ! répondit ce dernier sans même lever les yeux... c'est une surprise !

Mais maintenant, Jérémy n'en voulait plus des secrets, ni des surprises, ni des nouvelles ! Il y avait trop de gyrophares dans ce silence pour qu'il ne sente pas venir le danger. Alors il tenta une diversion dans l'espoir de leur faire tout oublier. Et ça, c'est facile avec les parents ! Il suffit de leur demander « pourquoi-ci ? » et « pourquoi-ça ? » à propos de n'importe quoi, et surtout de ne pas lâcher.

– Et pourquoi Biscotte, il a pas de maman ?
– Tu sais mon Jérémy, reprit Suzanne comme si elle n'avait rien entendu, notre secret c'est... heu, enfin voilà ! Papa et moi...
– Ils sont où, le papa et la maman de Biscotte ?
– Enfin voilà, nous voulons te dire que nous allons avoir un petit bébé, un petit frère pour Jérémy, tu comprends ! Un petit frère rien que pour toi, mon chéri !
– Tu te rends compte ? Un petit bébé qui est déjà dans le ventre de maman, continua Robert enjoué, cherchant à se convaincre que la venue de cet enfant aiderait peut-être son couple.

Il y eut un court silence, qui avançait sur la pointe des pieds, une sorte de suspension terriblement aux aguets des premières réactions de Jérémy.

D'ailleurs, au début cela ne lui fit presque rien, ce bébé-secret. Les ambulances étaient reparties, dépitées. C'était une fausse alerte : le silence avait craqué, mais il n'y avait pas de raison de s'inquiéter.

Et puis, peu à peu, voilà que le bébé se mit en route. Et il commença à courir dans tous les sens aux quatre coins de la tête, soulevant sur son passage des gerbes de questions étranges.
Alors soudain, Jérémy se retrouva mouillé jusqu'au cou. Il fallait ranger à toute vitesse plein de nouveaux mots dans les bons tiroirs du cerveau : bébé ou petit frère ? Petit frère pour Jérémy ? ! Petit frère dans le ventre de maman ? ! ! Qu'est-ce que cela veut dire : « dans le ventre de maman » ? Et pourquoi pas un nounours dans les oreilles de papa ! Ou une tablette de chocolat dans les chaussures de mamie Vette ! On en fait quoi d'une chose pareille, quand on a une petite tête encore toute neuve ?

Heureusement, Jérémy fut traversé par une idée lumineuse, une idée toute simple au demeurant : quand sa maman disait un mot nouveau, elle montrait toujours la chose qui allait avec. Sinon comment pouvait-il comprendre de quoi il s'agissait ? Eh bien, puisqu'elle disait « petit frère », elle devait forcément le montrer. Ça c'est la loi des tout petits !

Prenons garde de ne pas en rire, car n'est-ce pas pareil chez les grands ? Plus tard, il y a toujours quelqu'un qui vous annonce un peu embarrassé : « Tu sais, j'ai un grand secret à te confier. Tu vas avoir un Ange, une sorte de petit frère rien que pour toi... Tu te rends compte ! »
Combien sont-ils, ceux qui sont prêts à y croire sans le voir ? Un Ange au fond du cœur, ou un bébé dans le ventre, ce n'est pas plus facile à comprendre. Tous deux ressemblent à une farce, la toute première fois que l'on nous en parle.

Jérémy se pencha un peu vers Suzanne. Il mit deux doigts dans sa bouche en signe de profond malaise. En apercevant ce ventre tout de même incroyable il s'exclama soudain :

– Il est où le bébé de Jérémy ? Il est où ? Je veux le voir ! Je veux le voir, le bébé.

Non, mais quand même ! Voilà un bébé qui dormait dans le ventre de sa maman, à croire qu'elle l'avait avalé. Voilà un bébé qui ne se lavait jamais. Et ses jouets, il les mettait où, ses jouets ? « C'est une farce, cette histoire, pensa Jérémy, c'est une blague comme tout à l'heure avec les haricots verts. Ils vont sûrement mettre leur main devant la bouche et rigoler derrière. » Mais ni Suzanne, ni Robert ne semblaient enclins à la rigolade, bien au contraire.

– Il est où le bébé... maman ? insista Jérémy.

– Mais mon chéri, on ne peut pas le voir tout de suite, expliqua Suzanne un peu embarrassée. Il est encore tout petit, tu sais, tout petit dans le ventre de maman ! Mais tu vas voir, mon ventre va grossir et alors le bébé pourra sortir.

Depuis les yeux de l'enfance, cela ne ressemble à rien une réponse pareille ! Le ventre qui va grossir pour que le bébé puisse sortir ! ! ! Le ventre qui grossit, c'est seulement quand on a trop mangé. Alors Jérémy décida de fixer le ventre de sa maman. Il ne fallait pas le perdre des yeux. Peut-être allait-il le voir gonfler ? Mais il n'en fut rien. Vraiment, il y avait de quoi se poser des questions.

– Et pourquoi tu l'as mangé, le bébé ? demanda notre petit bonhomme soudain entraîné dans des déductions insensées. Il va venir dans le caca, le bébé ?

Comme souvent en pareille circonstance, quand les mamans sont franchement débordées, elles répondent n'importe quoi, mais toujours à côté.

– Mais non, mon chéri, tu vas voir comme il sera joli.

Joli ! Quelle importance, quand on ne comprend rien ! Pour Jérémy, ce bébé était bel et bien dans le ventre de sa maman... de sa maman à lui. Et du coup, bébé ou petit frère ce n'était plus la même chose. C'était comme si une inquiétude sans nom commençait à planer, comme s'il allait falloir partager.

C'est par mille petits détails apparemment anodins que le petit frère devint peu à peu un certain danger. D'abord, ce soir, on avait trop fait attention à Jérémy, beaucoup trop, comme chaque fois que la suite n'allait pas être drôle. Donc « petit frère », ce n'était pas drôle ! Il la reconnaissait, cette gentillesse étrange, qui peu avant le bain du dimanche soir annonce l'heure du savon dans les yeux. Donc « petit frère », c'était du savon dans les yeux !
Oui, il la reconnaissait, cette bienveillante attention à soudain tout expliquer surtout pour dire que c'est vilain ou interdit. Donc « petit frère », c'était vilain !
Bref, il savait bien qu'il n'avait pas tout compris. Il savait bien que quelque chose commençait et qu'il ne pourrait rien y faire. C'était vraiment désagréable, cette chose nommée « petit frère », surtout parce que sa maman et son papa en étaient déjà remplis.
Suzanne était radieuse maintenant. Finalement Jérémy semblait avoir bien réagi. Dorénavant elle allait pouvoir porter cette maternité au grand jour et séduire son mari avec ce nouvel argument héroïque.

Depuis la confidence du secret pas drôle du tout, l'ambiance du repas avait totalement changé. Tout un jeu d'allusions ne cessait d'installer un couvert de plus sur la table. Le petit frère était bel et bien là ! Il était là partout ! Impossible de s'en défaire tant chacun comptait déjà sur lui comme une bonne aubaine.

Jérémy ne perdait pas une miette des effets de cette nouvelle assiette. Il eut même envie de tousser, pour exister un peu.

Alors il prit Nours dans ses bras pour le serrer très fort. Il faut bien que l'enfance s'envole pour sauver sa peau... Pour Nours aussi, les choses allaient changer. Mais comment lui dire le secret qui ne fait pas rigoler, le secret qui prend de l'amour d'un côté, et qui vous laisse de l'autre avec seulement une photocopie ? Il fallait prendre des précautions, avancer prudemment. Pas question de perdre l'exclusivité avec Nours aussi ! « Eh ben, maman elle a... elle a un petit frère dans le ventre ! murmura notre petit bonhomme à l'oreille de son copain. Si, si, dans le ventre, je te dis ! Mais pas dans le caca, tu sais ! »

– C'est quand qu'il vient, le bébé ? demanda à voix haute Jérémy qui n'était pas du tout pressé de le voir arriver.
– Bientôt, mon chéri, bientôt ! Allons, Robert, va chercher le cadeau maintenant.
  Tu sais, il y a un joli cadeau pour Jérémy, ajouta Suzanne avec le secret espoir que ce présent ferait encore mieux passer la pilule.
– Oui, oui, ma chérie, j'y vais !

Suzanne se crut obligée de parler sans arrêt pendant l'absence de Robert. Mais Jérémy n'entendit que des mots bulles venant éclater à la surface : bébé... gros ventre... un garçon ou une fille... maternité. Pas la peine d'écouter, elle ne parlait que de l'autre, de celui qui prenait une toute petite place dans le ventre de sa maman et déjà une si grande dans sa tête à lui. Même l'idée du cadeau ne parvenait pas à le distraire.

Pendant ce temps, Robert farfouillait partout. Comme d'habitude, il ne savait pas où les choses étaient rangées. Et Suzanne dut voler à son secours. Jérémy se retrouva

seul à table, en tête-à-tête avec ce petit frère, ce machin qui allait toujours rester.
Inutile de faire un caprice, ou même une grosse bêtise pour empêcher sa présence. Il le savait déjà, c'était plus fort que tout. Pas moyen d'y échapper !
Jérémy lui aurait bien tiré la langue comme il le faisait souvent à la grande glace de l'armoire du salon. Il lui aurait bien fait sa plus vilaine grimace pour lui régler son compte. Et l'autre, bien fait pour lui, il aurait pleuré !

Mais Robert revint avec un volumineux paquet dans les bras, qu'il posa délicatement sur la table, juste devant Jérémy :
– Et qu'est-ce qu'il y a dans ce beau carton... qu'est-ce qu'il y a ?
– Un cadeau ! s'écria Suzanne. Un beau cadeau pour notre Jérémy !

Une nouvelle fois l'instant-papillon rattrapa notre petit bonhomme en plein vol. Et le cadeau parvint à éviter le règlement de compte avec le propriétaire de la nouvelle assiette. La vie reprenait le dessus, et la curiosité aussi.
– C'est quoi ? C'est quoi ? demanda Jérémy en se précipitant sur la jolie ficelle dorée.
– Oh là là, tu vas voir... tu vas voir ! commenta Suzanne, ma foi assez fière de son idée géniale en matière de psychologie enfantine.
– C'est... c'est... oh ! c'est une poupée ! une poupée ? ? ? s'exclama notre petit ami un peu surpris, un peu déçu.
– Mais non ! Ce n'est pas une poupée, c'est un baigneur, corrigea Suzanne, un petit bébé pour Jérémy. Et voilà, toi aussi tu as un bébé mon chéri ! Comme maman... Et tu sais, il fait pipi au lit...
– Et puis un baigneur c'est pour les garçons, alors que les poupées, c'est pour les filles, rajouta Robert

pas très convaincu, mais qui avait perçu le désappointement de son fils.

Bien sûr, il est écrit dans tous les livres spécialisés sur l'enfance, le coup du baigneur pour faire passer l'arrivée d'un petit frère. Mais les livres ne savent pas grand-chose, tant il semble que leurs auteurs ont tout oublié de la vallée merveilleueuse.
Les livres ignorent l'importance des nounours et autres lapins magiques qui, bien avant ce baigneur de compagnie, habitent dans les cœurs des petits.
Devenus adultes, que savons-nous encore de ce dialogue avec l'Ange si simple et si naturel que l'enfance entretient spontanément avec sa peluche ?
Il nous faudra tant de foi, par la suite, pour retrouver cette intimité sacrée que dès le baigneur on essaye de gâcher.

Voilà pourquoi toute cette histoire était bien mal partie pour Jérémy. Passé le moment de surprise, forcément il s'était crispé. D'abord parce qu'un baigneur ou une poupée c'est pareil : ça ne parle pas, un point c'est tout ! Il n'était pas près d'oublier les deux nigaudes muettes sur le lit de sa maman. Mais il y avait plus grave, beaucoup plus grave, et cela les livres ne peuvent pas le prévoir : qu'est-ce que Jérémy allait dire à Nours ? Car maintenant, lui aussi, il lui ramenait un petit frère ! Et il savait les dégâts que cela produit, un petit frère. D'abord ça ne fait rien, et puis ça fait mal ! Les inventeurs de baigneurs ne savent pas ce que c'est, quand il faut aller dire aux nounours qu'ils ont des petits frères. Pauvre Nours, il n'allait pas aimer. Jérémy en était certain.

Il fallut donc très peu de temps pour que notre petit bonhomme en arrive à une conclusion héroïque : il ne voulait pas de petit bébé, ni de baigneur ni de secret, ni de cadeau. Tout d'un coup c'était trop. Et le baigneur allait payer pour tout le reste.

Alors, le plus simplement du monde, Jérémy se détourna de cet encombrant cadeau. Il le laissa couché sur le côté, aussi bêtement que les poupées de sa maman, aussi bêtement que tout ce qui ne parlera jamais. Et comme les enfants savent si bien le faire, il trouva un intérêt soudain dans le papier froissé et la ficelle dorée.

Et c'est bien là qu'il commit sans le savoir une terrible erreur : ne pas regarder le sacro-saint baigneur, ce baigneur si judicieusement choisi. Maladresse suprême ! Car ignorer ce cadeau, c'était ignorer aussi ceux qui l'avaient offert. Pire encore : c'était contredire l'intelligence des livres, ce prêt-à-penser de tous les grands. C'était impardonnable un tel dédain. C'était impardonnable de protéger cette vallée merveilleueuse à ce point ! Il fallait réagir à tout cela, et c'est ce que Robert s'empressa de faire :

– Il ne te plaît pas ce baigneur ? Regarde comme il est joli, comme il est gentil, insista-t-il un peu lourdement.
– Il est vilain le bébé !
– Oh, mais tu as vu ? Il sourit... Comme il est mignon !
– Non, il est vilain !
– Tu sais, un baigneur c'est encore mieux qu'un nounours, parce que lui, tu peux le laver, l'habiller... Et puis il fait pipi au lit. Tu peux même jouer à la maman avec lui, tu te rends compte mon Jérémy ! continua Robert décidément très maladroit.

Jérémy se renfrogna. Le baigneur mieux que son ours ? Et puis quoi encore ! Il le savait bien qu'on allait lui dire de telles horreurs. Mais il n'était pas question de céder un pouce de terrain à ce bébé envahisseur qui voulait prendre la place de Nours. Jérémy se renfrogna encore plus, chaussant la moue qui allait habituellement avec les haricots verts.

– Eh ben Nours, y parle, voilà ! lança-t-il comme un argument imparable.

Suzanne sentit la maladresse de son époux. Ce soir, il ne fallait surtout pas buter Jérémy. Aussi chercha-t-elle à contourner le problème en s'exclamant soudain :

– Mais comment va-t-on l'appeler ce baigneur ? Hein, mon chéri ? Il n'a pas de nom, ce pauvre petit baigneur.

– Eh ben, Nours c'est mon copain... pas le baigneur ! reprit Jérémy très occupé à faire des nœuds avec la ficelle dorée.

– Oh, regarde comme il a sommeil ce bébé ! Il est tard pour les bébés. Moi je crois qu'il faudrait aller le coucher. Qu'en penses-tu, mon chéri ?

– Non, pas coucher !

– Heureusement qu'il a Jérémy, ce baigneur. C'est comme une maman qui s'occupe de lui. Il en a de la chance, ce petit baigneur, d'avoir Jérémy !

– D'abord Jérémy c'est pas une maman... c'est un papa !

– Et où va-t-il coucher, ce petit bébé ? Ça alors, le pauvre, il n'a même pas de lit !

Jérémy sursauta à cette dernière phrase, au point de quitter un instant la ficelle dorée. Suzanne avait fait mouche, mais la partie s'annonçait serrée. C'est vrai : il n'avait pas de lit ce bébé ! Jérémy n'y avait pas pensé. Il allait avoir froid dans la nuit, dans le noir. Quelque chose en lui commença à céder. Et Suzanne, qui l'avait bien senti, crut bon d'insister.

– Pauvre... pauvre petit baigneur ! Il est tout seul, sans papa, ni maman ! Il a juste Jérémy. Il faudrait lui faire une place dans ton lit... une toute petite place.

Jérémy, touché, devint de plus en plus embarrassé. Il

quitta sa tête des haricots verts, mais il était encore loin de celle des desserts.

Même le plus horrible des baigneurs, on ne peut pas le laisser, si c'est un orphelin. Même si on ne l'aime pas, ce baigneur, qui aurait le cœur de l'abandonner ?

Il existe vraiment des tortures ordinaires – juste pour faire rentrer les enfants dans les rangs – dont les grands ne devraient pas être fiers. Il y a de la vengeance dans l'air, une vengeance feutrée cherchant à rétablir l'ordre des choses écrit dans les livres. Et on dit à un petit garçon : « Tu seras une bonne mère, mon fils ! », simplement parce qu'il n'a pas le droit d'ignorer un cadeau si généreusement offert.

– Pauvre baigneur ! répéta Robert.

« Pauvre Jérémy ! » aurait dit Nours, si on l'avait écouté. Sa tête faisait le grand écart d'une oreille à l'autre. D'un côté il aurait aimé leur dire : « J'en veux pas de votre bébé, parce que Nours y va être malheureux d'avoir un petit frère » ; mais de l'autre il lui était impossible de laisser ce baigneur tout seul, sans papa ni maman, un baigneur qui ne pouvait compter que sur lui. Comment se sortir d'une telle situation ? Comment ne faire de peine à personne ?

– Il a pas de lit, le baigneur ? murmura Jérémy, l'âme en plein dilemme.
– Eh non, le pauvre. Tu te rends compte ?
– Il a pas de lit ! répéta Jérémy, les yeux dans le vague, là où les histoires racontent des orphelins qui meurent de froid et de faim.
– Pour cette nuit, on pourrait essayer de le mettre dans ton lit. Tu ne crois pas mon chéri ? proposa Suzanne presque sûre de sa victoire.

Jérémy acquiesça mollement de la tête. Comment faire autrement ? Bien sûr, il pensa immédiatement à Nours.

Il allait falloir le rassurer. Pauvre Nours, comment allait-il le prendre ?

Nours, le baigneur sans nom et Jérémy furent installés dans le lit. Et Suzanne borda tout ce joli monde, un peu à l'étroit. Ensuite, comme à l'accoutumée ce fut la cérémonie du dernier bisou, dernier câlin, quand le jeu consiste à toujours en réclamer un. Enfin, ce fut l'heure d'éteindre en prenant grand soin de laisser la porte entrouverte pour que le noir aille faire un tour dans le couloir, comme disait mamie Vette.

Jérémy, mal à l'aise à cause de la présence du baigneur, n'osait pas bouger. Les yeux fixés au plafond, il regardait le noir entrer et sortir, comme mamie Vette le lui avait appris, en essayant de deviner dans les ombres de jolis papillons. Ne sachant pas comment aborder le sujet épineux du petit frère, il attendait que Nours prenne l'initiative. Aussi fut-il soulagé quand ce dernier lui murmura à l'oreille :

– Coucou, mon Jérémy, coucou !
Alors, à quoi on joue mon Coucoulou ?

Notre petit bonhomme se tourna sur le côté pour faire face à son ami. Du même coup d'ailleurs, en tournant le dos au baigneur, il le dissimulait un peu aux yeux de Nours.

– A quoi on joue mon Moucoulou ? insista Nours espiègle qui semblait ne rien avoir vu de l'autre côté du lit. Tiens ! j'ai une idée. Et si on jouait au miroir magique ?
– Oh oui, oui, Nours, au magique ! C'est quoi le magique miroir ? Il est où, Nours ? Dis-le moi !
– Oh ! c'est une très belle histoire, qui s'est passée dans la vallée mer...
– ...veilleueuse ! merveilleueuse ! reprit Jérémy qui adorait ce mot.

– Un jour, une petite fille s'était fait copine avec un kangourou, un gentil kangourou qui sautait partout pour ne pas écraser les jolies petites fleurs du printemps. Et comme la petite fille trouvait ce kangourou très amusant, elle lui dit : « Apprends-moi à sauter comme toi ! » Ainsi fut dit, ainsi fut fait. Les deux amis commencèrent à sauter dans les champs. Oh, si tu savais comme c'était rigolo ! Comme quand Jérémy saute sur son lit, sauf que là, ce n'était pas interdit.
A force de sauter ainsi, ils traversèrent toute la vallée en chantant. Et toutes les fleurs applaudissaient sur leur passage. Bien sûr, au bout ils arrivèrent devant les deux grands arbres...

– Hinc et Hunc ! coupa Jérémy trop content de reconnaître le pays.
– Et là, il se passa une chose étrange, vraiment étrange ! Car quand ils s'arrêtèrent, le gentil kangourou se tourna vers la petite fille et il éclata de rire. Il ne pouvait plus s'arrêter. Il riait tellement que bientôt dans la vallée tout le monde se mit à rigoler aussi.
« Mais qu'est-ce que tu as ? Qu'est-ce qui te fait rire ? » demanda la petite fille inquiète.
– Elle était triste la petite fille, Nours ?

– Elle était inquiète. Elle se demandait bien pourquoi on se moquait d'elle ainsi.
« Oh, si tu voyais ta tête... si tu voyais ta tête ! répétait sans arrêt le gentil kangourou. A force de sauter tu as les cheveux tout éclabouriffés. »
« Qu'est-ce que ça veut dire ? » demanda la petite fille. « Eh bien, ça veut dire dépeigné, tout dépeigné », répondit le kangourou qui riait de plus belle. « Qu'est-ce que ça veut dire dépeigné ? » murmura la petite fille qui commençait à pleurer. Devant son ignorance, il y eut soudain un grand

silence. Tu te rends compte mon Coucoulou ? Elle ne savait même pas ce que c'était : « dépeigné ».

– Jérémy y sait, Nours ! Dis Nours, elle est triste la petite fille ?
– Oh ! oui, très triste. Et le gentil kangourou aussi, car il n'aimait pas la voir pleurer. Oui mais voilà, pour expliquer « dépeigné », il fallait prendre le miroir magique et l'écouter parler. Mais alors on ne pouvait plus rester dans la vallée merveilleueuse. Le gentil kangourou lui tendit donc le miroir et s'en alla en bondissant.
Qui donc, à part le miroir, pouvait dire à la petite fille : « Regarde comme tu es dépeignée ! » Alors, en se regardant dans le miroir, la petite fille comprit le mot dépeigné. Mais elle vit aussi plein d'autres choses que l'on ne doit pas savoir dans la vallée merveilleueuse. Elle vit qu'elle était toute nue, et elle courut vite s'habiller. Elle vit qu'elle était toute sale, et elle voulut se laver. Voilà : le miroir magique avait parlé. Et la petite fille dut quitter la vallée merveilleueuse.
Depuis ce jour, dans toutes les maisons des hommes, il y a un miroir magique pour que l'on pense à se laver, à se peigner et à s'habiller.

– Il est où, le miroir magique ?
– Oh, mais tu le connais bien, mon Roudoudou. Tu passes tous les jours devant. Et comme tu es un petit coquin, il t'arrive même de lui faire des grimaces à toute vitesse. Moi, je le sais, mon Coucoulou, c'est le miroir qui me l'a dit ! Souvent, souvent tu tires la langue en passant devant la glace de la grande armoire du salon.

Jérémy eut un peu honte que Nours puisse surprendre à ce point ses petits secrets. C'est vrai, devant cette glace, il ne pouvait pas s'empêcher de faire des grimaces. Pourtant il les faisait vite-vite, et le plus souvent en courant. Car mamie Vette lui avait dit un jour en le surprenant : « Si les cloches sonnent à la saint-glinglin tu resteras vilain... comme tes grimaces ! » Voilà pourquoi depuis ce jour, notre petit bonhomme ne traînait pas en tirant la langue, au cas où les cloches se mettraient à sonner. C'était plus fort que lui, il y avait dans ces grimaces une sorte de frisson excitant et un certain plaisir à provoquer ainsi les cloches du destin, quand l'enjeu consiste à finir joli, ou à finir vilain.

Mamie Vette, encore elle, racontait même qu'une fois le docteur Alibert s'était fait pincer par les cloches au moment où il faisait les gros yeux. Et c'est pourquoi, depuis lors, il avait des sourcils tout poilus et tout ébouriffés, comme les diables, ce qui impressionnait beaucoup Jérémy.

Notre petit bonhomme raconta bien sûr toute cette histoire à Nours, qui poussa des « oh ! » et des « ah ! » d'étonnement.

– Tu vois Nours, eh ben Jérémy aussi y connaît le magique de la glace ! C'est les cloches de glinglin.
– D'accord ! Mais est-ce que le miroir t'a parlé, mon Roudoudou ?
– Non, répondit Jérémy qui n'avait jamais entendu le moindre mot sortir de la glace de la grande armoire du salon. Et pourquoi il parle pas à Jérémy, le miroir ? demanda-t-il soudain inquiet de l'avoir peut-être fâché avec toutes ses grimaces.
– Mon petit Coucoulou, c'est parce que tu n'as pas bien regardé dedans. Tu passes trop vite. Car vois-tu, pour entendre toutes les choses qui parlent sur terre, il faut d'abord bien regarder dedans. Alors seulement on peut écouter le petit frère des étoiles...

– Le petit frère... des zétoiles ! ! ! sursauta Jérémy.

La simple évocation du mot « petit frère » lui rappelait trop de choses. Et voilà que maintenant Nours s'y mettait aussi. « Encore un ! » pensa-t-il. Décidément ce soir, il y avait des petits frères partout. Cette histoire de miroir commençait à moins lui plaire. Et tout compte fait, il avait raison de lui faire des grimaces. Mais, piqué dans sa curiosité, il ne put s'empêcher de demander :

– C'est qui le petit frère des zétoiles ? Il est où, Nours, dis-le moi ! Eh ben, ma maman aussi, elle a un petit frère dans le ventre... mais pas dans le caca !

– Mon Coucoulou, mais c'est le petit frère des étoiles qui parle au fond des miroirs, tout au fond. Et pour cela, il faut bien regarder dedans, comme la petite fille éclabouriffée. Alors, toi aussi, tu entendras sa petite voix. C'est le miroir qui aperçoit ta chemise qui sort du pantalon. Et c'est la petite voix qui te dit : « Remets vite ta chemise dedans, tu sais bien que Suzanne n'aime pas ça ! »
Et puis, sans le petit frère des étoiles, comment ferais-tu pour savoir que les grimaces c'est vilain ? C'est lui qui te dit, quand tu tires la langue à toute vitesse, que ce n'est pas beau, mais tellement rigolo.

Alors ça, Jérémy n'y avait jamais pensé ! Il fallait vraiment se méfier de cette grande armoire du salon qui risquait de tout répéter.

– Dis Nours... euh ! Est-ce que le miroir, il parle aux papas et aux mamans ? demanda Jérémy qui craignait quelques confidences de la glace.

– Mais bien sûr, mon Roudoudou ! Aux enfants, il ne dit que des choses gentilles. Mais aux parents, c'est une autre histoire, car à eux il peut tout dire, même les vilaines choses.

– Il dit tout tout tout ? s'inquiéta vraiment Jérémy. Alors il est méchant, le gentil miroir.

– Oh non, il continue à dire aux papas : « Il faudrait te coiffer ! » et aux mamans : « Comme tu es jolie dans ta robe bleue ». Mais parfois avec les grands il devient plus sérieux. Et alors il demande : « Pourquoi fais-tu cette tête-là ? » ou bien : « Non mais, tu as vu ta tête ? » Et il arrive que les papas et les mamans entendent des secrets, de terribles secrets. Mais tu sais, comme ils n'ont pas toujours envie de les écouter, eh bien ils font comme Jérémy : ils se regardent en passant très vite.

Jérémy fut plongé dans un abîme de perplexité. Il lui sembla entendre, après coup, certains commentaires du miroir. Tiens ! l'autre jour, par exemple, il était allé se regarder pleurer. C'était quand même une drôle d'idée ! Eh bien non, pas du tout. Car en vérité le miroir lui avait murmuré : « Mon Dieu, mon pauvre petit, comme tu es malheureux ! » Et ça lui avait fait du bien, quelqu'un qui le remarquait enfin ! Nours avait raison : ça parle tout le temps une glace magique... un petit frère des zétoiles!

– Dis Nours, un petit frère... c'est... euh ! bredouilla notre petit bonhomme qui aurait bien aimé en revenir à celui du ventre des mamans.
– Est-ce que tu sais à quoi ça sert un petit frère, mon Roudoudou ?
– Euh, non !
– Eh bien, ça sert à jouer avec et à raconter des histoires merveilleueuses. Regarde les grands, ils n'ont plus de nounours à qui parler. Qui donc va leur raconter la vallée merveilleueuse, sinon le petit frère des étoiles ? Regarde les grands, ils n'ont même plus de jouets pour jouer. Eh bien, c'est encore leur petit frère des étoiles qui les fera danser et chanter. C'est pas chouette-chouette un petit frère, mon Coumoulou ?
– C'est ça, un petit frère ? reprit Jérémy qui aimait

beaucoup mieux cette version. Un petit frère, c'est pour jouer et raconter la vallée merveilleueuse ?

– Mais oui, mon Coucoulou, parce qu'à deux on n'est jamais plus tout seul. Alors, pour faire jouer les enfants, il y a le petit frère du ventre des mamans, et pour faire jouer les grands, il y a le petit frère des étoiles. Tu ne trouves pas qu'elle est chouette-chouette, mon histoire ?

Jérémy trouva l'occasion vraiment trop belle. C'était le moment d'annoncer à Nours qu'il existait aussi un petit frère chouette-chouette pour faire jouer les nounours. Tout excité, il se tourna rapidement pour prendre le baigneur et il le coucha à côté de Nours en s'écriant fièrement :

– Eh ben toi aussi Nours, tu as un petit frère, voilà ! Tu sais Nours, baigneur il a pas de papa, pas de maman et pas de lit. Tu te rends compte ! insista notre petit bonhomme qui par cette courte présentation suffisamment dramatique garantissait quand même ses arrières.

– Oh, comme je suis content mon Poucoulou-Moucoulou ! On va bien s'amuser tous les trois. Bonjour baigneur ! Comment t'appelles-tu ?

– Oh, mais... mais Nours tu sais, il parle pas, le baigneur. Et il a pas de nom.

– Il ne parle pas ! Il ne parle pas ! Bien sûr que si ! Tous les baigneurs parlent. Mais parfois seulement dans les rêves... tu verras !

Jérémy prit Nours dans ses bras et aussi le baigneur. Bientôt, il glissa sur la douce pente des yeux qui se ferment. Il lui sembla même que baigneur et Nours discutaient à voix basse. Mais le sommeil l'envola. Il y a si peu de différence à cet âge-là entre les histoires du jour et celles de la nuit. L'enfance est ainsi : les yeux ouverts, ou les yeux fermés, l'histoire continue.

Chapitre 5

Le petit frère des Zétoiles

« Dors, mon Coucoulou, dors ! » lui murmura Nours à l'oreille, tandis que Jérémy luttait pour garder les yeux ouverts.
Il y avait des petits frères partout qui risquaient de lui prendre sa place. Comment aurait-il pu ne pas s'inquiéter au moment de la laisser ?

Cette nuit-là, Jérémy allait faire un rêve merveilleux, un de ces rêves qui revient sans cesse, toute la vie, par petites bouffées, juste pour nous rappeler l'essentiel au moment opportun.
Cette nuit-là, Jérémy allait carrément s'envoler dans un de ces sommeils si étranges qui visitent le ciel à grandes enjambées au lieu de seulement nous reposer sur terre.
N'y aurait-il pas pendant l'enfance des songes incroyables semés comme des graines dans le bon terreau de l'innocence ? N'y aurait-il pas des messages délivrés pour plus tard, beaucoup plus tard, quand devenus sourds il nous faut des petits sachets de vérité trempés dans nos âmes pour nous réveiller ?

– Dors, mon Coucoulou, laisse-toi glisser ! ajouta Nours, au moment où le pouce dans la bouche annonça que Jérémy se branchait sur la nuit.

Quel mystère, le sommeil ! Il faudrait vraiment s'y pencher. Il y a le petit sommeil, le repos abruti du guerrier, de celui qui consacre ses nuits à récupérer des courses folles de ses journées. C'est le tout petit sommeil des très-beaucoup fatigués.
Mais se pourrait-il que dormir serve à autre chose, en vérité ? Se pourrait-il que cela serve aussi à faire un grand voyage, une sorte de visite guidée dans les coulisses intimes de l'univers ? Il y aurait donc un tout autre sommeil, un grand sommeil : celui des émerveillés. Mais alors... et si nous passions toutes nos existences à gaspiller nos nuits !

Heureusement, les petits enfants connaissent encore le secret qui protège leurs songes grandioses : il suffit de ne pas s'épuiser du matin au soir. Voilà ce qui donne au sommeil son contenu magique. Pauvres adultes ! D'abord ils courent, ils courent dans tous les sens, et ensuite ils s'endorment. Ou plutôt non ! Ils s'effondrent harassés. Ils s'engloutissent dans le non-sens avec des rêves à quatre sous. Forcément, les pauvres, ils ont tellement vendu leur âme à la terre qu'il ne leur reste plus rien pour le ciel, à part leur foi en la météo ! Alors, ils dorment avec des rêves faits-divers comme des articles de mauvais journaux.

Ah ! Si vous saviez comme les petits sont maîtres en la matière, tant leur enfance de jour sait protéger la divine musique de leur enfance de nuit.
Voilà peut-être pourquoi les grands rêves dans la vallée merveilleueuse sont murmurés surtout aux tout petits. Parce que, plus grands, ils n'écouteraient plus.

– Prends ma main, mon Coucoulou ! Je t'emmène ! susurra Nours en pensée.

Et Jérémy prit la main de son ami en peluche, de son ami en douceur. Ce qui, sur terre, se traduisit par l'enchantement d'une mèche de cheveux tournicotée à

l'infini. Sait-on combien les doudoux que l'on gratouille, les mouchoirs sous le nez, les cheveux et autres objets que l'on caresse, appellent toujours la paume chaude de l'enchanteur de la nuit ?
L'enfance est une chose si étonnante ! Jamais vraiment réveillée, jamais vraiment endormie. Elle est si proche du rêve en permanence, à force de se raconter des histoires toute la journée, qu'elle croit dur comme fer à celles de la nuit.
Au fond, quelle différence existe-t-il entre dormir ou être réveillé, puisque c'est seulement pour changer de rêve ? C'est bien cela que les grands ont oublié !
Alors, l'enfance est prête à tout croire, à toutes les histoires, avec ses yeux affamés. Et parce qu'elle est prête, elle y croit. Et ses rêves deviennent réalité.

Cette nuit-là Jérémy fit donc un « songe », quand tout continue seulement de l'autre côté. Et le passage fut tout simple : puisque Nours et le baigneur dormaient auprès de lui sur terre, ils allaient, tout naturellement, voyager ensemble dans la « voix » lactée.

– Coucou, Jérémy, coucou ! Allez viens ! On va bien s'amuser, mon Roudoudou ! murmura Nours en le tirant par la main pour l'entraîner.
– Eh ! attendez... attendez-moâ ! s'écria Baigneur en trottinant pour les rejoindre.
– Oh, mais tu parles ! Tu parles toi aussi, Baigneur ! s'étonna Jérémy en se retournant.
– Ah ! tu vois, je te l'avais bien dit, mon Coucoulou. Dans les rêves tout le monde parle, même les baigneurs... même les poupées de ta maman !
– Même les poupées de maman... ! ! ! Alors là, Jérémy pensa que Nours exagérait un peu.

Ils se retrouvèrent donc sur une grande route ensoleillée, où ils commencèrent à marcher. Oh ! ce n'était pas encore une vieille route goudronnée, toute noire et sérieuse. Non, celle-là était bien plus jeune et sinueuse, comme une sorte de chemin en terre battue et en cailloux bariolés. Oui, c'est ça, c'était le chemin de la petite enfance couvert de bonbons à la menthe, à l'orange et au citron, comme dans les bocaux multicolores de Madame Jude, l'épicière qui criait toujours des mots vilains après son chien.

A propos de vilains mots, Baigneur était justement en train d'en parler, expliquant à Jérémy effaré combien certains gros mots pouvaient faire drôlement rigoler.

– Eh ben moâ, je sais plein de gros-mots-interdits-pas-jolis. J'en sais tout plein... Et toâ Jérémy ?
– Y faut pas... y faut pas les dire, Baigneur ! Maman va gronder, c'est cochon !
– Dis Jérémy, on joue aux gros mots ?

Jérémy gloussa de bonheur, en mettant sa main devant la bouche en signe de malice.
Nours, quant à lui, avait pris ses distances. Il marchait devant comme si de rien n'était. A n'en point douter, l'instant à venir annonçait quelques débordements qui n'entraient pas dans le métier de nounours patenté.

– Caca ! lança Baigneur en se jetant à l'eau. Moâ, je dis « caca ». A toâ, Jérémy !
– Euh... euh ! Ah ! oui : « crotte de nez », enchaîna notre petit bonhomme très fier.
– Oh, mais c'est pas un gros mot, « crotte de nez » ! corrigea Baigneur un peu moqueur. Moâ, je dis que c'est pas un gros mot.
– Si, c'est un gros mot ! insista Jérémy qui ne voulait pas perdre la face. Hein, Nours, que c'est un gros mot, « crotte de nez » ?

Nours ne releva même pas. Ce genre de galipettes grammaticales étaient bien trop terrestres pour faire partie de ses attributions. Mais secrètement, il était heureux de voir l'instant ainsi dégouliner et quelque peu dégourdir son petit Jérémy.

– A moâ, à moâ... Je dis « zizi », voilà !

– Je... je dis... je trouve pas. Ah si ! Gros nénés, gros nénés... et cul ! Cul, ça c'est un vrai vilain mot, hein Baigneur ?

Baigneur hocha la tête avec respect devant une telle performance. Alors Jérémy fut vivant, si vivant. Plus vivant endormi que réveillé. C'était incroyable : il avait réussi à impressionner Baigneur !

Quand on y songe... Qu'est-ce qui nous rend souvent vivant à ce point ? Sinon un tout petit rien qui transforme soudain le pire des intrus en un bon copain.

– Con ! lança victorieusement Baigneur.

– Zizette ! reprit Jérémy du tac au tac. Si, si, c'est un gros mot ! C'est maman qui le dit toujours quand elle me lave.

– Il a perdu... il a perdu, se mit à répéter Baigneur d'une façon agaçante.

– Non, j'ai pas perdu, c'est un gros mot ! insista notre petit bonhomme menacé. Et puis d'abord, con c'est pas un gros mot. C'est un méchant mot !

– Il a perdu... il a perdu... nanana nanaire ! chantonnait Baigneur triomphant.

– Eh ben, moi, je joue plus. Et je te cause plus, voilà !

Forcément, ils se boudèrent un peu, et chacun se mit à marcher sur un bord du chemin de manière à ignorer l'autre. Plusieurs fois Baigneur haussa les épaules en se moquant de Jérémy. Mais Baigneur avait néanmoins rempli son office de bon éducateur des mots et des bêtises de la terre. Nours, dans un tout autre registre, n'était-il pas lui aussi un éducateur zélé des noms et des folies du ciel ?

Depuis la révélation du petit frère dans le ventre des mamans, c'était bel et bien un nouvel ordre du monde qui s'installait autour de Jérémy. Et dorénavant, jusque dans son lit, il se retrouverait coincé entre son ange et son démon.

Fort heureusement, les brouilles sont toujours passagères à cet âge-là. Et lorsque chacun eut repris la main de Nours, les choses rentrèrent dans l'ordre.

Alors ils commencèrent une de ces farandoles toutes fofolles où l'on rigole-gole-gole, et soudain une chose incroyable se produisit. Voilà que le petit chemin caillouteux devint une belle allée ensablée. Voilà que toutes les petites pierres à la menthe, à l'orange et au citron se transformèrent en papillons de toutes les couleurs.

Comme c'était joli, ces papillons virevoltant dans tous les sens. Il fallait voir ça ! On aurait dit un feu d'artifice en miniature, juste pour les petits, avec des fusées bariolées.

Oh ! la belle bleue... Oh ! la belle rouge ! Sur la grande allée ensablée tous les moments-bonbons étaient devenus des instants-papillons, comme seule l'enfance sait le faire : se suspendre au vol du moindre enchantement.

– Hep, minute-papillon... minute-papillon ! répétait Nours enjoué. Regardez, regardez tous ces papillons-minutes !
C'est pour jouer, mes Coucoulous. Amusez-vous ! Amusez-vous sans cesse à les attraper. Demain, il sera trop tard.

– Trop tard ! C'est quoi « trop tard », Nours ? interrogea Jérémy pour qui « tard » signifiait seulement qu'il était l'heure d'aller se coucher.

– Ah ! ça mon Coucoulou, c'est le secret de la grand-route, quand les minutes-papillons deviennent des heures à mouches, puis des jours à moustiques qui piquent... qui piquent. Alors on est devenu grand, tu comprends ?

– Oh ! regarde celui-là ! indiqua Jérémy déjà captivé ailleurs, en montrant un joli papillon rayé qui venait le narguer.

Notre petit bonhomme se mit à rire aux éclats, en courant dans tous les sens pour le rattraper. Mettez donc dans une minute un papillon et un enfant, et vous verrez : on obtient toujours un émerveillé. Un émerveillé qui déguste à la paille son sirop de frissons. A cet âge-là, un petit enfant ne prie jamais, il joue ! Quelle chance il a !
A cet âge-là, il n'a pas besoin de croire au bon Dieu, le veinard, puisque c'est un papillon.

Ah ! la magie de cette grande allée ensoleillée, où le moindre instant papillonne, où les enfants qui batifolent connaissent encore tout de Dieu. Ils Le dégustent fripon, juste avant les mots, car ils ne savent pas encore Le dire.
Bien sûr, demain ils apprendront à en parler sérieusement. Comme c'est normal, comme c'est dommage aussi ! Car alors ils auront tout oublié du vol indescriptible du papillon sacré. Et c'est Dieu qui aura vraiment tout perdu en devenant de la sorte une chose à prier. Ah, la magie de cette époque ! Quand le bon Dieu est encore une intimité avec un papillon bariolé. Ensuite, bien sûr, vient l'heure des mouches taquines, puis le temps des moustiques agaçants, le temps du bourdonnement entre les oreilles qui invite sans cesse à se gratter au point de remplacer les jeux d'enfants par les messes des grands.

Un papillon, probablement plus hardi que les autres, vint se poser sur la main de Jérémy. La vie s'arrêta tout net, dans un nuage de poussière d'or. Il ne fallait plus un mot, plus un geste, pour protéger cet instant si délicat. D'ailleurs Baigneur et Nours en furent pétrifiés. Quant à notre petit bonhomme, il en resta la bouche ouverte, devant le cristal de cette fragilité, devant cet hôte royal si léger.

A peine osait-il respirer, lui qui venait d'apprivoiser le vol divin de cet instant.

A peine osait-il regarder, pour ne pas gêner le tendre baiser de cette intimité.
Alors l'instant s'étira, l'instant s'éternisa. C'est peut-être cela la grâce, rien que cela ! Quand, à la fin du temps, à la fin de tous les temps commence enfin le beau temps. Quand un tout petit papillon venant se poser sur un doigt tient en respect toutes nos mains agitées. Oui, c'est peut-être cela la grâce ? Pouvoir offrir au silence son couronnement d'immobilité par quelques grammes de lumière qui font « chut ! » à tous nos kilos de mélodrames. Alors le papillon, ayant rempli son office, pourra de nouveau s'envoler.

Ensuite Baigneur, Nours et Jérémy marchèrent longtemps en silence, enveloppés dans cette grâce. Et notre petit bonhomme se remit à sucer son pouce dans son rêve, comme dans son lit d'ailleurs. Il le suça par grandes rasades comme un assoiffé. C'est toujours ainsi le pouce dans la bouche : c'est seulement un petit garçon qui boit au goulot le charme divin d'un instant-câlin.

– Il était beau le papillon ! bredouilla Jérémy, rêveur, entre deux succions.
– Oh oui, répondit Baigneur. C'était sûrement le chef des papillons !
– Sûrement ! acquiesça Nours, d'un air entendu.

Tout à leur extase, nos trois amis ne s'aperçurent même pas que la grande allée ensablée était devenue une belle route sérieuse et goudronnée. C'était une route très large, bordée d'arbres immenses qui faisaient avec leurs ombres mouvantes toutes sortes de dessins sur le sol.

Ils marchèrent tous trois, encore assez longtemps, tout en jouant avec ces ombres fantasques. Parfois, ils s'amusaient à les éviter, parfois au contraire à les piétiner. De temps en temps, ils faisaient même la

ronde autour de l'une d'elles en forme de petit cochon ou de poisson affolé.
Ainsi, d'ombre en ombre – comme c'est souvent le cas pour chacun de nous – ils arrivèrent au bout de la grande route sérieuse et goudronnée, sans même se rendre compte de la distance parcourue, tant ils avaient joué.
Comme quoi, quand on joue vraiment – surtout avec nos ombres – on finit toujours par arriver, sans même avoir vu le temps passer !

Oh ! Comme c'était drôle au bout de cette route ! Il y avait un grand trait dessiné par terre. Un trait à l'encre de chine, tiré à la règle. Un de ces traits solennels qui impose le respect. Non, ce n'était pas une frontière, car les frontières sont toujours en pointillé, comme expliqua Baigneur pour faire le connaisseur. Non ! Là c'était l'horizon, le fameux horizon, le vrai, dont tout le monde parle, celui que l'on voit partout mais toujours de loin. Quel bonheur, pour nos trois compères, de l'avoir soudain sous les pieds !

– Dis, Nours, c'est quoi le rizon ? demanda Jérémy très impressionné par un trait aussi célèbre.
– Eh bien, mais c'est le bord du monde, mon Coucoulou ! C'est un grand banc sur lequel on peut s'asseoir pour regarder de l'autre côté, répondit Nours qui était déjà venu jusque-là.
– Moâ, je veux pas du grand trait, intervint Baigneur furieux, qui essayait déjà de l'effacer avec les pieds. Les ombres, c'est plus rigolo. Viens Jérémy, on va jouer avec les ombres ! Allez, viens !

Mais Jérémy ne releva pas. Car en s'approchant prudemment, il venait de découvrir qu'effectivement c'était bien le rebord du monde, là où le grand vide commence, là où l'on assiste à la naissance de toutes choses avant qu'elles ne viennent habiter sur la terre.
« Alors ça, c'est drôlement bizarre ! » pensa notre petit bonhomme en se penchant encore un peu.

Le vide, ce n'est pas du tout ce que l'on pourrait croire. Non seulement il n'y a pas rien, mais au contraire on dirait qu'il y a tout. C'est plein, plein, plein de jolies petites choses éclabouriffées, pas encore habillées pour que l'on puisse les nommer.

Ce sont des choses si étranges, que lorsqu'on les voit, on se rappelle soudain qu'on les avait oubliées. Tiens ! par exemple, l'odeur du rouge ! Oui, oui, l'odeur du rouge ! On l'a très bien connue. Ou encore le bleu sucré, le chant d'une caresse, et même l'eau toute ronde qui roule, qui roule, qui roule, parce que c'est seulement sur terre qu'elle coule. Tout cela, un jour, on l'a su et on l'a oublié.

Et puis voilà que l'on se retrouve assis sur l'horizon, et en regardant de l'autre côté on se souvient soudain d'un autre monde que l'on aurait fréquenté. Un monde dans lequel on aurait été nous-même une petite chose sans nom. C'est un comble ! C'était quand, c'était où ? Il est impossible de s'en souvenir.

Jérémy se balança d'un pied sur l'autre, comme un ourson agacé cherchant à se gratter. Ce « déjà vu, déjà vécu » faisait venir au bout de sa langue des mots qui ne voulaient pas sortir, pas re-connaître. Alors il se pencha de nouveau, et tout son être fut happé de l'autre côté.
Il se retrouva dans un univers étrange où tout était encore lié, relié ensemble en même temps. Un univers où les noms n'étaient pas encore nés, pour séparer les choses. De sorte que le bleu et le sucré, par exemple, pouvaient encore vivre de concert, ce qui donnait à la mer et au ciel un goût inhabituel. Bref, comme rien n'était impossible alors, eh bien les jolies petites choses sans nom étaient encore toutes mélangées. Incroyable : même le chocolat et les haricots verts étaient encore tout du « manger ».

C'était vraiment magique ! Car à peine Jérémy regardait-il une de ces choses sans nom, qu'il pouvait en même temps l'entendre, la goûter, la toucher et la sentir. Et dire que sur terre on fait tout cela séparément, depuis que le nez s'appelle nez, et que l'œil s'appelle « zyeux ». Quelle perte de temps !

– Viens voir Nours ! Viens voir comme c'est drôle ! s'écria Jérémy en contemplant une chose sans nom qui lui sautait au cou par tous les sens à la fois. Viens voir, je te dis ! Le jaune est tout pointu, et il sent la vanille ! !

– Du jaune à la vanille ! Du jaune qui pique ! Il est tout foufou ! s'exclama Baigneur.

– Venez voir ! répéta Jérémy en s'asseyant sur le rebord du monde et en agitant ses petites jambes dans le vide. Venez voir comme c'est beau !

Nours et Baigneur, alertés par les cris de leur ami, vinrent le rejoindre. Et tous trois, assis sur le banc posé au bord du monde, commencèrent à s'enivrer en dégustant toutes les jolies choses sans nom.

Tiens, justement ! Là-bas, il y en avait une en train de naître : une chose sans vie qui devenait une chose sans nom. Nours poussa du coude Jérémy afin d'attirer son attention sur elle. Oh ! celle-là, elle était beaucoup plus belle ! C'était une chose qui n'avait tellement pas de nom qu'elle contenait encore plus de sens en ébullition. C'était une sorte d'idée géniale, en forme de poire à roulettes, retenant son génie. C'était une toute petite pensée si condensée qu'elle contenait un magasin entier de réponses dans toutes les directions. Oh, il fallait prendre garde à celle-là, car elle saoulait vraiment si on la regardait trop longtemps.

– Attention... attention mon Coucoulou ! s'écria Nours. Ne la regarde pas trop, sinon tu vas devenir tout saoul, comme le jour – tu te souviens ? – où tu avais fini les apéritifs de tous les invités !

Là-bas, la petite idée géniale fut prise de picotements dans le nez. A coup sûr, elle allait éternuer. « Exploser du nez », comme disait Nours à Jérémy quand il était enrhumé. Il y eut soudain un « atchoum ! » géant déclenchant tous les vents et postillonnant des milliers de mots qui se mirent à rebondir aux quatre coins de l'éternité. Un immense souffle chaud traversa le vide, décoiffant Jérémy, bousculant Baigneur, et obligeant Nours à s'accrocher à l'horizon pour ne pas tomber. Ah ! mes amis, quelle frayeur !

Ensuite, comme toujours après le nez qui coule, la petite idée se mit à tousser, à tousser et à tousser encore des mots, cette fois-ci, par dictionnaires entiers. Suzanne aurait grondé, pensa Jérémy. Elle aurait dit : « Mets ta main devant la bouche, petit cochon ! » Mais là, c'était autre chose et les trois amis en restèrent bouche bée. Car sur la grande page noire des ténèbres, les mots devinrent des étoiles, des planètes, des lunes et des soleils, toute une galaxie jouant aux autos tamponneuses. Et bing ! Et bang !

Nours la reconnaissait, cette histoire qu'il avait lue dans le grand dictionnaire des câlins. Un jour, paraît-il, une première chose sans nom avait fait pour de vrai tout l'univers. Et depuis lors tout recommençait sans cesse, comme l'avait inventé cette première idée géniale. Elle aussi, à l'époque, elle avait éternué puis toussé, au point de postillonner les deux premiers noms : Big et Bang, qui avaient commencé à rebondir chacun de leur côté.

Comme c'était drôle de voir une galaxie tout entière toussée dans l'obscurité. Comme c'était drôle d'assister ainsi à l'origine des choses, au point d'en fréquenter la sienne par simple transfusion. Et puis, en matière d'éternuements et de toux, Jérémy en connaissait un bon bout. Mais jamais personne ne lui avait dit qu'un gros rhume, cela servait surtout à étoiler l'obscurité. Aussi fut-il particulièrement attentif quand la petite idée géniale lui murmura à l'oreille quelques mots rebondissants :

– Tu tousses toi aussi, tu tousses, je le sais !
On tousse toujours ce que l'on n'a plus la force de retenir.
On tousse toujours pour mettre de la lumière dans le noir... pour arrêter de se taire !
On explose de la bouche, avec des mots concentrés ou des planètes. Et ça fait comme un pétard, jusqu'à ce que l'on ait tout dit. C'est ainsi !

– Qu'est-ce qu'elle dit ? Qu'est-ce qu'elle dit ? demanda Baigneur un peu vexé que la chose sans nom ne postillonne pas sur lui.

– Chais pas ! Elle dit que c'est pas vilain de tousser, c'est comme un pétard !

Nours était aux anges : le rêve confiait tant de choses à Jérémy, plus vite que mille explications, comme des graines semées dans son cœur. Un jour, en étudiant dans les livres, il rencontrerait tout cela. Et c'est en le re-connaissant qu'il deviendrait « intelligent », comme on dit. Au fond, quand on est petit, on rêve souvent pour pouvoir comprendre plus tard.

Là-bas, la petite idée géniale en forme de poire à roulettes toussa une dernière fois, et elle postillonna les deux premiers noms des habitants de sa galaxie : Tralala et Babidule. Chacun devait partir de son côté, comme Big et Bang l'avaient fait la première fois.

Jérémy et Baigneur n'en revenaient pas : c'était vraiment extraormidable, cette lente séparation de Babidule et Tralala. Quelques instants auparavant, n'étaient-ils pas confondus dans une chose sans nom ? Était-ce un début ou une fin, une naissance ou une mort, cette apparition des deux jumeaux ? De là où ils observaient, Jérémy et Baigneur n'auraient pas pu le dire. Alors Nours insista un peu pour leur ouvrir les yeux :

– Oh mes Coucoulous ! Regardez, regardez bien. Tous les hommes naissent ainsi dans toutes les galaxies. Il y a d'abord une poire à roulettes, un homme et un Ange confondus. Et puis soudain, dans le ventre des mamans, apparaissent un petit Big et un petit Bang, comme Tralala et Babidule. Alors survient le vrai secret du petit frère.

Notre petit bonhomme mit son pouce dans la bouche et de l'autre main il tournicota une mèche de ses cheveux, signe indéniable que dans le biberon de la vie, de la poussière d'or allait être servie.

Babidule, c'était une petite zétoile, coquine et mignonne, virevoltant comme un papillon, mais aussi capable de se poser sur un doigt pour inspirer la grâce du silence et de l'immobilité.
Quant à Tralala, c'était un petit bébé, un petit enfant tout neuf souriant à sa zétoile et n'ayant d'yeux que pour elle. Il chantait, Tralala, il chantait tout le temps une douce mélodie par tous les pores de sa peau, pour garder Babidule à ses côtés.

Babidule et Tralala c'était... c'était si chaud et si douillet, comme... comme quoi d'ailleurs ? Oh ! cet amour, cet amour incroyable !
Alors, soudain, Jérémy trempa son âme dans un lointain souvenir, un souvenir de bien avant la terre. Soudain il retrouva de plein fouet le goût d'une chaleur oubliée. Il la reconnaissait cette vallée merveilleueuse si souvent racontée, que lui-même avait traversée. Oh, mon Dieu ! Dans cette vallée, lui aussi il avait été frôlé, choyé par un Babidule. Là, sur le bord de l'horizon, en assistant à la naissance de Babidule et Tralala, une profonde nostalgie vint brusquement l'étreindre,

comme si la face si douce de sa petite zétoile venait de lui sourire à nouveau.
Comme cela lui faisait du bien, ce miel d'amour coulant jusqu'à lui ! Comme cela faisait mal aussi, car il sentait combien, depuis lors, quelque chose lui manquait, quelque chose d'inexplicable, que seul Nours parvenait parfois à combler.
Voilà le mystère des nounours de notre enfance ! Eux ils sont restés, parce que nos petites zétoiles se sont envolées.

Là-bas, Tralala tendit ses bras vers Babidule. Et Babidule en volant vint caresser Tralala avec ses branches de lumière. L'un sans l'autre n'aurait pas pu exister. L'un sans l'autre, c'était encore impossible à imaginer.
Là-bas, Tralala se mit à rire aux éclats quand Babidule vint le chatouiller avec un petit rayon pointu, turlututu ! Et ce fut la grande bagarre des guili-guili, la divine bagarre des calinoux volés, celle que plus tard on essaye de retrouver avec son papa sur les grands canapés.
Là-bas, il fallait voir le spectacle ! Babidule brillait pour lui, rien que pour lui, pour son Tralala. Et le bébé lui prêtait en retour la petite ritournelle de son corps innocent, de son sourire de la tête aux pieds. C'était vraiment un troc géant.

Sait-on combien les étoiles ont besoin de notre joie, pour luire aux éclats ?
Sait-on qu'avant d'avoir été séparés, nous avons tous été frôlés par une petite zétoile, qui nous attend encore aujourd'hui pour briller ?
Il faudrait le dire haut et fort, le mystère du sourire d'en bas courtisant la lumière d'en haut, tant ils sont tous deux faits pour s'étreindre.

A cet instant Jérémy eut un sourire lui aussi. Comment aurait-il pu en être autrement ? Il eut ce petit sourire qui ne vit plus que sur nos bouches, car c'est tout ce qui nous reste du sourire à fleur de peau que connaissait notre Tralala. Mais malgré ce petit sourire seulement cantonné à ses lèvres, Jérémy rappela son Babidule à ses côtés. Quel étrange mystère que le sourire humain, le sourire sans raison, du moins sur la terre ! Car sa raison est ailleurs, dans l'éclat d'une zétoile qui pourrait revenir briller pour nous, rien que pour nous.

Nours mit un bras autour du cou de son petit ami. N'avait-il pas, comme tous les nounours de métier, l'immense tâche de réconforter un orphelin sur terre ?

Là-bas, il se produisit un véritable enchantement quand Babidule vint se poser sur le bout du nez de Tralala. Soudain tout s'arrêta, comme avec le papillon. Oh ! Ce ne furent pas seulement les petits pieds et les petits bras de Tralala qui s'arrêtèrent, mais aussi son cœur et ses poumons. Il fallait au silence une immobilité absolue pour que puisse s'opérer le divin baiser. Alors, ce fut à partir de Babidule que la vie se mit à battre pour deux, en mémoire du temps où ils n'étaient pas encore séparés.

Du silence de leur communion monta un frisson, une sorte d'ultime jouissance traversant en courant toute la vallée merveilleueuse, au point de faire bouillir soudain le sang de Tralala. Mais, hélas, cela ne pouvait pas durer, ils ne pouvaient plus se confondre comme avant !
Car maintenant il en serait ainsi : la chaleur de l'étoile ferait désormais bouillir le sang du bébé. Quelle horreur, d'avoir à surveiller Babidule comme la flamme de la cuisinière, avec le risque de faire déborder le lait de la casserole. Quelle douleur, que cet accouplement passager qui ne pouvait plus durer ! Quelle douleur, que de devoir s'en contenter.

Tralala fut atterré de découvrir à quel point tant d'amour, tant de chaleur, ce n'était plus possible sur terre. Il ne leur restait plus que des miettes, depuis qu'ils étaient séparés. Et voilà, tout risquait de déborder, par leur simple proximité. Impossible de revenir en arrière, dorénavant il allait falloir s'en contenter.

Pauvre Tralala ! Il dut bouger la tête, un tout petit peu sur le côté. Il dut rompre l'immobilité pour chasser Babidule, s'il ne voulait pas mourir d'amour, de trop d'amour en vérité. Comme c'est triste, deux amants qui constatent qu'ils ne peuvent plus supporter leurs étreintes ! Comme c'est douloureux, de devoir se résoudre à la moitié des câlins pour sauver sa peau !

Alors Babidule s'envola à contrecœur, en rendant à Tralala tous les mouvements de son corps. Il avait bien remarqué, lui aussi, qu'en se posant trop longtemps sur le nez de Tralala, il courait un grand danger. Ses branches de lumière risquaient de refroidir, au point de prendre des feuilles comme celles des arbres, et alors de ne plus briller. Car c'est précisément ce qui était arrivé, il y a très longtemps, à des petites zétoiles inexpérimentées. Elles s'étaient fait piéger par l'amour des jolies fleurs. Certes, cela avait été un heureux accident pour la vie sur terre. Mais c'est ainsi que certaines fleurs, en prenant des branches volées aux zétoiles, étaient devenues des arbres.

Eh oui, voilà ce qu'est un arbre : un Tralala qui a gardé pour lui les branches de son Babidule. Depuis lors il pousse, car c'est lui qui doit monter au ciel. Depuis lors ses branches ne brillent plus, mais elles sont si intimes avec le feu qu'elles savent brûler sans douleur. Pour les fleurs, il n'en va pas de même ! Comme elles n'ont pas su garder les branches de leurs petites zétoiles, elles restent au ras du sol, et c'est leur parfum qui s'élève pour séduire la lumière dorée.

Ah, quel rêve ! Quel voyage aussi ! Notre petit bonhomme recevait cellulairement ce que, plus tard, il lui faudrait apprendre dans les grands livres. On n'apprend bien finalement que ce que l'on a toujours su. D'ailleurs, on n'apprend pas : on reconnaît seulement.
Jérémy garda son pouce dans la bouche, comme s'il buvait au goulot tout le contenu de son rêve. Sans le savoir, il était à nouveau dans le ventre de sa maman.

Là-bas, l'heure devint grave. Cette fameuse heure qui s'appelle « moins une », quand soudain tout s'accélère, comme si les choses étaient pressées d'en finir.
Babidule avait repris ses frôlements légers autour de Tralala. Mais tous deux gardaient en mémoire la brûlure de leur dernière étreinte. Alors Babidule sembla d'abord voler de moins en moins vite, comme pour laisser le temps à Tralala de refroidir. Plusieurs fois encore il passa et repassa près de l'enfant, de plus en plus tendrement. On aurait dit qu'ils dégustaient leur dernière intimité par petites gorgées.

Et puis les frôlements s'espacèrent. En se caressant moins, ils durent se parler pour se rejoindre. Tous deux, presque au même instant, sentirent un manque : s'étreindre – oui, c'est ça ! – pouvoir s'étreindre à nouveau leur manquait déjà ! Décidément les mots, même d'amour, ne remplacent jamais les actes. Décidément, parler ne suffit jamais !

Comme il était fou, ce besoin physique de retourner à l'état de chose sans nom ! Comme il était fou, cet espoir de se confondre pour retrouver l'ivresse, alors qu'ils venaient juste de se brûler.

Plus tard – bien plus tard – faire l'amour, n'est-ce pas tout ce qui nous reste de cette antique séparation ? Quelle est donc la nature de cette inexplicable folie, de ce besoin physique de retourner à une chose sans nom, dans nos courtes communions avec l'autre sexe ?

Bientôt, le manque devint si fort que Tralala ne put s'empêcher de retenir dans ses bras sa petite zétoile qui passait. Et Babidule se laissa faire avec délice, en se lovant dans les moindres recoins de la peau du bébé. Chacun espérait encore une seconde... une seconde de plus. Mais le sang recommença à bouillir.
Il fallut s'y résoudre : ils étaient deux noms maintenant, Babidule et Tralala, et chacun devait prendre sa propre route.
A l'heure dite « pile » ce furent les trois coups. En prêtant l'oreille, Jérémy, Nours et Baigneur purent entendre leurs derniers mots ruisselant comme une source claire :

– Au revoir Babidule, au revoir ! chantonna doucement l'enfant.
– A bientôt Tralala ! répondit la petite zétoile.
– Babidule... Babidule ! appela déjà l'enfant.
– Oui Tralala... oui ?
– Non rien ! Je voulais juste t'entendre encore une fois.

Babidule s'envola doucement, s'éloignant dans le ciel. Longtemps d'ailleurs, ils se retournèrent pour s'appeler :

– Babidule... Babidule !
– Tralala... Tralala !

Déjà, il ne leur restait plus qu'un son de voix pour sentir la présence de l'autre. Puis vint le moment où ils ne purent plus s'entendre. Mon Dieu, comme ils se manquaient déjà ! Soudain il faisait froid ! Alors ils se firent des signes, de gentils petits signes qui essayaient de tout dire. Mais bientôt même les signes ne furent plus visibles. Il ne resta qu'un point diminuant sans cesse, un point qui se perdit dans le firmament.

A cet instant précis Tralala et Babidule basculèrent chacun de leur côté dans une autre dimension. On leur tendit des chaussures toutes neuves, pour qu'ils puissent marcher chacun dans leur pays. Oh ! bien sûr, pour Tralala cela faisait un peu mal derrière : quand l'éternité doit prendre la pointure du temps, on est forcément à l'étroit.
Ainsi Tralala devint un Zumain, un orphelin de lumière ayant perdu son point... de repère. Un orphelin de lumière qui, pour s'en souvenir, aurait désormais mal aux pieds.

Babidule, lui, resta une étoile. Mais une étoile qui devrait briller pour rien tant que Tralala ne la retrouverait pas. Une étoile orpheline de la terre, seulement en suspension dans l'air, comme le point du même nom.

– Il est pas triste, Tralala ? Hein, Nours, il est pas triste ? s'exclama Jérémy qui avait un grand besoin d'être rassuré.

Nours se contenta de secouer la tête de droite à gauche, en signe de négation. Bien sûr qu'il n'était pas triste, le petit Tralala, puisqu'il oubliait déjà ! Mais comment Nours aurait-il pu faire comprendre à Jérémy une chose pareille ?
Il en est pourtant ainsi, et c'est dans l'ordre des choses : chacun doit perdre son Babidule afin que, plus tard, un fabuleux rendez-vous amoureux devienne possible. Vaincre l'oubli, et retrouver sa petite zétoile sur terre, voilà bien le merveilleux pari que cette séparation prépare. Alors, un jour, sur un trottoir Tralala sursautera peut-être :

– Babidule... Babidule, c'est toi ? C'est toi ! !

– Oui Tralala, c'est moi.
– Oh, mon Dieu, comme tu m'as manqué !
– Oh, mon Tralala, comme je t'ai appelé !
– Babibule, je suis tellement plein maintenant, que je mesure combien j'ai été vide.

Voilà ce qu'ils se diront demain. Et pour cela, il fallait qu'ils se perdent, qu'ils se manquent vraiment. Mais comment dire tout cela à Jérémy ? Comment lui faire sentir que la lumière est follement amoureuse de la matière... et inversement ?

– Dis Nours, y pleure pas Tralala ? Et Babidule, il est tout seul maintenant. Il a pas de lit, pas de papa, pas de maman ! s'inquiéta Jérémy qui l'aurait bien pris dans son lit.
– Ne t'en fais pas, mon Coucoulou ! Ils vont aller à l'école pour apprendre à se séparer, pour mieux se retrouver ensuite. Tu comprends ?

Comment faire sentir à Jérémy qu'au fond tout cela ne peut pas être triste, puisque c'est seulement le juste désordre des choses convoquant l'homme à ses futures noces de lumière, bien après son petit mariage sur terre. « Gare à vous les Zumains ! pensa Nours très en colère. Voilà un ciel plein d'étoiles qui brillent pour rien, ou seulement pour quelques-uns. Quel gâchis tout de même ! Gare à vous les Zumains ! Vous ne pouvez pas oublier que sans vos sourires les étoiles meurent de faim. A cause de toute cette lumière encore inutile, l'univers entier est entre vos mains. »

Jérémy se mit à gigoter sur l'horizon et dans son lit. Il ne voulait pas que cette histoire s'arrête là. Ah ça non alors ! Pauvre Babidule, pauvre Tralala, ils étaient tout seuls maintenant. Alors il se mit à crier dans son rêve et dans son lit, à crier très fort.

– Et après... après ? Dis-le moi, Nours, dis-le moi ! Il est allé où Tralala ? Et Babidule, il a fait quoi ?

– Mon petit Coucoulou, n'aurais-tu pas envie de faire pipi ? Il est l'heure de te réveiller, souffla Nours à l'oreille de son ami. Je te raconterai la suite de cette histoire dans la cabane des W.-C.

Naturellement, Jérémy se réveilla avec une petite envie de faire pipi. Il était encore très tôt, personne n'était debout dans la maison, mis à part Biscotte qui devait rôder. Alors Jérémy prit Nours sous un bras, et un oreiller dans l'autre main pour faire la cabane, et il se rendit à pas de loup jusqu'aux cabinets.
Baigneur ne prononça même pas un mot, en les voyant partir. Comme quoi, Nours avait raison : certains baigneurs ne parlent que dans les rêves.

Une fois encore tout allait continuer, mais de l'autre côté, le plus simplement du monde. L'enfance est vraiment magique : les yeux ouverts ou les yeux fermés, elle est toujours à moitié endormie, à moitié réveillée. Tout cela a si peu d'importance, puisque l'histoire continue toujours.

Chapitre 6

Mamie canne-canne

C'est dans le tout petit espace entre le mur et la cuvette des W.-C. que Nours et Jérémy s'installèrent, en prenant grand soin de mettre l'oreiller sur leurs têtes pour que la cabane ait un toit.
Comme tous les matins, Jérémy faisait des yeux tout ronds sous une casquette de cheveux en bataille, des yeux encore plus ronds que pendant le reste de la journée. L'enfance est ainsi faite : les nuits sont si nourrissantes que les tout petits se lèvent émerveillés, le regard assoiffé du biberon de la « voix » lactée.

– Dis Nours, tu connais Babidule et Tralala ? demanda prudemment notre petit bonhomme, encore un peu perdu après son réveil.
– Mais bien sûr, mon Coucoulou ! répondit Nours, en lui rappelant quelques détails de leur voyage nocturne pour lui prouver qu'il n'avait pas rêvé.

Jérémy, un peu coupé dans son élan à cause de ce pipi intempestif et de l'ouverture de ses yeux avait tant besoin de recoller à cette histoire. Car même si le voyage continue de l'autre côté, le matin il faut aller le chercher, contrairement à la nuit où il s'impose tout naturellement.

– Dis, Nours, il est parti Babidule. Pourquoi il est parti ? Il est où Babidule ? Il a plus de papa, plus de maman et plus de lit. Il est pas triste, Babidule ?
– Mais non, mon Coucoulou-Moucoulou ! Il est allé à l'école du ciel : l'école de la grande Ourse. Tu te souviens ? C'est la grande étoile à lunettes qui tricote, une maille à l'envers, une maille à l'endroit.

Bien sûr que Jérémy s'en souvenait. A cet âge-là, on écoute vraiment quand on nous parle ! Comment aurait-il pu oublier le grand « disquionnaire » magique des câlins ?
Alors Nours se mit à raconter à voix basse les nouvelles aventures de Babidule.

Maintenant, Babidule allait à l'école des petites étoiles. Et il fallait voir ! Il en tirait une langue devant sa grande page blanche en traçant avec une règle des traits bien droits, des traits à l'encre de chine, sans taches ni ratures ; forcément, puisque c'étaient des petits horizons.
– Maîtresse... maîtresse, regarde ! lança Babidule en montrant sa page remplie d'horizons bien propres.
– Oh, c'est bien... c'est bien ! approuva la grande étoile à lunettes.
– Dis, maîtresse, pourquoi on fait toujours des traits ?
– Un jour, mon petit Babidule, Tralala aura besoin de toi. Alors il te demandera des choses, plein de choses et il faudra que tu sois prêt.
– C'est quoi, « prêt », maîtresse ?
– Les petites étoiles doivent apprendre à répondre. Et les hommes, eux, doivent apprendre à demander. C'est le seul moyen pour qu'ils se retrouvent. C'est ainsi, je n'y peux rien !

Babidule se gratta la tête, avec une de ses petites branches de lumière qui était pleine d'encre à force de faire des traits sur la grande page blanche.

– Dis maîtresse ! Qu'est-ce que je lui dirai à Tralala ?
– Oh, mais tu lui répondras toujours la même chose.
– Ah bon ! toujours... toujours la même ? s'exclama Babidule surpris.
– Mais oui, tu lui traceras son horizon bien propre, bien droit. Alors ton petit Tralala reconnaîtra sa route. Et au bout, seulement au bout, vous vous retrouverez. Voilà pourquoi les petites étoiles doivent vite apprendre à tracer des horizons, sans se mettre de l'encre sur les doigts. Tu comprends ?
– Dis maîtresse ! C'est quand que Tralala viendra au zorizon ?

La grande étoile à lunettes ne répondit pas. Elle tourna même la tête afin que Babidule ne la voie pas. Comment aurait-elle pu lui dire que ce n'était pas sûr que Tralala vienne ? Il y a si peu d'hommes qui se souviennent, si peu qui savent distinguer entre le trait d'une rature et le trait de l'horizon. Pour une petite zétoile toute neuve, ce serait terrible d'apprendre ces choses-là, si terrible de savoir que la plupart des étoiles meurent de chagrin.

– Y va venir, hein Nours ? Y va venir Tralala ? demanda Jérémy très inquiet.
– Oh ça, je ne sais pas ! reprit Nours pas rassuré du tout, avant de continuer son histoire, mais du côté de Tralala cette fois.

Lui aussi, il avait grandi. Lui aussi, il allait maintenant à l'école, à l'école de la terre. Et il en tirait une langue sur tous les « bonjour » et tous les « merci » qu'il faut dire pour avoir le droit de rester avec les autres, ici-bas. Heureusement il avait un nounours, Tralala, un nounours maître d'école pour tout lui expliquer.
– Allons Tralala, il faut dire « bonjour », il faut dire « merci ». Ce sont les premiers noms à dire pour rester sur terre, les premiers noms pour rigoler avec les hommes. Est-ce que tu sais à quoi elle sert, la terre ?

– Euh... non ! répondit Tralala. Non, merci-bonjour, ajouta-t-il en casant les deux premiers mots qu'il connaissait bien, pour impressionner son nounours.
– Eh bien, la terre, c'est pour apprendre à donner des noms partout, partout, tout partout.
– Ah ? s'étonna Tralala qui trouvait que les noms, cela ne servait pas à grand-chose. Et si... et si je trouve pas le nom, c'est grave nounours ?
– Oh ! non, car alors il te faudra demander. C'est pour cela, mon Tralala, qu'il faut chercher les noms tout partout : juste pour apprendre à demander.

Alors Tralala commença à demander : « et pourquoi-ci ? », « et pourquoi-ça ? ». Il demanda tant et tant qu'il eut bientôt beaucoup de noms à ranger dans son petit cerveau.
Pauvre Tralala ! Il se grattait la tête, avec ses doigts pleins d'encre à force d'écrire des noms.

Comme c'est bizarre, le jeu des noms ! Plus on en connaît, et plus il en reste à découvrir. Et il faut demander encore et encore.
– Vois-tu, Tralala, un jour tu sauras beaucoup, beaucoup de noms. Et cela voudra dire que tu as bien su demander. Pourtant... pourtant il t'en manquera un... un seul pour être vraiment heureux.
– Ah ! ponctua Tralala très troublé. Dis-le moi le nom, nounours ! Dis-le moi !
– Oh ! mais celui-là, je ne peux pas le dire. Et personne sur terre ne pourra te l'apprendre. Mon petit Tralala, celui-là on doit le retrouver tout seul, car c'est le nom qui est au bout, tout au bout de tous les noms.
– Il est où le bout des noms, nounours ?
– Mon Tralala, il est à l'horizon. Tu sais bien, le grand trait dessiné à l'encre de chine !

– Oh oui, je le connais... je le connais ! répliqua Tralala qui se souvenait vaguement de quelque chose comme ça.

– Eh bien, vois-tu, l'horizon souligne toujours un nom. Celui d'une petite étoile qui t'attend. Souviens-toi : il te faudra beaucoup demander pour aller voir le nom souligné, le nom de ta petite étoile. Mais un jour, tu l'entendras, et ce sera le dernier. Et alors, mon Tralala, tu seras tellement, tellement heureux d'entendre sa voix !
Demande, demande toujours. De mot en mot, tu arriveras au bout des noms pour rencontrer le tien : LE TIEN, tu entends ?

– Le mien à moi ?... commenta Tralala rêveur.

– Oui, oui, rien qu'à toi ! C'est un petit nom que l'on a toujours au bout de la langue et qui ne veut pas sortir. Un petit nom que l'on cherche désespérément, et qui agace parce qu'on n'arrive pas à le retrouver.

Tralala ne comprenait plus rien à cette histoire de nom, le dernier, le sien, qui vit au bout de la langue et qui ne veut pas tomber.

Du coup, en écoutant toute cette histoire, Jérémy sortit la sienne, de langue, et il la tritura avec le bout de ses doigts dans l'espoir de faire glisser le fameux nom.
Dans la cabane des W.-C., il bougea ses jambes engourdies tout en rentrant sa langue, d'où rien n'était tombé. Quelle histoire tous ces noms, surtout le dernier ! Il pressa Nours de continuer :

– Nours, raconte... raconte encore l'histoire de Babidule et Tralala !

– Mais oui, mon Coucoulou, un peu de patience !

A présent, Babidule traçait des beaux horizons bien droits, et sans règle. Et sur le bout de ses branches, il n'y avait plus d'encre de chine. A cause de tout cela, il commença à rayonner dans le ciel. Et on pouvait le voir briller de loin, mais pas encore depuis la terre.

Tralala, quant à lui, avait tellement demandé qu'il connaissait aujourd'hui beaucoup, beaucoup de noms : des noms pour tout, des noms pour rien, des pour faire semblant, des pour de vrai, et même des pas jolis du tout. Lui aussi, on commençait à l'apercevoir de loin sur terre, mais pas encore depuis le ciel.

Ah, le nom des choses, le terrible nom des choses de la terre ! C'est avec eux que commence l'oubli : l'oubli de la lumière. Car avec tous ces beaux noms, Tralala avait maintenant les yeux collés en bas.
Comment veux-tu, mon Coucoulou, que Tralala puisse se souvenir de Babidule en vivant le nez dans ses chaussures ? Pour apercevoir sa petite étoile, il faut quand même lever la tête !

Pauvre Tralala ! En s'enfonçant dans les noms de la terre, il en oublia Babidule. Et sans même s'apercevoir qu'il avait perdu quelque chose, il continua de grandir. Il lui resta juste le sentiment d'avoir un nom au bout de la langue, un nom qui échappe toujours si on le cherche. Un truc qui devient même agaçant à la longue, au point que parfois on finit par ne plus le chercher.

– C'est Babidule ! Ba-bi-du-le ! cria Jérémy tellement pris par cette histoire qu'il voulait souffler à Tralala le nom au bout de la langue.
– Oh ! mon Coucoulou, on ne peut rien y faire, tu sais. Il faut attendre. Car pour l'instant Tralala ne peut plus rien entendre.
– Y pleure pas Babidule ! Hein Nours, y pleure pas ?

Nours poursuivit son récit. Maintenant, Babidule devait chercher dans le ciel une obscurité idéale pour s'installer, un coin propice pour surveiller Tralala.

Alors il fonda toute une petite famille de planètes mignonnes, qui se mirent très vite à tourner autour de lui, dans une joyeuse sarabande. Le soir, avant d'éteindre la lumière, pour que les petites mignonnes s'endorment, il leur racontait une étrange histoire.

– Allez, allez ! Tout le monde au lit, disait-il, si vous voulez que je vous raconte la belle histoire de Tralala.

– Ça y est ! Ça y est ! On est couchées ! s'écriaient les petites planètes.

– Mon histoire, c'est une histoire magique : celle de Tralala le magnifique, car c'est un petit homme qui a le pouvoir de parler sur terre pour qu'en haut le ciel tourne bien rond.

– Oh oui ! Oh oui ! Dis-nous l'histoire de Tralala-nifique, reprenaient en chœur les petites planètes en remontant leur couverture jusque sous leur nez.

– Il était une fois des petites planètes qui faisaient la farandole autour d'une étoile. Mais comme dans le ciel rien ne tourne bien rond, les pauvres petites planètes devaient tantôt passer très près de l'étoile – ouille, ouille, ouille, comme il faisait chaud ! – et tantôt passer très loin de l'étoile – grr, grr, grr, comme il faisait froid ! Bientôt toutes les petites planètes commencèrent à éternuer.

– Atchoum ! éternua l'une des mignonnes, comme pour accréditer cette histoire.

– Atchoum... atchoum ! enchaînèrent les autres pour se faire plaindre.

– Mais savez-vous pourquoi le ciel ne tourne pas bien rond ? leur demanda Babidule.

– Non, non ! répondirent les mignonnes, en faisant semblant de ne pas connaître la suite, juste pour le plaisir de la ré-entendre.

– Eh bien, c'est parce qu'il manque un centre dans le ciel, un centre pour que toutes les farandoles soient bien rondes. Un tout petit centre qui s'appelle Tralala le magnifique. Un mot de lui, et tout se mettrait à tourner comme il faut. Vous vous rendez compte ?

Les petites planètes ouvraient de grands yeux éblouis. Depuis longtemps Tralala était devenu leur idole. Pour un mot de Tralala le magnifique, que n'auraient-elles pas fait ! Elles étaient folles de lui, elles en rêvaient jour et nuit.

– Dis Babidule, tu le connais, Tralala ? Toi, tu le connais ? demanda une gentille planète amoureuse qui avait déjà un grand poster du magnifique dans sa chambre.

– Oh oui, je le connais ! répondit l'étoile en provoquant des « oh » et des « ah » d'admiration au fond de tous les lits.

– Et comment y fait, Tralala, pour faire tourner rond ? insista l'amoureuse.

– Oh ! ça, c'est un grand secret. Car si vous connaissez la musique qui fait danser la farandole dans le ciel, il n'y a que Tralala le magnifique qui connaît les paroles pour en faire une ronde. N'est-ce pas magique, mes chéries ?

Comme tous les soirs, à cet instant de l'histoire, les petites mignonnes tombaient en pâmoison devant ce prince charmant nommé Tralala, ce prince charmant capable de les sauver.

– Dis, Babidule ! C'est quand qu'il vient, Tralala ?

– Oh, ça, je ne sais pas. Peut-être quand il lèvera son nez vers le ciel.

– C'est bientôt, hein Babidule ? C'est bientôt le nez ?

– Il faut d'abord qu'il apprenne les mots qui font tourner en rond les choses sur terre. Seulement ensuite il aura des questions pour le ciel. Et alors il nous rejoindra, pour chanter la chanson qui fait tourner en rond la divine farandole.

Ah ! si tous les hommes pouvaient savoir cela ! Savoir combien il y a, dans de petites chambres célestes, des posters géants de notre grandeur magnifique. Et des petites planètes groupies béates d'admiration devant une telle beauté... la nôtre ! !

De son côté, Tralala était devenu un homme fort et robuste. Les mots n'avaient plus de secret pour lui maintenant, mis à part ceux du ciel. Alors il quitta ses parents pour aller chercher une place sur terre où il pourrait s'installer. Bien sûr, il fonda une famille où plein de petits Tralala mignons se mirent bientôt à danser la sarabande autour de lui.

Le soir, pour les endormir, Tralala leur racontait une histoire, toujours la même : celle de Pinocchio, celle du pantin qui veut devenir un homme, grâce à la conscience que lui a offert sa bonne zétoile.
Oh, cette histoire, Tralala la racontait si bien ! Et tous ses petits enfants tiraient leur couverture jusque sous leur nez au moment où la fée magnifique apparaissait dans sa robe de lumière.

Bon d'accord, c'était vraiment une histoire un peu bébête, juste bonne pour endormir les enfants. Une étoile venue du ciel qui deviendrait une bonne fée ! Il en fallait, de l'imagination, pour inventer des choses pareilles. Tralala la racontait bien, cette légende, mais quand même pas question d'y croire.

Dans leurs lits, les enfants de Tralala ouvraient de grands yeux, à la simple évocation de la petite étoile dévouée à Pinocchio. Tant de rêves accompagnaient cette fée. Tant de fois ils avaient voyagé auprès d'elle la nuit. Que n'auraient-ils pas fait pour la voir apparaître, resplendissante de beauté ! A n'en point douter, c'était leur grand amour, cette princesse de la « voix » lactée.

– Tralala, raconte encore la fée ! encore la fée ! demandait le premier.
– Dis Tralala, c'est quand qu'elle vient, la fée ? demandait le second.
– Mais mes chéris, c'est une histoire... c'est une légende ! Les fées qui viennent des étoiles, cela n'existe pas.

Comment les enfants de Tralala auraient-ils pu en douter ? Leur papa connaissait tant de mots ! Alors ils s'endormaient, un peu déçus, en comprenant que d'un côté il y a les rêves et de l'autre la réalité.
C'est comme cela que l'on fait les hommes, on ne peut pas y échapper.

Tralala connaissait tant de mots que sur terre les choses commencèrent à bien tourner. Et il gagna alors beaucoup d'argent. C'était la réussite ! la terrible réussite qui fait vivre ici-bas, sans plus aucune raison de regarder en l'air. Regarder en l'air, pourquoi faire ? Et dire que pendant ce temps-là le pauvre Babidule s'ingéniait à briller et à briller encore, en racontant chaque soir l'histoire de Tralala le magnifique !

Tralala était donc devenu un homme « bien établi », comme on dit sur terre. Mais un matin, il se leva avec un goût amer au creux du ventre. Certes, il avait bien réussi, mais il avait réussi quoi au juste ? Ce fut comme s'il lui manquait quelque chose, mais impossible de mettre un nom dessus. Ce fut comme si sa vie n'était pas remplie.
« Surmenage », pensa-t-il. Mais les matins suivants se révélèrent de plus en plus amers. Et Tralala perdit sa bonne mine. Avoir tout réussi, et n'être toujours pas comblé, voilà où était son calvaire.
« Mais bon sang, qu'est-ce qui me manque ? répétait-il sans cesse. J'ai tout pour être heureux, et je ne le suis pas... Qu'est-ce qui m'arrive ? »

Pauvre Tralala ! Cela faisait si longtemps qu'il marchait le nez dans ses chaussures ! Bientôt, il n'eut plus aucun but sur terre. C'est à cette époque qu'il prit l'habitude d'aller promener sa tristesse dans les bois, là où les arbres sont si touffus qu'il n'y a pas de ciel pour mettre les hommes en danger.
Mais un beau jour, le « hasard » de ses pas le conduisit dans une clairière. Et là – ô stupeur – il rencontra un papillon multicolore, un papillon magnifique qui virevolta autour de lui, de sorte qu'il dut un peu relever la tête.

– Jérémy, il le connaît le papillon, hein Nours ?
– Oh ! oui, mon Coucoulou-Moucoulou. Tu t'en souviens ?

Dans la cabane des W.-C., l'oreiller sur la tête avait glissé. Qu'importe, cela restait quand même une cabane. L'histoire était bien trop grave, pour qu'ils s'arrêtent à ce genre de détails.
– Tralala, c'est un vilain ! Parce que Babidule, y pleure dans le ciel.
– Pas si vite, mon Roudoudou, pas si vite ! Laisse-moi finir cette histoire.

Tous les jours, Tralala revint dans la clairière pour rencontrer son copain le papillon magnifique. Oh, les choses n'allaient pas très vite ! Quand pendant des années on a seulement regardé ses pieds, il faut du temps ensuite pour essayer de mettre le nez en l'air. C'est ainsi sur terre, il faut bien aller à l'école pour apprendre les mots qui parlent avec les hommes ! Eh bien, pour s'éduquer aux dialogues avec les petites étoiles, c'est pareil ! Il faut retrouver une école, mais celle des grands, si l'on ne veut pas s'égarer dans des cieux imaginaires.

Avec Tralala, le papillon magnifique avait fort à faire. D'abord il dut voler juste devant ses yeux, pour lui apprendre à s'émerveiller. Puis il vola un peu plus haut, pour lui faire relever le nez. Et il recommença encore et encore, jour après jour, car Tralala ne voyait rien, seulement un beau papillon bariolé qu'il avait plaisir à rencontrer.

Mais un jour, il se produisit une chose fantastique... extramidable !
Tralala était revenu dans la clairière. Or ce matin-là, il était arrivé avec une question nouvelle, un tourment tout neuf : « Comment ne plus être si seul, sur terre ? Oh ! mon Dieu, comment ne plus être si seul ? »

Tout à cette douleur soudaine, il fut pris d'un silence au dedans. Le terrible silence qui se produit au bout des mots, quand on ne sait plus quoi dire, quoi penser. Au dehors aussi, le papillon magnifique s'immobilisa dans l'air, surpris par ce silence, juste avant de se poser sur la main de Tralala.
Au début ce fut à peine un petit froissement, une caresse légère dedans et dehors confondus, le sentiment d'une présence fragile, mais si attentive.
Était-ce seulement le papillon ?
Bientôt Tralala sentit l'imperceptible mouvement d'une paupière, puis d'une autre, comme si deux yeux s'ouvraient, comme si deux yeux attendris se penchaient sur lui.

« Comme c'est étrange, pensa-t-il, de se sentir observé ainsi ! » Machinalement il regarda à droite, puis à gauche, il vérifia même si ce n'était pas le papillon qui l'épiait à ce point.
Debout, au milieu de la clairière, il fut soudain enveloppé par une grâce, une sorte de joie sans raison, comme seul le baiser des papillons magnifiques sait en produire. Il fut tellement aux aguets, le nez en l'air, que bientôt il en devint tout chaud, tout chaleureux du fond du cœur.

Oh ! cette chaleur... cette douce chaleur ! Elle lui rappelait quelque chose.
Cette chaleur, il la connaissait, il en avait le nom au bout de la langue, mais sans parvenir à le retrouver. Oh, cette chaleur ! qui peu à peu devenait une intimité.
Des larmes lui montèrent aux yeux, non pas celles de la tristesse, mais celles qui lavent ceux qui ont tant oublié.

Avec ces larmes, Tralala remonta jusqu'à son enfance, jusqu'à son nounours. Et puis plus loin, beaucoup plus loin, vers un amour perdu. Maintenant, il se souvenait d'une vieille, d'une très vieille séparation, d'un amour immense qu'il avait fallu quitter.
Pauvre Tralala, il se retrouva sur les berges d'une plaie profonde comme un gouffre sans fin. Et debout au milieu d'un silence millénaire, il lui sembla qu'il lui manquait une déclaration d'amour. Oui, c'est ça ! Là, maintenant, il devait déclarer sa flamme. Il devait retrouver un nom, un seul, contenant tout l'amour dont il était capable.

Dans ce silence millénaire, il entendit d'abord un bruissement, puis un murmure répétant de plus en plus distinctement : « Tralala... Tralala... Tralala ! »
Il sursauta bien sûr, n'osant pas y croire. Mais il était si bouleversé, si submergé. Impossible d'en douter ! On venait vraiment de l'appeler.
Oh mon Dieu ! On ne l'avait pas seulement appelé par son nom, pas seulement appelé comme le faisaient ceux de la terre. Non, là, il y avait aussi une musique, une mélodie saisissant l'âme jusqu'au tréfonds.

– Tralala... Tralala, tu es là ? répéta le murmure enchanteur.

Alors Tralala arriva au bout des mots, tout au bout. Là où il y a un grand trait noir tracé par terre à l'encre de chine. Un trait tiré sans règle, s'il vous plaît !
Tous les mots qu'il connaissait devinrent si futiles, en

comparaison de cette présence infinie venant à sa rencontre, et à laquelle il devait trouver un nom.

– Tralala... réponds-moi, je t'en supplie ! Réponds-moi !

Il fallut à Tralala un effort surhumain pour que sa bouche articule le nom qui vit au bout de la langue. Il lui fallut vaincre l'oubli, traverser le néant.

Alors il y eut comme un hoquet géant sortant de ses lèvres et un souffle chaud traversa l'univers au moment où il prononça :

– Babidule ! Babidule, c'est toi ?

Et le nom d'amour produisit un miracle, des miracles, une cascade de miracles. Le papillon magnifique devint une petite zétoile, une sorte de bonne fée posée sur la main de Tralala. Pinocchio ne serait plus jamais une marionnette. Et Tralala devint un Vivant. Plus loin, tout là-bas dans le ciel, toutes les petites planètes mignonnes se mirent à faire une ronde bien ronde autour de Babidule.

Mon Dieu, comme elles étaient fières de rencontrer Tralala le magnifique. Toutes leurs copines allaient en être jalouses.

– Tralala !

– Oui, Babidule !

– Oh, mon Tralala, comme tu m'as manqué !

– Babidule... Babidule.

Ils répétèrent leurs noms jusqu'à se saouler, jusqu'à se toucher.

On raconte souvent aux hommes le gros hoquet du début quand tout a commencé : Big et Bang et chacun partit de son côté. Mais personne ne leur raconte jamais la suite, quand le Big et le Bang se retrouvèrent.

– Babidule !

– Oui, mon Tralala.

– Comme c'est bon de t'entendre !

Par-dessus l'horizon bien propre, bien droit, ce furent les noces de la musique et des mots : le chant.
Et l'étreinte fut si forte d'ailleurs que soudain la nature surprise décréta le printemps. Tralala et Babidule ne pouvaient certes pas revenir à l'état de choses-sans-nom, mais dorénavant leur communion serait bel et bien un amour-sans-nom.

Nours regarda Jérémy. Il ne bougeait pas, même pas d'un sourcil, tant cette histoire rentrait en lui, image par image. Maintenant Tralala et Babidule habitaient le sang de notre petit bonhomme. Maintenant, jusque dans ses cellules, Jérémy saurait à jamais qu'il existe un amour contenu en un seul mot qui change tout sur terre.

C'est à cet instant précis que Suzanne fit irruption dans les cabinets. La terre, en reprenant tous ses droits, fit disparaître les dernières notes de la divine musique de cette histoire. Déjà elle recoiffait les cheveux de Jérémy en lui disant :

– Mon chéri... mon chéri, mais tu vas prendre froid à rester assis sur le carrelage. Tu as bien dormi, mon trésor ?
– Tu sais maman ! Eh ben Babidule, y va... tenta d'expliquer Jérémy en se levant.
– Allez, viens vite, on va déjeuner.
– Maman ! Babidule, c'est mon copain.
– Mais qu'est-ce que tu me racontes ? Allez, viens vite déjeuner. Tu sais, aujourd'hui, on va chez le marchand pour acheter des belles chaussures à Jérémy.
– Tu te rends compte Babidule ?... Des chaussures neuves ! commenta notre petit bonhomme comme s'il s'adressait à un ami invisible qu'il aurait tenu par la main.

Nours et Jérémy échangèrent un regard complice à propos des chaussures. Suzanne ne pouvait pas

comprendre : les chaussures, les fameuses chaussures, celles qui attirent le nez dessus, bien plus que les pieds dedans. Et voilà, à cause d'elles on oublie son Babidule. Pas question pour Jérémy de se faire avoir, lui aussi ! Il ne fallait pas y compter. Ils le savent les petits ce que cela coûte d'avoir de jolis pieds au point de ne plus pouvoir lever le nez en l'air.
Voilà peut-être pourquoi on a tant de mal avec les enfants dans les magasins de chaussures...

A table, Jérémy voulut un bol de plus à côté du sien. Non ce n'était pas pour Nours. Les nounours cela ne déjeune pas. « C'est pour Babidule, je te dis, pour Ba-bi-du-le ! » insista notre petit bonhomme.
Suzanne obtempéra, sans trop comprendre qui était ce nouvel ami imaginaire. Elle mit cette histoire sur le compte de la venue du petit frère. Heureusement que la psychologie infantile explique tout cela ! Au moins les adultes sont rassurés. Elle chercha bien à savoir qui était Babidule, mais elle obtint une réponse si compliquée – à base de petite zétoile, de Tralala et de papillons qui font des baisers – qu'elle renonça à comprendre. Mais promis, juré, Babidule aurait dorénavant son assiette, son verre et son bol pour le petit déjeuner. « Pauvre Jérémy, pensa-t-elle, il est déjà hanté par son petit frère ! »

La matinée se déroula comme à l'accoutumée : d'un côté il y avait Suzanne avec son ménage, et de l'autre Jérémy dans sa chambre avec ses jouets. Car le matin, il ne fallait surtout pas traîner au milieu des balais, de l'aspirateur, et autres chiffons, sinon on se faisait gronder.

Comme prévu, ils allèrent faire les courses, en prévoyant de finir par le marchand de chaussures. Jérémy donnait une main à sa maman, et l'autre à Babidule, n'hésitant pas à lui parler chaque fois que c'était nécessaire. Suzanne eut un peu honte de ces dialogues intempestifs faisant passer son fils pour un enfant curieux. Elle s'en inquiéta presque : il ne fallait quand même pas que cela devienne un dédoublement de la personnalité !

Il fallut même retourner chez la bouchère, car Jérémy avait oublié Babidule à l'intérieur. Quant au magasin de chaussures, il fut impossible d'y mettre un pied, tant Babidule refusait obstinément d'y pénétrer. Bon, il était inutile d'insister ! Après tout rien ne pressait. Ils reviendraient une autre fois.

– Tu sais maman, Babidule, il aime pas les chaussures ! avait commenté Jérémy.
– Mais ton Babidule, il doit avoir froid aux pieds, répondit Suzanne.

Jérémy renonça à cette conversation. Visiblement, sa maman ne comprenait rien : une petite zétoile, ça n'a pas de pieds !
En rentrant à la maison, ils croisèrent le docteur Alibert. Et Suzanne, un peu inquiète, s'empressa de lui confier l'existence encombrante de ce Babidule invisible. Le bon docteur la rassura : c'était seulement une attitude classique de l'enfance réagissant à l'annonce d'une nouvelle naissance. Il n'y avait pas lieu de se faire du souci.
Suzanne, confortée dans sa première opinion, prit donc le parti d'en sourire. C'était ce qu'il y avait de mieux à faire. D'ailleurs, au moment où elle prenait congé du médecin, ce dernier chercha à jouer avec cette histoire.

– Alors, mon bonhomme, comment va Babidule ce matin ? lança-t-il à Jérémy en lui tapotant la tête. Il n'a pas froid au moins ?
– Babidule, y fait jamais de grimaces ! rétorqua Jérémy, en se souvenant que les vilains sourcils du docteur étaient dus à une grimace le jour des cloches de la saint-glinglin.

– Mais... mais il n'a pas de chaussures, ton Babidule ! Il va se faire mal aux pieds, reprit le docteur dans l'espoir de convaincre Jérémy de retourner dans le magasin.

Jérémy fit la moue. Celui-là non plus ne comprenait rien, inutile d'insister. Ah ! le ridicule des grands, quand pour faire joli, ils essayent d'entrer dans le monde des petits. Nours avait bien raison : les grands sont vraiment trop loin, ils ne parlent que de chaussures, ils ne pensent qu'à ça ! Ils ont les yeux et le nez collés sur leurs pieds. Pauvres grands ! Ils vont en oublier leur Babidule. Mais comment leur expliquer ?

*
* *

C'est pendant la préparation du repas que le téléphone sonna. La communication ne fut pas bien longue, à peine quelques mots, mais qui tombèrent comme un véritable coup de tonnerre. En raccrochant, Suzanne se mit à pleurer. Ces choses-là, quand on est un petit garçon, on les sent tout de suite : maman est malheureuse, tellement malheureuse au point que l'on ne peut plus rien faire, car le monde tourne à l'envers.

Jérémy, debout à la porte de sa chambre, une petite voiture à la main, n'osait plus bouger. Là-bas, au bout du couloir, vers la petite table du téléphone, sa maman pleurait à chaudes larmes, en se mouchant très fort.
Mon Dieu ! Comme cela fait peur, une maman qui pleure ! Soudain, il n'y a plus que cela dans la tête. Tous les jeux et toutes les histoires sont partis. Et l'on est si petit que l'on ne sait pas comment faire pour la consoler... à part être gentil !

Là-bas, Suzanne décrochait à nouveau le téléphone. Elle appelait Robert, avec un mouchoir sous le nez. Et comme Jérémy n'en perdait pas une miette, il put entendre la terrible nouvelle : mamie canne-canne était morte, elle était morte pendant l'opération. Il fallait passer aux pompes funèbres. Il fallait préparer l'enterrement.

Bien sûr, Jérémy n'avait pas tout compris. Mais le mot « morte », il connaissait ! Surtout depuis que son poisson rouge s'était mis à nager sur le dos et qu'il avait – paraît-il – rejoint le ciel. C'était ça, « morte », et ce n'était pas grave puisque personne n'avait pleuré, ce jour-là. Il fallait donc vite aller rassurer maman.
Suzanne s'essuya les yeux précipitamment en voyant arriver Jérémy auprès d'elle.

– Elle est mourrue, mamie canne-canne ? Hein, maman ! Elle est mourrue ?
– Oui, mon chéri, elle est morte ce matin. Elle était bien malade, tu sais. Elle est repartie chez le bon Dieu. Maman est un peu triste, mon chéri. C'est normal, c'était la maman de papa.
– Elle est mourrue ! se contenta de répéter Jérémy qui aurait voulu dire tant d'autres choses.
– Il va falloir être gentil mon chéri, très gentil. Car papa va être très triste.
– Elle est où mamie canne-canne ?
– Mon trésor, elle est à l'hôpital. Mais demain on va la mettre dans la terre, et alors son cœur pourra s'envoler jusqu'au ciel. Allez ! va jouer maintenant, maman a beaucoup de choses à faire.

En fait, cette mamie, Jérémy ne la voyait pas très souvent, car elle était malade depuis de nombreuses années. Il l'avait toujours connue avec deux cannes, dormant dans tous les fauteuils où elle s'asseyait. Elle avait tant de difficultés à se déplacer qu'elle ne venait que très rarement à la maison. Aussi, de temps en temps, toute la famille allait lui rendre visite, le dimanche après-midi.

Elle habitait dans une grande maison toute blanche, « une maison rien que pour les papis et les mamies », comme disait Jérémy. Suzanne apportait un gâteau, que tout le monde mangeait sur les genoux. Et puis il fallait rentrer à toute vitesse, juste avant l'émission de sport à la télévision.

C'est Jérémy qui l'avait appelée « mamie canne-canne », tant son papa depuis toujours ne cessait de lui rappeler : « Non, ce n'est pas mamie Vette ! C'est ma maman, tu sais bien, la mamie qui a une canne dans une main... et une canne dans l'autre ! »
Oh ! cette mamie n'était pas aussi gentille que mamie Vette. Non, celle-là, elle dormait tout le temps, et elle était toute petite et toute grosse à force de manger du chocolat. La nouvelle de sa mort ne plongeait donc pas notre petit bonhomme dans la tristesse, mais dans une certaine perplexité.

Car la mort, c'est tout de même quelque chose d'étrange, quand on la regarde un mètre sous la tête des grands ! La mort, c'est nager sur le dos, c'est rejoindre le bon Dieu, cela fait pleurer les grands, et puis il faut être sage. Avec la mort, en plus, on met les gens dans la terre. En voilà de nouvelles questions à résoudre pour Jérémy pendant qu'il retournait dans sa chambre pour faire broum-broum avec les petites voitures.

Il s'installa sur la moquette. Les choses allaient barder. La voiture rouge allait tout casser. Au détour d'un terrible virage, au moment où ladite voiture allait en percuter une autre dans un fantastique « asquident », Jérémy se retrouva aux pieds de Nours. L'occasion était trop belle pour ne pas la saisir :

– Dis Nours, mamie canne-canne, elle est mourrue, tu sais !
– Ah bon, mon Coucoulou ?
– Dis Nours, c'est quoi mourru ?

– Oh ça, mon Roudoudou, c'est très simple ! C'est quand on est très fatigué, mais alors très très fatigué, et que l'on n'a plus la force d'appeler son Babidule. Alors, il vient nous chercher. Et il nous emmène dans les étoiles. C'est chouette-chouette, tu sais, parce qu'ainsi Babidule et Tralala ne sont jamais plus séparés.

Jérémy trouva que « mourru », c'était quand même « chouette-chouette », comme disait Nours. A se demander pourquoi sa maman avait pleuré, et pourquoi son papa serait triste.

– Dis Nours, eh ben maman, elle a pleuré, lança Jérémy en espérant que Nours comprendrait sa perplexité.

– Mais bien sûr, mon Coucoulou-Moucoulou, répondit Nours. Les grands pleurent parce qu'ils ne savent pas qu'en mourant on retrouve son Babidule. Eux, ils ont perdu leur Babidule, à force de regarder leurs chaussures, toujours leurs chaussures.

Ah ça, Jérémy était bien d'accord, et il hocha la tête en signe d'approbation. Il lui suffisait de se souvenir de leurs questions à propos de son Babidule. Rien que des questions de chaussures ! A croire que les chaussures, c'est l'horizon des grands !

– Sans leur Babidule, continua Nours, tous les papas et toutes les mamans croient qu'en mourant ils vont se retrouver dans un énorme magasin de chaussures, tout vilain. Forcément, ils n'ont pensé qu'à cela pendant toute leur vie, alors ils meurent avec ! Et ils sont tristes, parce qu'ils pensent que la mort c'est seulement une histoire de pieds... alors ils ont peur d'avoir mal derrière, au lieu de regarder devant !

– Dis Nours ! Tu sais, mon papa y va planter mamie canne-canne ! Si, si, c'est maman qui l'a dit ! Y va la planter dans la terre. Dis Nours, elle va repousser mamie canne-canne ?

– Mon petit Roudoudou ! On ne dit pas « planter » pour les mamies, on dit « enterrer ». Mais c'est la même chose. Car on enterre les mamies pour faire pousser leur cœur jusqu'aux nuages.

– Ah bon ! reprit Jérémy qui maintenant y voyait bien plus clair, tout en reprenant sa terrible voiture rouge, en route vers le prochain « asquident ».

Les jours qui suivirent, ce fut un défilé permanent de « zinvités » vraiment tristes. Nours avait raison : c'était une procession de têtes basses n'arrêtant pas de regarder leurs pieds, dans un recueillement de chaussures qui en disait long sur leurs souffrances. La maison fut pleine de petits conciliabules à voix basse que Jérémy ne prit même pas la peine d'espionner, tant il savait déjà le sujet de leurs conversations.

Chapitre 7

La boîte à guili-guili

Les mois passèrent. Quentin, le petit frère, avait finalement réussi à sortir de ce ventre. Non sans quelques péripéties, puisque Suzanne avait dû finir sa grossesse couchée. Mais quel bonheur cela avait été pour Jérémy : à cause de cela, mamie Vette avait dû venir tous les jours pour faire le ménage, les repas, et pour s'occuper de lui. Et comme elle n'habitait pas loin, elle avait pris l'habitude, depuis cette époque, de passer régulièrement pour voir si tout allait bien.
Aussi, quand on sonna à la porte d'entrée, Jérémy tout à sa joie se précipita dans le couloir en s'écriant :

– C'est mamie Vette ! C'est mamie Vette !

Suzanne laissa sa montagne de repassage, pour aller ouvrir. Tandis que notre petit bonhomme piaffait d'impatience derrière la porte, en essayant de parler à sa mamie de l'autre côté.

– ...jour, mamie ! lança Jérémy en lui sautant au cou.

– Bonjour, maman ! reprit Suzanne en la soulageant de son cabas.

Allez savoir pourquoi, ce jour-là, Jérémy entendit comme si c'était la première fois Suzanne dire

« maman » à mamie Vette. Il y a comme cela des moments particuliers, où le cerveau est prêt. Alors il ouvre soudain un nouveau coin dans les oreilles et on se met à entendre des choses bizarres.
Jérémy attendait une mamie, une vraie, la sienne quoi ! Et voilà que sa mamie était une maman ! !
Notre petit bonhomme n'en croyait pas ses oreilles. Pourtant Suzanne recommença plusieurs fois avec des maman par-ci, maman par-là.

Un doigt dans la bouche, en signe de profonde méditation, Jérémy se mit à les suivre partout sans rien dire. Il ne savait plus très bien comment il fallait faire avec cette mamie-maman. Parfois, il se plantait sous son nez, pris d'un intense besoin de l'observer. Au point que mamie Vette crut plusieurs fois qu'il voulait quelque chose :

– Mais qu'est-ce que tu veux, mon Jérémy ? répétait-elle sans cesse.

« Bon, ou c'est une maman, ou c'est une mamie, mais c'est pas les deux » pensa notre petit bonhomme, le cerveau tout éclabouriffé. Aussi revint-il à la charge, en cherchant à découvrir la petite différence qui lui ferait mettre mamie Vette dans un camp ou dans l'autre.

– Oh, Jérémy, tu nous casses les pieds ! Ne reste pas dans nos jambes ! Va jouer ailleurs ! s'exclama Suzanne agacée.

« Eh ben d'abord, les mamies ça gronde jamais ! » pensa notre petit ami en repartant à contrecœur.
Et puis les mamies, c'est plein de petites vagues sur le front, et quand on les caresse, cela flotte avec les doigts. D'ailleurs mamie Vette lui disait souvent : « Oh, mais Jérémy, fais bien attention, tu vas te noyer dans toutes mes rides ! Est-ce que tu as encore tous tes doigts ? » Mais c'était pour rire, bien sûr.

Tandis que les mamans – ah, les mamans ! – elles sont belles... comme des fées !

Et puis les mamies, elles ont des poules, des canards, des gâteaux dans tous les placards et des « nœufs » troués qui poussent dans la paille et que l'on boit la tête renversée. Elles ont aussi du poil sous le nez qui chatouille dans les bisous, et elles n'achètent jamais des vacances, parce qu'elles y sont toujours.
C'est jamais comme ça, les mamans, jamais comme ça !

Après un examen approfondi, Jérémy trancha momentanément : sa mamie était bien une mamie, un point c'est tout. Pas question de la prêter à maman !

Comme souvent, après avoir papoté aux quatre coins de la maison, Suzanne et sa mère se précipitèrent toutes les deux dans la chambre du « si joli Quentin », comme elles disaient. C'est vraiment terrible de vérifier à chaque instant que l'on ne compte plus comme avant. C'est tellement terrible, que c'est impossible de jouer sagement dans son coin, pendant que l'autre vous pille sans vergogne tout le stock d'amour que l'on avait économisé. Aussi Jérémy les rattrapa-t-il à l'entrée de la chambre. Perdre à la fois une mamie et une maman, c'était trop. Il fallait comprendre !

Sur le pas de la porte encore fermée, Suzanne fit une pause, la main sur la poignée. Elle se tourna vers Jérémy et fit « chut ! » avec son doigt sur la bouche afin que l'on ne réveille pas sa majesté. Bien sûr, c'était au moment d'entrer qu'il fallait résister, reconquérir un peu du territoire perdu. C'était plus fort que lui, il n'avait même pas le temps d'y penser. A toute vitesse Jérémy chercha quelque chose à demander, juste pour ne pas tout perdre.

– Maman... maman ! commença-t-il à murmurer.

Mais Suzanne, marchant à pas de loup, ne daigna même pas se retourner. Au dessus de la tête de Jérémy, un conciliabule chuchotait déjà mille commentaires sur la dernière merveille du monde.

– Oh, mais il est réveillé, mon trésor ! s'exclama Suzanne en apercevant Quentin, les yeux ouverts.
– Comme il est gentil, il ne pleure même pas pour réclamer son biberon ! continua mamie admirative. Mon Dieu, comme cet enfant va être grand ! Regarde ses pieds, Suzanne ! Regarde ses pieds !
– Je l'habille déjà avec du un an, tu sais ! répondit Suzanne, très fièrement.

Le roi Quentin babillait devant sa cour, sensible à toutes ces extases. Celui-là, pas de doute, il savait y faire, se renfrogna Jérémy ! Et je te fais un petit sourire, et je te fais un geste très maladroit, mais quelle importance puisque c'est pour montrer mes mains potelées à souhait soulevant les « hourras » d'une foule en délire. Notre petit ami s'accrocha à la robe de sa mère, et tenta désespérément de se faire entendre :

– Maman... maman ! répéta-t-il un peu plus fort, puisque Quentin ne dormait pas.
– Arrête, Jérémy ! répondit Suzanne un peu sèchement.
– Et la nuit, il dort bien maintenant ? interrogea mamie.
– Oh, il est facile, tu sais ! Jamais malade, toujours souriant. Tu te souviens comme je m'en suis vue avec Jérémy ? J'en ai passé des nuits blanches, avec celui-là !
– Il toussait tellement, ce petit chéri, reprit mamie Vette en tapotant la tête de Jérémy.

« Et voilà, ça recommence ! » pensa notre petit bonhomme. C'était le refrain de la maison, le coup classique du Jérémy-toujours-malade. Là-haut, on parle de vous, sans se soucier un seul instant que l'on entend tout.

Bien sûr, certains mots vous échappent, mais il y a les yeux, et les plis au coin de la bouche, autant de messages qui en remettent une couche.

Avec ces histoires-là, vingt ans après on épouse une femme qui va reprendre le flambeau, reprendre le pinceau. Forcément elle a les mêmes yeux, et les mêmes plis au coin de la bouche. C'est d'ailleurs pour cela, inconsciemment, qu'on la choisit. Alors tout recommence : promis, juré, maintenant on sera malade d'amour, pour être comme dans son enfance, jusqu'à ce qu'un rival, un autre Quentin papillonnant, devienne son amant et nous vole cette seconde maman.

Ils n'ont l'air de rien, tous ces petits instants autour d'un berceau. Ce sont des détails. On ne va quand même pas s'arrêter sur ces quelques maladresses ! Pourtant, c'est déjà là que l'on apprend la nécessité de l'amant qui viendra fatalement, un jour ou l'autre.

Accroché à la robe de Suzanne, Jérémy commença à s'impatienter. Attention ! encore un peu et il allait devoir faire une grosse bêtise, si on continuait de l'ignorer à ce point.

– Maman... maman... dis maman ! insista-t-il avec force en tirant très fort sur la robe.

– Oui, qu'est-ce que tu veux encore ? répondit Suzanne un peu excédée.

– C'est qui ta maman ?

– Mais c'est mamie Vette, voyons ! Arrête de faire ton intéressant, Jérémy. Cela fait dix fois que je t'explique ces choses-là.

Cela se mit à hurler dans la tête de Jérémy : « Non ! c'est pas vrai... c'est pas vrai, tu me l'as jamais dit ! » Il en aurait « mourru » de cet agacement injuste, de ce mensonge pour se débarrasser de lui.
Pauvre Jérémy ! Comment aurait-il pu comprendre une réponse avant même d'avoir posé la question ? Elles

sont si nombreuses, les choses que l'on nous répète mille fois sans que l'on puisse les entendre, uniquement parce que ce n'est pas encore l'heure pour nous de la bonne interrogation qui ouvre les oreilles. Non, Jérémy ne faisait pas l'intéressant. Il faisait seulement le très malheureux de ne plus intéresser.

Quentin trônait maintenant dans les bras de mamie Vette. D'ailleurs elle en était devenue toute bébête, faisant des bruits bizarres avec sa bouche pour le faire rire aux éclats. Pendant ce temps Suzanne, enfin décrochée de Jérémy, s'affairait à tout préparer pour la divine toilette.

Jérémy, buté, n'en démordait pas intérieurement : une mamie et une maman, ce n'était pas pareil. Oui mais, il était où, le « pas pareil » ?
C'est en voyant mamie Vette porter son frère, que notre petit bonhomme fut soudain très inquiet : une idée affreuse venait de lui traverser la tête. Cette fois-ci, ce fut la robe de sa mamie qu'il s'empressa de tirer avec vigueur.

– Dis mamie, toi, tu es une maman ! Tu vas avoir des petits frères aussi ? Tu vas en avoir ? demanda Jérémy effrayé à l'idée d'un nouveau rival jusque chez sa grand-mère.
– Oh mais non, mon chéri ! Mamie est bien trop vieille maintenant pour avoir des enfants, avait-elle répondu en souriant.

Voilà, voilà ! Il était là, le « pas pareil », c'était évident ! Les mamies, ce sont des mamans qui ne peuvent pas avoir de petit frère. C'était vraiment simple à comprendre. Apaisé, Jérémy regagna sa chambre. Mais il restait songeur, dans son cerveau tout neuf explorant les mots. Ne venait-il pas de découvrir la redoutable importance des noms que l'on donne aux gens et aux choses, si l'on veut ensuite savoir s'en servir ?

Car enfin ce n'est pas du tout pareil d'appeler quelqu'un « maman » ou « mamie ». Celle qui va venir, sera-t-elle un amour sans risque de petit frère, ou bien un amour qu'il faudra monnayer pour avoir un peu d'attention ?

Déjà, avec la naissance de Quentin, notre bonhomme avait dû apprendre la différence qui existe entre un bébé et un petit frère. Car même si cela se ressemble beaucoup, le nom change tout. Un bébé, par exemple, on n'est pas obligé de l'aimer puisqu'il ne va pas rester. Mais un petit frère, c'est une tout autre affaire. On doit forcément le trouver joli, si on ne veut pas perdre sa maman. Au fond les mots, c'est comme des petites étiquettes collées sur des pots de confiture pour savoir quelle tartine on va manger.

Quelle magie quotidienne que l'irruption des mots nouveaux ! Plus personne ne se souvient de cette fontaine permanente provoquant sans cesse des inondations où l'on risque de se noyer à cause d'un nom, un seul, qui a fait son entrée.
C'est presque tous les jours que le monde se défait. Et il faut livrer bataille pour le refaire, il faut y passer un temps fou. C'est bien plus difficile de grandir mot à mot que centimètre par centimètre !
Jérémy en savait quelque chose, car depuis qu'il avait un petit frère, il était devenu le grand. « Jérémy ne fais pas ceci, tu es grand maintenant. Jérémy ne fais pas cela, tu es trop grand quand même ! »

Dans sa chambre, Jérémy fut sorti de ses pensées et de ses jouets par une soudaine fringale. À n'en point douter c'était l'heure du goûter, un nouveau moyen de se faire remarquer. Il se précipita à bride abattue dans la cuisine, avec la ferme intention de se faire entendre. Mais en arrivant dans ladite cuisine, il surprit mamie Vette en train de sortir de son éternel cabas une chose inouïe, une chose inconnue : une sorte de petite boîte avec du poil au bout.

– Tiens, ma chérie, disait mamie à Suzanne. J'en ai pris une pour toi, comme tu me l'avais demandé.

– Oh ! merci, maman. Tu y as pensé. C'est tellement plus pratique. Robert va être content, cela fait des semaines qu'il m'en réclame une. Tu me diras combien je te dois ?

Ça recommence tout le temps ! On vient à peine d'en finir avec les mamies et les mamans maintenant bien rangées dans la tête, et voilà qu'un nouveau truc sans nom fait son apparition. Comment ça s'appelle ? A quoi ça sert ? Il faut le savoir pour pouvoir vivre sur terre.

Suzanne se rendit à la salle de bains et mit soigneusement l'objet sur l'étagère en verre au dessus du lavabo. Jérémy, bien sûr, l'avait suivie comme son ombre, oubliant son goûter devant ce nouveau mystère.
Puis elle retourna dans la cuisine, sans oublier d'avertir son fils :

– Tu ne touches à rien, mon chéri. C'est bien compris !

Jérémy resta seul, planté au milieu de la salle de bains, les yeux rivés sur la petite boîte avec du poil au bout. Là-haut, sur l'étagère, dans la zone interdite aux petits, reposait la chose. Et la chose devint une tentation. Et la tentation devint à son tour une envie... juste une envie de toucher. C'est l'absence de nom qui démange, et cela ne veut pas du tout dire que l'on va être polisson.

Jérémy balança ses bras en signe de malaise. Bientôt il se dandina d'un pied sur l'autre, livrant un combat intérieur entre l'envie et l'interdit. Il ne put guère se retenir plus longtemps et se retrouva très vite debout sur le tabouret, en train de se saisir de la boîte poilue. Mon Dieu, quel frisson, cette prise de risque maximum, pour un nom ! A cet âge-là, c'est tous les jours que l'on découvre l'Amérique, et que l'on fait les premiers pas de Christophe Colomb.

Sans le nom de cette chose, que pouvait-il faire ? Alors il la tourna dans tous les sens. Il secoua la chose, il la gratta, il la tripota. Et pendant ce temps-là son imagination vagabonde tricota mille définitions pour ce truc à poils. C'est en descendant du tabouret qu'il poussa par mégarde un petit bouton caché. Comme c'était drôle : la chose se mit à vibrer. Alors, bien sûr, Jérémy joua avec le bouton : un coup oui, un coup non.

De retour dans sa chambre avec l'objet du délit, notre petit bonhomme en eut la certitude : la chose poilue, c'était une boîte à guili-guili. C'était certainement une boîte magique pour faire dormir les bébés qui pleurent, pour faire taire les bébés qui appellent tout le temps leur maman, une boîte pour les bébés encombrants. Jérémy était très fier d'avoir résolu tout seul cet immense mystère. Il fallait annoncer la bonne nouvelle à Nours :

– Tu sais Nours, lui dit-il en montrant l'objet, c'est pour les bébés ! C'est la boîte à guili-guili, c'est pour faire dormir les petits frères.

– Ah ! fit Nours un peu intrigué par une telle définition.

Et justement, Baigneur faisait un caprice. Jérémy, joignant le geste à la parole, plaça aussitôt la boîte à guili-guili sur le ventre de son ami. Bien entendu, il appuya sur le petit bouton malin, ce qui eut pour effet de chatouiller Baigneur, et de transformer presque immédiatement les larmes en rire.

– Tu vois, Nours ! Tu vois ! Plus besoin de courir vers les bébés quand ils pleurent. Maman, elle pourra rester avec Jérémy.

La preuve était faite. Nours ne pouvait rien trouver à redire. D'ailleurs Baigneur s'était sagement endormi. Jérémy fit « chut ! » avec un doigt sur la bouche, et une certaine gravité, pour souligner la preuve de l'efficacité de la boîte à guili-guili.

Suzanne, qui passait par là avec mamie Vette sur ses talons, fut alertée par un bruit bizarre. Elle jeta un bref coup d'œil dans la chambre de Jérémy, histoire de se rassurer.
Notre petit bonhomme n'eut pas le temps de mettre son doigt devant la bouche pour signifier à sa maman que, lui aussi, il avait un bébé qui dormait. Car Suzanne entra comme une furie, en apercevant la boîte à guili-guili qui vibrait encore.

– Alors ça, Jérémy ! Mais où as-tu pris ça ? Qu'est-ce que ça fait dans ta chambre ?

Jérémy, sous l'effet de la surprise, n'eut même pas le temps de bouger. Soudain, l'interdiction lui revint en mémoire. Perdu dans son histoire, il l'avait oubliée.

– Jérémy, cria Suzanne en colère, je t'ai interdit de toucher aux choses qui sont sur l'étagère de la salle de bains. Tu n'es vraiment pas gentil, pas gentil du tout ! Tu vas voir ton père, ce soir !
– Ce n'est rien, ce n'est rien ! essaya de tempérer mamie Vette.
– Oh, j'en ai marre de ce gosse, j'en ai marre ! Il devient insupportable. Ça ne peut plus durer. Tu es puni, reste dans ta chambre. Avise-toi de sortir, et tu vas voir tes fesses !

En s'éloignant vers la cuisine avec la chose à la main, Suzanne cria encore longtemps. Si bien que même depuis sa chambre, notre petit bonhomme put entendre les mots terribles de sa maman.

– Ah non, vraiment ! Depuis qu'il y a Quentin, il devient infernal.

– Ce n'est pas grave tu sais, ma chérie, il faut bien que jeunesse se fasse, essaya de répondre mamie Vette.
– Il me tape sur le système. Tu ne peux pas savoir comme il m'agace !
– Ça va passer. C'est l'âge, tu sais, ma petite Suzanne. Ne te mets pas dans des états pareils.
– Oh, il y a des moments, je ne sais pas ce que je ferais, si je ne me retenais pas.

Et puis la tempête s'estompa, laissant Jérémy tout seul au milieu de sa chambre, tellement seul qu'il se sentit abandonné. D'un coup ce fut l'horreur, en voyant surgir cette terrible évidence mille fois refusée : sa maman ne l'aimait plus !
Pourtant Jérémy essayait tellement d'être gentil, surtout depuis l'arrivée de Quentin. Encore plus qu'avant, il faisait attention à ne pas trop se salir, à ne pas trop faire de bêtises. Non ! La boîte à guili-guili ne méritait pas si fort, pas si méchant. Il en resta prostré.
Mon Dieu, il n'y a rien de pire qu'un enfant immobile, parce que cela veut dire qu'il meurt, s'il ne peut même plus jouer.

Tout cela, c'était encore une histoire de mots. Hier, la tablette en verre de la salle de bains, il fallait seulement ne pas y toucher. Aujourd'hui, parce qu'elle devenait totalement interdite, la simple réprimande se transformait en un drame terrible. Tous les mots avaient changé, uniquement à cause de la venue de Quentin. Comment s'y retrouver ?
La poitrine de Jérémy commença à se serrer. Il aurait bien pleuré, mais même les larmes ne marchaient plus comme avant. Encore les mots, toujours les mots qui changent ! Les larmes-chagrins d'hier que maman consolait étaient devenues du caprice que dorénavant il fallait mater.
Seuls de petits hoquets signalèrent sa douleur, tant notre petit bonhomme se retenait de pleurer. Et il ne

tarda pas à atteindre ce point culminant de la pire des solitudes, quand on doit se contenter de pleurer au dedans et en silence, parce que dehors il n'y a plus d'espoir. Brusquement il eut un frisson puis deux. Et il se mit à éternuer.
Comme tous les petits êtres fragiles qui ne peuvent plus se révolter, il ne lui restait qu'une solution : celle où la tête abandonne sa douleur au corps pour qu'il monte aux barricades, celle où la chair va pouvoir crier ce que la bouche ne sait plus dire.

Certains disent : cet enfant a pris froid ! Mais non, ce n'est pas ça du tout. Il a besoin de prendre froid. Un terrible besoin provenant des amours perdus, quand il n'y a plus que le corps à offrir en échange. C'est du mini-suicide, un point c'est tout.
Jérémy éternua une nouvelle fois, invitant les gentils microbes à s'installer à la table de son désespoir. Et voilà, en quelques minutes ce fut l'invasion : le nez se mit à couler, et la température fulgurante grimpa.
Les enfants savent si bien faire bouillir leur sang en quelques minutes, pour se souvenir d'un amour perdu. Mystérieuse alchimie de la température ! Alors peut commencer le grand banquet des microbes pour faire chanter le corps à tue-tête.

Jérémy ne se rendit pas compte de ce qui lui arrivait. C'étaient les larmes qui gouvernaient la situation, celles qui n'avaient pas pu s'écouler au dehors, celles qui par conséquent se déversaient au dedans.
Car être « malade », qu'est-ce que cela signifie au juste, sinon être « pas assez aimé » !

Jérémy se mit ensuite à tousser. Sa poitrine avait trouvé un autre moyen de crier. Un bon moyen cette fois-ci, car avec celui-là on ne se fait pas disputer.
A un moment il eut une quinte plus forte que les autres, suivie d'un éternuement. Ce devait être le cri suffisant,

car mamie et maman accoururent dans la chambre à toute vitesse. Jérémy crut même qu'il avait fait une nouvelle bêtise, en les voyant arriver aussi précipitamment. Allez savoir, en cette période où les mots changent tout le temps, si même un « atchoum » ne pourrait pas devenir interdit !

Eh bien non, elles étaient redevenues gentilles ! Comme s'il n'y avait plus que Jérémy sur terre. Leur inquiétude faisait tellement plaisir à voir, que le sang de notre petit bonhomme se remit à bouillir de plus belle.

– Habille-toi, habille-toi mon chéri, tu vas prendre froid, lança Suzanne.
– Il me paraît bien chaud, observa mamie Vette en lui touchant le front.
– Oh ! tu as raison, maman, il est bouillant !
– Il faut lui prendre la température. Avec tout ce qui traîne en ce moment !

Quels gentils microbes quand même ! Qui peut dire le contraire ? Ils mettent la température dans la tête, car c'est là qu'elle habite, juste derrière le front. Et puis elle dégouline jusqu'aux fesses, et c'est là qu'on la surprend. Jérémy toussa presque par gourmandise. Et soudain tout y passa. Il fallut montrer la langue, la gorge, et même les oreilles. A quoi bon rester en bonne santé puni, quand malade on est si dorloté. Ensuite il fut déshabillé, couché, bordé : le paradis sur terre. L'autre pouvait toujours essayer de pleurer !

– Bon, je vais appeler le docteur, informa Suzanne en sortant de la chambre.

Mamie Vette vint s'asseoir sur le lit, pour récolter la température dans le thermomètre, tout en caressant les cheveux de Jérémy. Trente-neuf deux, c'est du miel, vu d'une certaine façon !

– Tu vas voir, mon petit chéri, le docteur va bien te soigner. Et tu seras très vite guéri.

– Il est gentil le docteur, hein mamie ?
– Mais bien sûr, mon trésor. Et puis, tu sais, c'est un très grand docteur ! Il soigne tous les enfants.

En attendant la visite du médecin, il y eut au menu deux fois Boucle d'or et une fois le petit Poucet. Un vrai régal quoi ! Mamie Vette allait commencer une autre histoire quand le docteur fit son entrée. Ce n'était pas le docteur Alibert, mais son remplaçant.
« Oh, comme il est petit, ce très grand docteur », pensa Jérémy du fond de son lit. A se demander ce que voulait dire « grand » désormais. Encore un mot qui lui échappait ! Il lui fallait absolument vérifier.
– Mamie... mamie ! Il est tout petit le docteur ! Tout petit ! Tu as vu comme il est petit !

Il y eut immédiatement un certain malaise. C'est toujours ainsi quand chacun fait semblant de ne pas avoir entendu. Et tout le monde parle alors en même temps pour faire diversion.
– Il est tout petit le docteur ! insista Jérémy qui ne comprenait pas l'embarras du moment.
– Allons Jérémy, tais-toi ! Tu es mal élevé ! reprit Suzanne gênée.
– Excusez-le, docteur ! ajouta mamie qui avait du mal à ne pas rire.
– Allez, dis pardon, mon chéri, crut bon d'insister Suzanne pour faire bonne mesure.
– Mais non, mais non, laissez-le ! intervint le tout petit docteur en s'asseyant sur le lit.

Jérémy ne comprenait plus rien. On dit « pardon » pour une bêtise, à la rigueur pour un vilain mot. Mais « petit », ce n'est ni une bêtise, ni un vilain mot. Drôle d'époque quand même : il n'y a pas un seul instant où l'on peut oublier ce petit frère qui change tout sur terre. Ce fut la petite lampe sur le front du docteur qui, fort heureusement, envola Jérémy ailleurs. Le grand-petit-docteur lui demanda de tousser. Comme c'était drôle, maman et mamie qui en venaient à toussoter pour l'inciter à faire de même ! « Ouvre la bouche bien grand, mon bonhomme », avait-il demandé ensuite, pendant que derrière lui mamie Vette se désarticulait les mâchoires en signe de solidarité.

En s'asseyant pour rédiger l'ordonnance, le grand-petit-docteur livra ses conclusions :

– Bon, on va faire descendre cette température. Après on verra ! Je ne peux pas encore me prononcer. Il couve peut-être quelque chose. Il faudra surveiller si des boutons ne sortent pas. Dans ce cas, rappelez-moi !

Et voilà ! Personne ne connaissait le nom de sa maladie. Et tant que l'on ne connaîtrait pas le nom, on ne pourrait pas le soigner. Au fond, il s'agit bien du même désarroi devant les choses sans nom : les maladies, comme les boîtes à guili-guili.

Après le départ du médecin, Suzanne et mamie fermèrent les volets, comme pour la nuit. Elles firent plein de bisous et de calinoux, et elles sortirent sur la pointe des pieds, comme elles faisaient toujours avec l'autre d'à côté. Jérémy fut donc rassuré. Bien sûr, elles laissèrent la porte entrouverte pour que les ombres puissent entrer et sortir à loisir.

Il y eut alors un silence, puis deux. Jérémy dormait-il déjà, ou bien était-il encore réveillé ? Nul ne peut savoir à quel camp appartient ce voile léger qui vient se poser sur l'enfance au moment de l'envolée.

– Coucou, Jérémy, coucou !
A quoi on joue, mon Coucoulou ?

– Je suis malade, Nours, je suis malade. Dis, Nours, c'est quoi malade ?

– Mon Poucoulou-Moucoulou, c'est un très grand secret : le secret des mots qui font du coloriage. Et sais-tu ? Quand les couleurs sont bien dans les traits, c'est la bonne santé. Mais quand elles font de vilains gribouillons, eh bien c'est la maladie.

– Les grabouillons ! Les grabouillons c'est la maladie ! répéta Jérémy en se souvenant de tous les siens.

– Mais oui, mon Coucoulou. Ah ! si tu savais comme les mots tirent la langue pour colorier les choses sans dépasser. Alors apparaît le petit cochon tout rose... abracadabra ! Et le poisson devient visible quand il est plein de rouge... abracadabra ! C'est ça la bonne santé : essayer de dire les mots sans déborder.

Sans déborder... sans déborder ! Jérémy le savait bien comme c'est difficile de ne pas déborder. D'abord on s'en met plein les doigts, et puis il y a toujours un « petit-trait-caca » qui vous échappe. Eh bien, avec les mots, c'est pareil. Mais on s'en met plein la langue, et il y a souvent un petit truc qui dérape.
Même si Jérémy ne comprenait pas tout, Nours savait bien que la musique de sa réponse lui parlait quand même.

– Dis Nours, « cadabra », c'est le grand magique ? Il est où le magique ?

– Coucoulou ! Mais ce sont les mots qui sont magiques : c'est du coloriage avec la bouche. Parce que tu dis leurs noms, tu vois le cochon rose, ou le poisson tout rouge.
Avec le mot perlimpinpin : aussitôt dit, aussitôt fait... Abracadabra, tu comprends ? Et un, et deux, et trois : c'est toujours celui qui dit qui est.
Tiens ! si tu dis « ballon », eh bien soudain tu le vois, et alors tu peux jouer avec. Est-ce que Quentin sait dire « ballon » ?

– Oh non, Nours, c'est un bébé Quentin ! répondit Jérémy pas peu fier de sa supériorité.

– Alors Quentin ne peut pas jouer avec. Car le pauvre, il ne sait pas le colorier avec le mot « ballon ». C'est magique, non ? Mais toi, mon Roudoudou, est-ce que tu sais tout colorier?

– Oh oui ! Jérémy il est grand maintenant. Il sait tout colorier, lança-t-il pour fanfaronner.

– Ah bon ! Mais alors, dis-moi si le docteur est grand ou s'il est petit ? Dis-moi si ta mamie Vette est une maman ou bien une mamie ? Et comment s'appelle donc la boîte poilue ?

– Heu... heu ! Non, Jérémy y sait pas !

– Ah ! tu vois, tu ne le sais pas, mon petit Coucoulou ! Alors tu risques de tomber malade. C'est comme ça ! Si tu ne sais pas bien colorier certains mots sans dépasser, et un, et deux, et trois, avec tes gribouillons tu vas prendre froid.

Elles sont toutes là, les maladies si bizarrement infantiles, les coquines à boutons et à papules : la scarlatine, la rougeole, la rubéole, ou encore les oreillons, sans oublier la coqueluche. Elles sont toutes là, les grandes fêtes des gentils virus, les grands banquets que l'on subit à cet âge à cause des mots mal coloriés, à cause des mots confus. Comment résister à toutes ces punitions, toutes ces incompréhensions incessantes, sans que cela démange la peau, parce que cela gratte terriblement au dedans ? Comment supporter l'injustice des yeux qui grondent pour une boîte à guili-guili, ou des excuses qu'il faut faire parce que l'on a dit « petit »? Sinon en faisant bouillir le sang – trente-neuf deux – comme une loi qui signale dorénavant tous les amours perdus.

C'est bien là le double mystère de la température : une maman qui n'aime plus comme avant, mais aussi le lointain souvenir d'un temps où Babidule brûlait désormais Tralala en le frôlant.

Ah, les caresses d'une maman sur la joue, c'est bien tout ce qui nous reste de ce très vieux frôlement qui nous enchantait tant. Évidemment, comme on ne peut plus

s'unir depuis cette antique séparation, alors la peau vient à rougir et le sang vient à chauffer, comme en témoignent les petites maladies si rapporteuses de l'enfance.
Et si elles sont contagieuses, c'est uniquement parce que ceux qui sont malades nous y font penser, à toutes ces solutions couchées.

Étrange chose, en vérité ! En somme sur terre, l'amour vient à manquer quand les mots ne savent pas bien colorier. Alors un vieil amour du ciel nous est rappelé, mais la chaleur divine est devenue température depuis que Babidule et Tralala doivent vivre chacun de leur côté.

Un frisson traversa Jérémy en trombe, comme un lointain frôlement d'aile. Il était peut-être bien déguisé en coqueluche. Mais comme Jérémy ne pouvait pas reconnaître sa petite zétoile et lui dire : « C'est toi, mon Babidule ? », alors il se mit à tousser. Explosion de mots ne sachant plus du tout colorier, ne sachant pas dire, ni l'absence de maman, ni l'absence première. Ce fut une jolie quinte époumonée.

– Qu'est-ce que tu dis, mon Coucoulou ? lança Nours en portant sa patte à l'oreille. Je n'ai rien entendu, rien entendu du tout !
– Euh, rien, j'ai toussé, Nours ! répliqua Jérémy en recommençant.
– Mais qu'est-ce que tu dis, mon Roudoudou ? Je ne comprends pas, insista Nours amusé. Tiens, j'ai une idée ! On va jouer aux mots perdus dans le popotin.
– C'est quoi ce jeu Nours ? C'est quoi le popotin ?
– Ah ça, mon Coucoulou ! Tu ne connais pas ce jeu. Les mots que l'on tousse, ce sont des mots perdus qui sont tombés jusque dans les fesses, puisque c'est là que l'on prend la température. Et les fesses, c'est le popotin, c'est là où tous les mots papotent et tournicotent jusqu'à faire trente-neuf deux.

Est-ce que tu veux être le grand magique des mots du popotin ?

– Oui, oui, Jérémy y veut être le grand magique du popotin.

– Alors mon Coucoulou, c'est très simple. La prochaine fois que tu tousseras, il te suffira de remuer ton petit derrière, de le secouer bien fort. Et abracadabra, et un et deux et trois : tous les mots perdus soudain tu les verras. Oh ! il n'y a que le grand magique qui peut trouver ce que la toux dit en secret.

Comme toujours quand on a brusquement percé le secret de la toux, elle cesse. Elle se retient, de peur d'être prise en flagrant délit de confessions intimes. Il fallut donc quelques minutes avant que Jérémy ait une nouvelle quinte.

– Qu'est-ce que tu dis ? interrogea Nours en regardant les fesses de son jeune ami.

Jérémy s'empressa de remuer son petit derrière comme convenu. Il répéta : « bracadabra, deux et trois ». Mais il eut beau faire, il ne parvint pas à voir les mots décrochés qui flottaient dans l'air.

– Allez, allez ! Dis-moi mon Poucoulou ! Dis-moi le secret de ta toux.

– Heu... heu ! je vois pas Nours.

« Il a pas trouvé... il a pas trouvé », chantonna Baigneur moqueur. Signe que Jérémy avait dû s'endormir, puisque les baigneurs ne parlent que dans les rêves.

– Si, si, j'ai trouvé ! J'ai trouvé ! coupa Jérémy qui ne voulait pas perdre la face.

– Ah bon, mon Coucoulou ! J'ai eu peur que tu ne sois pas un grand magique, murmura Nours un peu provocateur. Et alors, qu'est-ce qu'elle nous dit, cette petite toux ? Je crois bien avoir entendu : « Maman, laisse un peu Quentin, viens plus près de moi ! » continua-t-il en essayant d'amorcer notre petit bonhomme.

– Oui, oui, Nours, c'est ça ! C'est ça que Jérémy y veut dire ! Et puis mamie Vette, c'est ma mamie, ma mamie à moi, pas une maman. Et puis d'abord le docteur, il est tout petit, voilà !
Et puis papa, y joue pas assez à la bagarre avec Jérémy.

Pour un peu, il aurait fallu l'arrêter, tant maintenant il savait lire les mots perdus dans le popotin que la toux faisait exploser. De quinte en quinte, le jeu continua, même si parfois notre jeune ami se forçait un peu pour être un grand magique. Ses yeux s'habituèrent peu à peu à colorier les mots perdus. D'ailleurs l'agitation du derrière devint une danse du popotin, bien vite partagée avec Nours et Baigneur. Et la danse du popotin fut bientôt le meilleur moyen de rigoler, et de remonter dans son passé.

Alors les mots se firent plus brûlants : « J'en ai marre de Quentin... j'en veux pas de petit frère... maman, elle est méchante avec papa des fois... et je veux plus entendre quand ils se disputent, plus entendre, plus entendre, plus entendre. »
Et puis, sans y prendre garde, il continua à remonter le temps. Maintenant certaines toux racontaient des mots venant de plus loin. Comme si, après avoir dépassé une certaine frontière, toutes ses douleurs prenaient leur source dans une séparation première.

On ne les sait pas bien, ces douleurs-là, car il faudrait devenir un très, très grand magique pour les entendre. Pourtant, certaines quintes appellent tout là-bas, jusqu'à l'horizon : « Reviens Babidule, reviens ! Je t'en supplie. Où es-tu Babidule ? Où es-tu, je n'en peux plus. Il fait si froid, ici-bas. Mon Dieu, si tu savais comme je suis seul ! La terre c'est pas bien, je veux revenir comme avant ! »

Baigneur essaya de tousser pour faire le malin. Pour lui, il n'y avait pas de mots perdus à retrouver, seulement le plaisir de gigoter du popotin et de rigoler un peu en chantant « abracadabra ».

Bientôt, nos trois compères se retrouvèrent assis sur un tas de bois dans la vallée merveilleueuse, juste à côté d'un grand marécage de chocolat épais et de crème chantilly.

Était-ce une nouvelle histoire que racontait Nours, ou bien la réalité ? Allez savoir, avec les rêves, si on les écoute ou si on les vit !

C'est Nours qui vit le premier un gros hippopotame qui sortait juste ses narines et ses yeux du niveau de la mousse. D'ailleurs ce dernier leur fit un petit coucou enjoué en sortant une patte de toute cette bouillie.

– Salut les amis ! Je m'appelle Lulu l'hippopotame. Et elle, là-bas, c'est Lili la crocodile.
C'est ma fiancée, précisa-t-il tout embarrassé par son sentiment amoureux en indiquant un bout de nez sortant de la chantilly.

Nours eut un petit sourire discret, en constatant combien décidément il en fallait de l'imagination au bon Dieu pour éduquer les hommes aux choses sacrées : une crocodile et un hippopotame, voilà bien le couple le plus gracieux que l'on pouvait inventer ! Mais le couple idéal pour incarner la maladresse, et la lourdeur de la puberté.

– Bonjour, Lulu le popotame ! Bonjour Lili la crocrodile ! cria Jérémy ravi en agitant les bras. Elle est jolie ta fiancée, continua-t-il pour lui être agréable.

– Chut ! Chut ! répliqua Lulu rouge de honte. Il ne faut pas le dire si fort, elle ne le sait pas encore.

– Il est amoureux... il est amoureux, chantonna Baigneur pour embarrasser le gros Lulu. Eh ben dis-lui ! Qu'est-ce que tu attends ? Hé, mademoiselle Lili, y a Lulu qui veut vous dire quelque chose. Allez, vas-y... vas-y, gros nigaud !

Dans la mousse au chocolat liquide, il y eut quelques remous. Lulu l'hippopotame tentait une approche délicate vers sa dulcinée, avec autant de grâce et de discrétion qu'un camion de pompiers toutes sirènes hurlantes dehors.
« Hum... hum ! » fit-il en se raclant la gorge pour prendre son élan, préparant une déclaration d'amour fracassante, pendant que sur la berge nos trois amis lui faisaient des petits signes d'encouragement.
– B'jour Lili, ça va ? lança-t-il avec l'assurance du même camion qui aurait oublié son eau.
– Salut Lulu! Ça va, et toi ? répondit la belle tout autant à l'aise.
– Ben, j'voulais te dire que... enfin, oui.... que la chantilly est rudement bonne aujourd'hui, hein ?

Lili goûta la chantilly avec application. Et elle hocha la tête en signe d'approbation, tout en battant des cils pour séduire le gros Lulu. Le grand balourd en resta pétrifié, tétanisé d'émotion. Comme c'est agaçant quand il ne manque qu'un mot pour débloquer une situation ! Au fond, un "je t'aime" pas dit, cela fait autant de dégâts qu'une boîte à guili-guili mal nommée.

Là-bas, Baigneur dansait sur le tas de bois en imitant la lourdeur de Lulu, et en chantant sur un ton moqueur :
– Lulu est un peureux... Lulu est un peureux ! Il a peur de parler aux filles, car il est amoureux... amoureux, nanana nanaire.
– Non, c'est pas un peureux Lulu ! répliqua Jérémy qui n'aimait pas les moqueries de Baigneur. Hein Nours, que Lulu le popotame c'est pas un peureux ?
– Oh non, mon Coucoulou, tu as raison. Mais vois-tu, lui aussi il ne sait pas bien colorier les choses avec les mots. Il fait des gribouillons du cœur. A son

âge, ce n'est plus la même affaire, mais il faut apprendre encore à colorier avec d'autres mots.

– Pauvre Lulu, il va tousser alors. Et deux, et trois : il va prendre froid. Dis Nours, pourquoi Lulu y sait pas colorier ? demanda Jérémy qui le trouvait quand même grand pour dépasser encore les traits.

Nours se gratta la tête. Dans la vallée merveilleueuse les choses sont si simples. Mais quand il faut les expliquer, tout devient compliqué. Allez donc faire comprendre les affres de la puberté à un petit garçon ! Pourtant il le faut bien, pour que la musique le prépare déjà.

– Y sait pas colorier, Lulu ? insista notre petit bonhomme prêt à lui apprendre les secrets de la toux.

– Ah ! ça mon Coucoulou-Moucoulou, ce n'est pas facile à comprendre. Maintenant, Lulu sait très bien colorier les petites choses de la terre sans dépasser. Oui mais voilà, avec son premier amour, il lui faut apprendre à colorier les nouvelles choses du cœur, non pas pour connaître le chaud et le froid de la flamme de la cuisinière, mais pour comprendre le chaud et le froid de Lili, de l'amoureuse.
Un jour tu deviendras grand, toi aussi, et tu devras trouver des nouveaux mots pour colorier non plus les objets, mais tes sentiments. Tu comprends ?

– C'est quoi les sentiments, Nours ?

– Ce sont les petits cochons roses et les petits poissons rouges du cœur.

Lulu fit soudain une grande plongée au fond de la mare en chocolat, en faisant beaucoup de bruit et d'éclaboussures pour impressionner Lili. Et puis il ressortit au milieu d'une gerbe de chantilly. Sa crocodile chérie en ouvrait la bouche toute grande, béate d'admiration.

« C'est bien la peine d'avoir les deux plus grandes bouches de la nature et de ne pas savoir s'en servir, pensa Nours amusé. Voilà bien le signe de toutes les pubertés ! »

– Oh là là, Lulu, comme tu es fort ! Je voulais te dire...
– Oui, Lili ! Qu'est-ce que tu veux me dire ? reprit au bond le gros Lulu, en espérant qu'elle aurait le courage qui lui manquait.
– Oui, je voulais te dire... enfin, euh... oui, bon, je... je... je trouve que la chantilly est meilleure là-bas. Tu viens ?

Jérémy, qui avait retenu sa respiration, fut déçu. Vraiment, Lili la crocodile et Lulu l'hippopotame ne savaient pas colorier les choses du cœur. Ils faisaient des gros grabouillons qui dépassaient partout. Pas de doute, ils allaient tomber malades s'ils continuaient ainsi. Lili et Lulu disparurent de leurs yeux dans une grande plongée à deux. La main dans la main, ils allèrent goûter le cacao qui reste toujours collé au fond.

Nours expliqua alors à Baigneur et à Jérémy que les mots du cœur avaient encore plus de pouvoirs que ceux qui disent ballon, chaussure, ou chocolat.
« Oh ça, il faudrait l'entendre pour le croire ! Si Lulu disait : « viens ma petite chérie ! », ce serait Lili-petite-chérie battant des cils qui viendrait jusqu'à lui. Mais si le gros Lulu en colère lui disait méchamment : « viens ici Lili, tu m'agaces ! », alors ce serait une tout autre Lili qui approcherait, une Lili agaçante et pas jolie du tout.

Les mots du cœur sont comme ça : ils font la tête de celui que l'on appelle. Si on veut une maman gentille, eh bien on appelle « maman chérie ». Et si on veut une maman méchante, il suffit de gronder après elle. »

Nos trois compères se mirent en route en essayant de dire tous les « j'aime » et tous les « j'aime pas » qui préparent les petits aux futurs mots du cœur. Et ils enchaînèrent des « hum, que c'est bon ! » et des « bah ! c'est caca ! ».

« Hum ! que c'est doux, la sève des arbres qui a le goût de miel ». « Bah ! c'est vraiment caca l'herbe, comme un champ de haricots verts. »

Comme de bien entendu, les « hum ! » et les « bah ! » devinrent le beau et le vilain. C'est toujours comme ça !

– Oh ! Regardez là-bas. Comme ils sont vilains ! indiqua Baigneur en montrant du doigt la branche d'un vieil arbre, sur laquelle étaient perchés une très vieille chouette et un très vieux hibou à lunettes.

– D'abord on montre pas du doigt. C'est vilain ! coupa Jérémy décidément agacé par Baigneur.

– Bonjour madame la chouette ! Bonjour monsieur le hibou ! lança Nours en s'approchant du pied de l'arbre, le nez en l'air.

Il n'y eut aucune réponse, car sur leur branche les deux vieux amis étaient trop accaparés par leur discussion. Jérémy et Baigneur s'approchèrent aussi, pour épier la conversation.

– Mon ami, puisque je vous dis que le bon Dieu est assis sur un nuage. Et même que les nuages ne sont que des coussins d'anges, insistait la vieille chouette.

– Mais non, chère amie ! Vous n'y êtes pas du tout. Le bon Dieu est, paraît-il, debout au milieu des cieux. Quant aux anges, permettez-moi de vous le dire, ce sont de jeunes freluquets qui font le ménage tout en bas. Allons, allons ! Soyons sérieux avec un sujet aussi grave, répondait dignement le vieux hibou à lunettes.

– Mais non, mon ami, vous n'y êtes pas du tout !

– Mais si, ma chère, c'est ainsi !

– Certainement pas voyons !

– Assurément, puisque je vous le dis !

Baigneur et Jérémy ne comprenaient rien aux subtilités de leur dispute, par ailleurs fort courtoise. Là-haut, ils se servirent le thé. Chacun tournait sa cuillère dans sa tasse, en reprenant mille arguments pour avoir raison. « Comme c'est assommant, pensa Jérémy, c'est comme le journal à la télé. »

– Pourquoi ils se disputent ? demanda notre petit bonhomme intrigué par ce genre de querelle qui ne fait pas crier la bouche.

– Bah ! bah ! et bah ! c'est du caca vilain, des bêtises, reprit Baigneur qui continuait à jouer.

– Oh, mais pas du tout ! coupa Nours. Mais comme ils sont très, très vieux, il leur faut encore apprendre à colorier avec les mots sans déborder.

Jérémy en eut le souffle coupé. Lui qui croyait que grand, c'était drôlement bien, parce que l'on savait plein de mots justement. Alors là, Nours lui en bouchait un coin. Même très, très vieux, il fallait encore colorier !

– Y savent pas colorier ? interrogea-t-il pour vérifier s'il avait bien entendu.

– Mais bien sûr, mon Roudoudou ! Quand on est très, très vieux, on sait bien colorier les choses de la terre, et l'on sait bien colorier les choses du cœur, mais il faut encore apprendre le coloriage de celles du ciel. Dans le ciel aussi il y a du chaud et du froid, comme avec la flamme, comme avec Lili. Et si on ne veut pas se brûler, eh bien il faut trouver les mots qui mettent les choses en ordre. Sinon on va encore se cogner partout.

– C'est du caca ! C'est du caca, bah ! insista Baigneur.

– Non, c'est pas du caca ! Voilà ! D'abord, Jérémy il colorie aussi les choses du ciel, y fait sa prière tous les soirs au petit Jésus avec maman. Na !

– Oh, mon Coucoulou, c'est bien ! reprit Nours amusé par toutes ces petites prières qui bercent l'enfance et préparent les hommes, sans qu'ils le sachent, à tourner le nez vers le ciel. C'est bien pour cela qu'ils se disputent, mon Coucoulou ! C'est pour mieux faire leurs prières au petit Jésus, mieux connaître les mots qui lui parlent dans l'oreille. Un jour, tu seras très, très vieux, toi aussi...

– Oh non, pas Jérémy ! Pas Jérémy ! s'écria le petit bonhomme embarrassé par une telle affirmation.

– Mais si, mais si, mon petit Moucoulou ! Tout le monde devient vieux. Et après les noms des objets, et ceux des sentiments du cœur, tu devras toi aussi trouver les mots du bon Dieu, les mots de la foi. Tu comprends ?

– C'est comment la foi, Nours ?

– Après la boîte à guili-guili, après tous les « ma chérie », c'est quand on commence à colorier les petits cochons roses et les petits poissons rouges du ciel : les démons et les anges du bon Dieu. Autant de mots qu'il faut trouver sans déborder, si on ne veut pas tousser à en mourir.

Sur le vieil arbre, le très vieux hibou à lunettes parlait tout seul maintenant, car la vieille chouette, repue de petits gâteaux, s'était endormie dans son fauteuil comme toutes les mamies après avoir mangé.
« C'est bien la peine d'avoir des ailes aussi grandes et de ne pas savoir s'en servir, pensa Nours. Et dire qu'ils n'ont qu'à s'envoler pour aller vérifier ! Le voilà bien, le signe de tant de vieillesse qui se contente du salon de thé. »

Chemin faisant, et comme il l'avait fait pour les mots du cœur, Nours continua d'expliquer combien les mots du bon Dieu avaient encore plus de pouvoirs magiques. Il suffisait de dire "Ange" pour en avoir un, il suffisait dans cette contrée céleste de vraiment demander pour avoir tout ce qu'on voulait.
Les mots de la foi sont comme ça : ils font venir sur terre tout ce que l'on appelle !

Jérémy trouva que c'était vraiment chouette-chouette, et que vieillir ce n'était pas si mal, s'il suffisait de demander pour avoir des crêpes.
Alors nos trois amis instaurèrent un nouveau jeu, un jeu que l'on peut pratiquer seulement dans la vallée merveilleueuse... ou alors un peu sur terre, mais quand on est très, très vieux ! Après le jeu des « hum... hum ! » et des « bah ! caca », ce fut celui des vœux : appeler n'importe quoi en trouvant la formule magique qui le fait venir.

Oh ! comme ce jeu était drôle, parce que l'on ne pouvait appeler que des choses extraormidables.
Jérémy voulut une fée bleue, comme celle de Pinocchio. Après seulement quelques tentatives, il trouva les bons mots. Et elle vint l'embrasser dans un nuage de poussière d'or, ce qui rendit Baigneur jaloux. Lui, il avait commandé un dragon, un vilain dragon qui crache du feu. Mais le ciel, prudent, ne l'avait pas envoyé, malgré tous ses efforts pour trouver la formule magique. Alors Baigneur se fâcha, et très vite il fit sa tête de mule et ne voulut plus jouer.

Ce fut au moment où Jérémy appelait la « Dourse », qu'il se réveilla. Car pour la grande Ourse, il n'y avait pas de formule magique, seuls les nounours pouvaient la côtoyer.
Le soir était tombé. Robert venait juste de rentrer à la maison. Suzanne lui expliqua la maladie de Jérémy, et l'incident du « tout petit docteur », ce qui fit dire à Robert :

– Il n'a pas tout à fait tort ! Il est vraiment petit, le remplaçant du docteur Alibert.

En une procession prudente, ils arrivèrent dans la chambre de Jérémy alors que ce dernier venait juste d'ouvrir un œil.

– Alors mon chéri, tu as bien dormi ? demanda Suzanne.
– Il est encore bien chaud, constata Robert en touchant son front.
– J'ai beau regarder, je ne vois pas de boutons, continua-t-elle en relevant la veste du pyjama.
– Qui c'est, le veinard qui va manger au lit ce soir ?

En sortant de la chambre, ils se mirent à discuter. Et c'est là que Jérémy entendit une chose incroyable... totalement incroyable :
– Tu sais, Robert, maman a enfin trouvé une brosse à dents électrique comme dans la publicité. Elle en a acheté une pour nous. Que d'ailleurs Jérémy a prise pour un jouet figure-toi !
– Ta mère est un ange ! Il faudra qu'elle me dise combien je lui dois.

Ils s'éloignaient déjà dans le couloir, et le silence revint s'installer. La chose poilue, c'était une brosse à dents électrique ! La boîte à guili-guili retournait dans le néant. Mais dans la tête de Jérémy, un beau coloriage venait de s'installer.

Chapitre 8

La gomme à tête de lion

Les mois passèrent ainsi pour Jérémy : un pied sur la terre, un pied dans la vallée merveilleueuse. Elles étaient si nécessaires pour traverser la folie ordinaire des grands, toutes ces petites échappées de l'autre côté de l'écran. Cependant il fallait en convenir, notre petit bonhomme, en vieillissant de quelques centimètres, s'enchantait moins souvent lors de ses envolées dans la « voix » lactée. Les longues discussions avec Nours dans la cabane des W.-C. n'avaient pas seulement perdu l'oreiller sur la tête, mais aussi leur côté magique, laissant la place à de petits papotages à propos de tout et de rien. Bref, il ne restait plus à Nours que quelques cas graves, ou alors une extrême nouveauté, pour déclencher encore un grand voyage justifié dans ladite vallée.

Comme c'était triste pour un nounours patenté d'assister impuissant à l'invasion des choses de la terre, invasion qui contaminait même les rêves de Jérémy. N'était-il pas en train d'oublier les rivières en grenadine et les arbres à feuilles en chocolat ? Aujourd'hui, dans ses songes, régnaient les dessins animés japonais. Du coup, Nours était bien forcé de s'adapter. Et puis il était devenu plus sale avec l'âge, et il avait perdu un œil, un jour où Quentin lui était tombé dessus. Hier encore, il était l'intime confident sacré, le seul et l'unique. Le plus souvent, maintenant, il n'était plus qu'un copain, un bon copain certes, dont on a encore besoin, mais seulement par habitude.

Pas de doute, on entrait dans les saisons où le merveilleux fout le camp, parce que le sérieux arrive : triomphe de la terre parvenant à éteindre le ciel. Il allait en falloir, des années, pour inverser cette tendance, et tant de désillusions ici-bas pour que le haut recommence à exister. Quand on est un Nours, un vrai, on les sait bien ces choses-là. On le sent, que l'on ne va pas tarder à finir dans un grenier.

Ce soir-là, quelques centimètres plus vieux, Jérémy se préparait au grand jour : demain il commençait la grande école. Celle que l'on épie pendant toute la maternelle le nez collé au grillage, parce que sa cour est juste à côté.

Demain il allait devenir grand, d'un coup. D'ailleurs Suzanne lui avait acheté tout le déguisement nécessaire : un pantalon long, un beau cartable, une trousse, une gomme à tête de lion et un très précieux taille-crayon en forme de voiture de course. Demain c'était le grand jour. Forcément Jérémy était un peu inquiet. Ne faut-il pas toujours laisser un monde où l'on est bien, pour aller vers un autre dont on ne sait rien ?
Dans son lit, il chercha Nours des yeux, car la gravité du moment réclamait son aide.

– Coucou, Jérémy, coucou ! A quoi on joue, mon Coucoulou, ce soir ? demanda Nours à tout hasard, tant il commençait à s'habituer aux petits bavardages qui ne font plus voyager.

– Tu sais, Nours, je vais à la grande école demain ! Je vais dans la classe de madame Armando, a dit maman. Elle est séverte madame Armando, tu sais !
– Ah ! bon, mon Coucoulou ! se contenta de répondre Nours.
– Maman, elle dit que madame Armando, elle tire les cheveux quand on n'est pas sage. Dis Nours, c'est quoi la vraie-vraie école ? interrogea Jérémy suffisamment troublé pour avoir à nouveau besoin de merveilleux.

Avant même que Nours ait commencé à répondre, notre petit bonhomme se mit à lui raconter la source de tous ses tourments. Il y avait de quoi se faire du souci ! Car cela faisait des semaines que Suzanne et Robert préparaient leur fils à franchir ce grand pas dans la vie. Comme c'est fou, l'angoisse des parents en pareille circonstance. Chacun y va de son couplet. Et cachées sous de beaux sentiments, ce sont leurs écoles mal digérées qui finissent par se retrouver dans la tête des petits.

Robert sur ce point n'était pas du tout rassurant, lui le garagiste qui avait tant rêvé de devenir pilote de chasse ! Il insistait sur les devoirs et les leçons, et il terminait toujours par : « Il faut travailler tous les soirs, on ne peut plus jouer tout le temps ! ». Bien sûr il rajoutait, pour faire avaler le morceau, combien c'était magique de lire, d'écrire et de compter comme les grands. « Comme il est bizarre, ce magique », pensa Jérémy. C'est vrai, il était où, le merveilleux de toute cette histoire ? C'étaient bien ses propres difficultés que Robert transmettait à son fils, le bagne que lui-même avait vécu et où il avait perdu le droit de jouer.

Devant un tel discours, Jérémy était désarmé. Dans sa tête tout commençait à mal tourner. Jusque-là, il y avait eu tout plein de nouveautés : l'irruption de Quentin, la maternelle sans maman, et la mort de mamie canne-canne. Il y avait eu aussi tout plein de mots nouveaux, auxquels il avait bien fallu s'habituer. Mais aucun de tous ces événements ne touchait à l'essentiel : le sacro-saint droit de jouer. Et voilà qu'avec un seul mot, « travailler », on atteignait le comble !

Pas plus tard que ce soir, sur l'insistance de Suzanne, Robert avait passé quelques instants dans le salon avec son fils. Oh ! non pas pour faire la bagarre, mais pour préparer la rentrée du lendemain. Il fallait bien que quelqu'un lui dise que l'école c'était le monde des vainqueurs et des vaincus, celle des premiers et des derniers. Et il fallait bien insister sur l'école-discipline, l'école-punition, en n'oubliant pas d'ajouter l'école-des-bons-copains, pour faire passer l'addition. Alors, en guise de cerise sur le gâteau, Robert avait finalement conclu par un : « Demain tu seras riche, si tu travailles bien ! »

Nours ne voulut pas montrer son immense tristesse en écoutant Jérémy. Il le savait que l'école c'est aussi une broyeuse de rêves, où il allait perdre son petit bonhomme. Oh ! certes, Jérémy entrait à la grande école, mais d'un autre point de vue il quittait aussi la vallée merveilleueuse. C'est ainsi dans l'invisible : l'un ne va pas sans l'autre, comme deux routes distinctes. Alors une vieille histoire peut recommencer un étage en dessous, et après Babidule et Tralala, c'est Nours et Jérémy qui allaient maintenant partir chacun de leur côté.

Nours aurait tant aimé lui dire qu'en vérité le jeu ne disparaît jamais, et que le mot « travailler » c'est seulement une petite farce pour jouer ailleurs. Nours aurait tant aimé lui dire plein d'autres choses. Mais avec le temps cela devenait si compliqué, car peu à peu un nounours n'est plus de taille face à tous les arguments des grands qui disent toujours trop « la vérité ».

– Dis Nours, c'est quoi la vraie-vraie école ? demanda une nouvelle fois Jérémy après son récit effrayant.

– Oh mon Coucoulou, mon petit Coucoulou-Moucoulou ! La vraie école, c'est un très grand voyage, comme dans la vallée merveilleueuse, mais un voyage sur terre cette fois-ci ! répondit Nours en constatant qu'il n'allumait plus les yeux de son petit bonhomme comme avant.

– Ah bon ! se contenta de répondre Jérémy pas convaincu du tout, tant Suzanne et Robert ne lui donnaient pas la même version.

« Mon Dieu ! pensa Nours en voyant les difficultés qu'il avait pour se faire entendre. Mais comment vais-je m'y prendre, si mon Jérémy n'ouvre plus des yeux tout ronds à la simple évocation de la vallée merveilleueuse ? Ah, les fous de la terre ! C'est bien parce qu'il n'y a plus d'émerveillés qu'il n'y a plus de merveilles à enseigner aux enfants. C'est sûr, à ce train-là, mon petit bonhomme ne va pas tarder à me dire que toutes ces histoires, c'est pour les bébés ! Hier encore, il faisait rire tout le monde quand on lui demandait quel métier il voulait faire plus tard. Il fallait l'entendre, cette sincérité répondant : je veux être un grand magique ! »

Nours se gratta la tête. Il lui fallait changer son fusil d'épaule. Si l'envolée dans la vallée merveilleueuse ne marchait plus très bien, il devait inventer une plongée sur la terre extraordinaire.

– Mon Coucoulou ! Tu vas faire le tour du monde en allant à la vraie-vraie école. Tu vas faire le grand tour de la terre. Heureusement qu'il y aura madame Armando, sinon tu pourrais te perdre.

– Le tour du monde ! Le tour de la terre ! répéta Jérémy enfin piqué au vif dans sa curiosité. Dis Nours, la maîtresse, elle connaît la route du monde ?

– Mais bien sûr mon Roudoudou ! La maîtresse, c'est le commandant du bateau. Elle en connaît des choses, comme le secret des océans lointains qui conduisent aux îles mystérieuses. Ah, les îles mystérieuses ! Ce sont des îles très bizarres où vivent des lutins malicieux qui répètent toujours deux fois la même chose, au cas où la première fois on n'ait pas bien compris.

– Est-ce qu'ils sont gentils les lutins malicieux ? s'écria Jérémy qui cherchait enfin à en savoir plus.

Dans le lit, Nours s'approcha de l'oreille de son ami. Quant à Baigneur, il y avait déjà quelque temps qu'il dormait par terre. Surtout depuis qu'il ne parlait plus la nuit dans les rêves. Non vraiment, il n'intéressait plus beaucoup Jérémy, sinon parfois pour faire le méchant dans une histoire, et pour se faire tuer à l'issue d'une grosse bagarre.

– Ils sont où, les lutins ? Elle est où leur maison ?

– Chut ! ne parle pas si fort, on pourrait nous entendre, mon Coucoulou ! murmura Nours comme pour un très grand secret. Tu sais, les grands ne doivent pas le savoir, mais c'est à l'école que l'on apprend tout sur les lutins malicieux. S'ils le savaient, ils y retourneraient et alors les petits n'auraient plus de place pour s'asseoir. Vois-tu, ce sont des lutins très très bizarres. Ils habitent dans des îles incroyables : les îles Turlututu en forme de chapeau pointu.

– Turlututu chapeau pointu ! Turlututu chapeau pointu ! répéta Jérémy qui comprenait enfin pourquoi on disait une telle phrase.

– C'est ça mon Coucoulou, c'est ça ! Heureusement madame Armando connaît bien les îles Turlututu. Elle va vous raconter tous les pouvoirs magiques des petits lutins malicieux. Et ils sont nombreux, les petits lutins : il y a ceux de l'île de la lecture, ceux de l'île de l'écriture, et même ceux de l'île du calcul. Tu te rends compte !

– C'est pas rigolo, Nours, la criture et la lecture ! C'est pas magique ! coupa Jérémy en se souvenant des « a », des « b », et des « c » qu'il avait faits à la maternelle sans vraiment s'amuser.

– Oh ! mais tu n'y connais rien, mon Poucoulou ! Tu verras, madame Armando va t'apprendre le nom de chaque lutin. Car ils n'ont pas le même nom selon l'île où ils habitent. Sur l'île de la lecture, comme c'est drôle, ils s'appellent : yeux-yeux ; sur celle de l'écriture, c'est amusant, on les appelle : les mains-mains ; et sur celle du calcul, alors là c'est bizarre, car ils se nomment : pieds-pieds. Parce qu'il faut être bête comme ses pieds pour ne pas savoir que un et un font deux. Ah ! tu vois, tu ne le savais pas, tout cela !

Jérémy dut en convenir, ce n'était pas du tout la même école que racontait Nours, pas du tout la même maîtresse. Son papa et sa maman se seraient-ils trompés ? Il colla son nez contre la truffe de Nours. Maintenant qu'il avait un certain respect pour madame Armando, il fallait parler tout doucement. Il n'était pas question que les grands lui prennent sa place dans la classe.

– Dis Nours, elle habite dans les îles Turlututu, madame Armando ? demanda notre petit bonhomme si surpris qu'une maîtresse connaisse des choses pareilles.

– Mais non, mon Roudoudou ! Elle y va en vacances, comme toi quand tu vas à la mer. Mais tu sais, elle va vous raconter tous ses voyages. C'est ça, la vraie-vraie école : faire tout le tour du monde avec sa maîtresse. Dis-moi, mon Coucoulou : est-ce que tu sais à quoi cela sert l'école ? A quoi cela sert de connaître les petits lutins ?

– Heu, non, Nours. Ah si ! L'école, c'est pour devenir riche ! rétorqua Jérémy très fier de sa réponse. C'est quoi, « riche », Nours ? C'est pour acheter les vacances ?
– Mais qu'est-ce que t'ont appris les grands ? Riche, ce n'est pas ça du tout. Riche, c'est devenir un prince, comme celui de Cendrillon. La vraie-vraie école, c'est pour devenir prince charmant. Et les devoirs et les leçons, c'est pour apprendre à conduire le carrosse en or, et pour chercher la belle princesse qui viendra un jour dans ta vie.
– Jérémy alors, il sera très riche, comme un roi ! commenta notre petit bonhomme malgré tout fortement influencé par certains arguments paternels.
– Oh ! bien plus encore. Tu seras le prince le plus riche du monde de la terre, mon Coucoulou ! Car celui qui connaît les mystères des îles Turlututu vivra dans un palais de diamants et de perles rares. Et comme il gagnera contre tous les méchants, tout le monde l'aimera à la folie. Tu vois, mon Roudoudou, travailler c'est seulement pour jouer au prince.
– Eh ben moi, je veux être prince quand je serai grand, voilà ! conclut Jérémy rêvant déjà à une belle princesse.

Assurément, Nours venait de marquer des points. Les devoirs sont quand même plus faciles à faire dans la perspective d'un carrosse en or. Au fond, à cet âge-là, « riche », cela peut être n'importe quoi, pourvu que les enfants puissent encore rêver. Mais il restait une ombre au tableau. Car Jérémy ne voyait rien de magique dans les séances de lecture commencées avec Suzanne. Malgré la patience de cette dernière, il ne trouvait pas drôle du tout de suivre un doigt sur une page pour lire : mo-to, vé-lo, pa-pa, et le terrible do-mi-no.

– Jérémy, y sait lire, Nours ! Si, si, c'est maman qui l'a dit ! Dis, Nours, c'est quoi le magique de l'île de la lecture ?

– Tu te souviens, mon Coucoulou ! Sur cette île les lutins s'appellent « yeux-yeux ». Deux fois « yeux », pour tous ceux qui n'ont pas bien entendu leur nom du premier coup. Mais sais-tu pourquoi ils s'appellent yeux-yeux, et non pas nez-nez ?

– Heu ! non, Nours !

– Mais parce qu'ils ont un très grand pouvoir magique dans les yeux. Ils regardent un mot dans un livre et, hop-là, ça fait une petite image dans leur tête. Tu te rends compte ! Alors, quand ils lisent toute une histoire, hop-là, toute l'histoire est dans leur tête. Les yeux-yeux, ils ont le pouvoir de transformer les mots en dessins animés seulement en lisant dans les livres, le soir avant de s'endormir.

– Des dessins animés ! se mit à rêver Jérémy comme devant un immense programme télé qu'il aurait le droit de regarder sans se faire disputer.

– Oui, oui, mon Coucoulou ! Les yeux-yeux, ils connaissent bien tous les dessins animés de Babidule et Tralala, car ils savent lire l'histoire de la vallée merveilleueuse. Et comme ils ne veulent pas en perdre une miette, sur l'île de la lecture les jours et les nuits sont très courts, de sorte qu'ils sont toujours en train d'aller se coucher pour lire une nouvelle histoire avant de s'endormir. Et comme ils savent lire tout seuls, eh bien ils n'ont plus besoin de personne : hop-là, une histoire... hop-là, un dessin animé !

– Ah ! murmura Jérémy admiratif, en se souvenant du nombre de fois où il réclamait une histoire le soir et où Suzanne n'avait pas le temps de la lui lire. Ils en ont de la chance, les yeux-yeux.

– Attends ! Attends ! C'est encore plus incroyamidable ! Car les images qui bougent dans la tête deviennent des histoires si vraies que les yeux-yeux vivent alors dans le pays des rêves et des contes de fées.

Là-bas, mon Coucoulou, ce sont les livres qui remplacent les nounours. Car avec les livres aussi, on peut s'envoler dans la « voix » lactée, continua Nours qui préparait sa succession auprès de Jérémy. C'est cela, l'île de la lecture : une île Turlututu où tous les livres sont des nounours qui racontent la vie dans les étoiles.

Après tout, des nounours en forme de livres, ce n'était pas plus fou qu'un taille-crayon en forme de voiture de course. Jérémy n'eut donc aucun mal à croire à toute cette histoire. Il put alors s'endormir rassuré. Et cette nuit-là, il fit un grand voyage d'île en île dans l'archipel Turlututu avec Nours à ses côtés.

Il découvrit l'écriture magique des mains-mains qui tirent les images filantes sur une page, pour les apprivoiser. C'est si sauvage une image ! Et puis cela court rudement vite. Il n'y a que les stylos qui peuvent les rattraper.

Il découvrit aussi l'île du calcul, où tous les pieds-pieds jouent aux opérations. C'est timide un chiffre, vous savez, si timide un petit deux, ou un petit cinq, ou un petit neuf, surtout quand il est tout seul, car du coup il ne veut pas discuter. Alors pour le faire parler, on fait des additions ou des soustractions. Bref, on les met deux par deux et ils deviennent bavards. Ah, quel voyage, mes amis ! Les îles Turlututu c'est vraiment quelque chose !

*
* *

Le lendemain matin, une certaine effervescence régnait dans la maisonnée. Il fallut se laver, se coiffer, s'habiller... et se recoiffer, toujours à toute vitesse. Et Suzanne répétait sans cesse : « Jérémy, dépêche-toi, on va être en retard ! ». Ensuite il y eut l'épisode du cacao, et les tartines plus graves que d'habitude que l'on mange sous haute surveillance, tant il ne faut pas tacher les habits tout neufs de l'école. A croire que les parents n'envoient pas seulement leurs enfants en classe, mais aussi leurs cartes de visite en représentation !

Et puis, il fallut courir dans les escaliers, et aussi dans la rue. Si même les mamans avaient peur d'être en retard, alors elle devait être vraiment « séverte » cette madame Armando. Arrivée devant la grille, Suzanne embrassa trois fois Jérémy et le recoiffa cinq fois avec mille recommandations. Heureusement que notre petit bonhomme était tranquille, en sachant qu'il allait visiter les îles Turlututu, car sinon il aurait eu de quoi se faire du souci.
Puis il fut avalé par la grande cour de récréation, où il retrouva très vite quelques copains de la maternelle. C'était un autre monde, un tout autre continent qui commençait.

Un premier jour dans une « vraie-vraie » école, c'est toute une montagne de nouvelles règles et de nouveaux dangers qu'il faut découvrir. Il y eut d'abord ce grand qui fit tomber Jérémy en passant à côté de lui en courant. Et voilà que son beau pantalon bleu était troué maintenant. Comment le cacher pour que personne ne s'en aperçoive, et surtout pas la maîtresse ?
Et puis il y avait eu Barthélémy, un copain de l'an dernier, qui avait voulu lui voler son taille-crayon en forme de voiture de course, au moment où ils comparaient tous les trésors de leur trousse. Heureusement, une certaine Marceline – Marceline Galoubet – lui avait couru après pour le récupérer.
Et ensuite, ce fut la classe : tout le monde assis deux par deux, et interdiction de bouger ! Quel choc quand on a pris l'habitude jusque-là de vagabonder de table en table à la maternelle. Heureusement Jérémy se retrouva installé à côté de Marceline.

Comme elle était drôle cette Marceline ! Elle était toute petite avec deux couettes sur la tête comme deux jets d'eau. Son papa il était « dotteur ». « On dit pas « dotteur », on dit « docteur », voilà ! » avait corrigé Jérémy. Et puis elle bougeait tout le temps, et il lui manquait une dent sur le devant.

Mais soudain ce fut la catastrophe, toujours à cause d'une histoire de trousse. A cet âge on essaie tellement d'exister en faisant envie avec un stylo, une gomme ou une règle. Cette fois-ci, c'est la gomme à tête de lion qui avait provoqué l'admiration de la petite fille. Et la chipie voulut la prendre pour la montrer à sa maman. Il s'ensuivit une mêlée confuse, suffisamment bruyante pour attirer l'attention de madame Armando.

En un instant tout bascula en enfer : tiré par une oreille, Jérémy fut conduit au piquet. Et la célèbre gomme fut confisquée, puis rangée dans un tiroir du bureau de la maîtresse.

Pauvre Jérémy ! Il n'avait rien fait, il avait seulement défendu son honneur et son bien. Comment aurait-il pu comprendre une telle punition ? C'est Marceline qui avait volé la gomme, et c'est elle aussi qui avait appelé la maîtresse quand il lui avait tiré les cheveux. C'était un comble quand même !

Jérémy sanglota dans son coin, le dos tourné à la classe. Mais les larmes sont inutiles, elles ne rapportent plus rien dans ce pays-là. A coup sûr, les copains allaient se moquer, et ses parents allaient gronder. Soudain, même le trou dans le pantalon était une plaisanterie à côté. Alors, face au mur, ce sont des larmes silencieuses qui se mettent à couler, les pires, car elles ne servent même plus à se faire remarquer. Parce qu'alors c'est la fin du monde.

Dans ces instants-là, quelque peu surnaturels, il s'en passe des choses dans une tête toute neuve. Jamais plus on n'oubliera cette terrible honte, cette incroyable douleur. C'est dans ces instants-là que l'injustice tricote à toute vitesse des décisions capitales. Cela se fait tout seul, tellement on a peur, tellement on a mal. Tout un futur scolaire est en train de se tisser. C'est décidé : dorénavant on enfermera son âme à double tour, elle sera cadenassée. Finie la liberté, finie la vie qui bouillonne ! On devra se ranger à la force publique, quitte à y perdre son enfance spontanée. Mais jamais plus ça ! Ah, ça non alors... jamais, jamais plus !

Quelque part au milieu des décombres, quelque chose d'héroïque décide un bien-gentil-bien-sage qui devra toujours tenir, contenir, retenir à tout prix tout ce qui vit, tout ce qui pétille, plutôt que de retourner à cette honte. Non, Jérémy ne bougera plus, Jérémy ne bougera plus jamais. Il va tout ranger pour ne plus déranger personne. Oh ! il ne les sait pas encore, toutes les difficultés scolaires qu'il se programme ainsi, car en renonçant à son âme c'est au bon élève qu'il renonce aussi.

Au fond, tout au fond, c'est une sorte de vengeance qu'il va trimbaler pendant toutes ces années. Pas question de réussir, pas question de bien travailler, dans cette maison où il faut perdre son âme pour avoir le droit d'exister. Et puis, finalement, cela l'arrangeait bien, puisqu'il allait découvrir ainsi un autre moyen que la maladie pour attirer Suzanne près de lui : les devoirs laborieux, les leçons qu'il ne retiendrait pas. Voilà les soirées qu'il était en train de préparer.

Mon Dieu, comme cela en fait des dégâts, un simple piquet, un si triste dressage !
Alors Jérémy se tint très droit, les bras croisés, pour être un sage comme une image. De tout son cœur il espéra

devenir un gentil, pour que madame Armando le renvoie à sa place. Quelques instants plus tard, c'est un tout autre enfant qui vint se rasseoir à côté de Marceline. Le monde avait tourné, les dés étaient jetés. Jamais plus il n'irait au piquet. Mais à quel prix ?

En rentrant à midi, ce fut l'interrogatoire serré. Suzanne et Robert voulaient tout, absolument tout savoir sur cette première matinée. « Elle est gentille la maîtresse » ? « Elle vous a appris de belles choses ? » Mais pour la première fois Jérémy avait un secret, un terrible secret qu'il ne pouvait pas partager avec ses parents sous peine de tellement se faire gronder. Oh ça oui, il avait appris quelque chose, ce matin-là ! Il avait appris combien on est seul sur terre avec sa misère, quand plus personne ne peut vous comprendre. Ah ! la terrible solitude qui commence là où finit l'innocence. Ah ! comme il faut apprendre à tout calculer, à la fin de la sincérité.

Non, le piquet, il ne le raconterait pas. C'était impossible ! Alors, pour la première fois, il découvrit l'effort de se taire. Pendant ce temps, Suzanne et Robert le questionnaient, le questionnaient de toutes parts pour savoir. Et il lui fallait déjà tenir, contenir, retenir à tout prix ce terrible secret. Et la distance se creusait inexorablement.

– Eh bien, tu n'es pas bavard mon Jérémy, constata Robert.
– Comment s'appelle le petit garçon qui est à côté de toi ? demanda Suzanne dans l'espoir de le faire parler.
– C'est pas un garçon ! se risqua à répondre notre petit bonhomme franchement sur ses gardes.
– Ah ! mais alors c'est une fille ! Et comment elle s'appelle, mon chéri ?

Le silence devint lourd, mais invisible aux yeux des grands. Comment évoquer ce terrible prénom sans frôler le sujet tabou du piquet ? A coup sûr, Jérémy risquait de se trahir.

– Mais laisse-le, Suzanne. Tu vois bien que Jérémy a des secrets avec sa petite copine, reprit Robert d'un air entendu, laissant deviner une affaire de cœur.

Jérémy sursauta d'effroi, en croyant que son papa évoquait le secret du piquet. Il avait tellement l'impression que sa honte pouvait se lire sur son visage, tellement l'impression d'une souillure ineffaçable. Il fallait faire une diversion.

– Eh ben, Marceline, je lui cause plus. Elle est salaud !

Ce fut le mot « salaud », appris le matin même dans la cour de récréation, qui fit l'effet d'une bombe. En matière de diversion, il avait vraiment réussi. Car Suzanne faillit en avaler de travers, et Robert releva la tête d'un coup.

– Oh ! que c'est vilain ! Mais où est-ce que tu as appris un mot pareil ? lança Suzanne horrifiée. C'est un vilain mot, Jérémy. Et je ne veux pas de gros mots à la maison. Tu as bien compris !

Ça alors ! Jérémy n'en revenait pas. Barthélémy ne lui avait pas dit que « salaud » était un vilain mot. En classe, c'était seulement quand on volait quelque chose à un copain. Décidément, on se retrouve vite au piquet avec n'importe quoi, avec n'importe qui.

L'après-midi se passa sans heurt. Forcément, puisqu'il n'y en aurait jamais plus. Jérémy fut donc un gentil, emmuré en lui-même, sous haute surveillance, la sienne. Marceline tenta bien de lui prêter son stylo en or, enfin, le fameux stylo jaune qu'il admirait tant, mais comme il ne voulait plus être un méchant, il le lui rendit aussitôt, pour ne pas encourir les foudres de madame Armando. Et voilà, maintenant il était devenu un peureux, un peureux sage comme une image. Si sage d'ailleurs qu'il commençait à s'ennuyer un peu. C'est souvent ainsi : quand la sagesse rime avec l'ennui, c'est toujours le signe que l'on se contente de la mimer !

Au repas du soir, heureusement, Jérémy n'était déjà plus le sujet à la mode. Quentin s'était enrhumé, et tout le monde avait les yeux tournés vers lui. Puis Jérémy se coucha. Il était épuisé d'ailleurs, non pas par l'école, mais par l'obligation nouvelle d'être un bien-sage. Ce soir-là, notre petit bonhomme serra très fort son nounours contre lui. Comme c'était bon, un amour sans risque de piquet.

– Coucou, Jérémy, coucou ! A quoi on joue mon Coucoulou ?
– Tu sais Nours, Marceline, elle voulait prendre ma gomme, ma gomme à tête de lion. Tu te rends compte ! C'est grave, hein ?
– Oh ! là là, si c'est grave, mon Roudoudou ! Mais elle est folle, cette Marceline ! s'exclama Nours scandalisé.

Jérémy fut tellement soulagé. Il pouvait enfin tout dire, ne rien cacher, vider cet abcès qui pesait sur sa conscience et qui le coupait de tous. En redevenant transparent, il eut l'impression d'une grande toilette.

– Tiens ! j'ai une idée mon Coucoulou ! Une idée vraiment chouette-chouette. Et si on jouait au piquet ?
– Au piquet ! Au piquet ? sursauta Jérémy. C'est pas un jeu, le piquet ! C'est un gros mot, c'est un vilain mot, comme zizi et salaud !
– Bien sûr que si, c'est un jeu, mon Roudoudou ! Tu ne connais pas : piqu-et piqu-et colégram ?

Jérémy ouvrit de grands yeux éclabouriffés, comme deux pieds tombant dans une flaque. Il la reconnaissait, cette phrase, c'était la chanson de sa maman, la chanson d'Amstramgram. Suzanne, coquine, y jouait souvent avec lui, pour savoir « au hasard » qui allait ranger la chambre de Jérémy. D'ailleurs, après « bourre et bourre et ratatam », c'était toujours sur lui que la main terminait son va-et-vient. « Mais quel rapport avec le piquet de l'école ? » se demanda Jérémy. Il n'avait vraiment pas senti de quoi s'amuser !

– Oui mais c'est méchant le piquet, Nours ! Madame Armando, elle gronde.
– Mon petit Poucoulou ! Elle ne sait pas jouer, voilà tout. Le piquet c'est trois fois rien, même pas un gros mot vilain. C'est seulement un jeu dans un coin pour compter jusqu'à trois : et un et deux et trois, qui perd-gagne ; et un et deux et trois, voilà ta montagne.
– Elle est où la montagne, Nours ? C'est quoi la montagne qui perd qui gagne ?
– Oh ! mais c'est la montagne magique de la vallée merveilleueuse, celle qui fabrique les gentils et les vilains. C'est ça le grand secret du piquet : c'est lui qui décide des géants et des nains.
– Dis-le moi, Nours, dis-le moi le secret !
– Oh ! pour cela, il faut que je te raconte l'étonnante histoire de la montagne sacrée du grand piquet.
– Oui, oui Nours : la montagne-piquet... la vallée merveilleueuse ! reprit notre petit bonhomme qui avait un grand besoin d'évasion lointaine après sa terrible journée à l'école.
– Eh bien, figure-toi que sur la grande montagne du piquet sacré habitaient deux petits singes. L'un était sage, mais sage comme une image. Il s'appelait Ouistiti le gentil. L'autre au contraire était un garnement pas sage du tout, voleur de gomme à tête de lion. Il se prénommait Nontiti le vilain.

Pourtant Ouistiti et Nontiti étaient très bons amis. Ils se ressemblaient tant que personne n'aurait pu dire qui était Ouistiti et qui était Nontiti. Si bien

que dans la vallée merveilleueuse, on ne savait pas encore reconnaître les gentils et les méchants.
Mais dans cette vallée, il s'en passait des choses étranges ! Car à cette époque, une fée décida de faire un chemin pour monter sur la montagne-piquet. Alors tout le monde, et toutes les choses firent un tour au piquet. Et tous se mirent à pleurer, car ils ne comprenaient pas ce qui leur arrivait. Bientôt la vallée merveilleueuse devint la vallée des larmes. Quelle tristesse mon Coucoulou, quelle tristesse tous ces petits gémissements étouffés, insista Nours au point de raviver la plaie de son petit ami.
Puis il y eut l'histoire des deux mains. Comme Ouistiti et Nontiti, elles se ressemblaient tellement que personne ne connaissait sa droite et sa gauche. C'était incroyable quand même, une telle ignorance ! Mais un jour ce fut l'heure de prendre un stylo pour faire des lignes de mots. Et les deux mains se disputèrent très très beaucoup. Bien sûr, leur maîtresse se fâcha. « Allez, au piquet, la main gauche. Et plus vite que ça ! Toi, tu n'écriras pas, tu es trop vilaine ! » Seule dans son coin, elle pleura un peu cette petite main. Mais en perdant le droit d'écrire, elle découvrit un trésor au sommet du piquet : elle y gagnait le droit de se reposer, avec une montre au poignet pour surveiller le travail de celle d'à côté.
Et un et deux et trois : voilà que la main gauche et la main droite étaient nées. Alors tout le monde put dire désormais : « tourne à droite », ou « tourne à gauche ». Et plus personne ne se perdit.

Partout, partout il y avait des piquets. Le piquet pour distinguer les noirs des blancs, le piquet pour montrer les petits par rapport aux grands. Bref, le piquet de n'importe quoi, qui permettait à chacun d'inventer le gentil et le méchant.

C'était vraiment magique, cette montagne du piquet. « Allez ouste, au piquet ! » Et voilà, tout le monde sait qui est le vilain. « Allez ouste, au piquet ! » Et tous ceux qui sont encore assis sont des gentils.
C'est ça, la magie du piquet : séparer le blanc du noir, le petit du grand, séparer Marceline et Jérémy comme la droite et la gauche, parce qu'il faut toujours un méchant et un gentil.
– Eh ben Jérémy, c'est un gentil, voilà ! lança notre petit bonhomme pour être bien sûr que personne ne se trompe, malgré sa triste mésaventure. C'est pas un vilain ! Hein, Nours, c'est pas un vilain Jérémy ? Le piquet, il s'est trompé !
– Mais bien sûr, mon Coucoulou, grâce au piquet tu es Jérémy, un point c'est tout. Car tu vas voir, à cause de Ouistiti et Nontiti le piquet est devenu tout bizarre, tout timide d'un coup, n'osant plus dire les méchants et les gentils. Et c'est là qu'il est devenu un jeu.
Ouistiti et Nontiti couraient sur la montagne. Ils jouaient toute la journée. Mais comme aucun n'était allé au piquet, on ne pouvait toujours pas savoir qui était Ouistiti et qui était Nontiti. Du coup, personne ne pouvait distinguer parmi les animaux ceux qui étaient méchants et ceux qui étaient gentils. Oh ! là là il fallait faire attention, on risquait de se faire mordre par une biche, ou bien de se faire lécher en ronronnant par un crocodile.

Mais un jour où Ouistiti et Nontiti faisaient un beau dessin, ce dernier vola la gomme à tête de lion de Ouistiti. Tu te rends compte !
Et là ce fut incroyable, véritablement extraordinaire, car ils se chamaillèrent en faisant beaucoup de bruit. Mais c'est Ouistiti qui fut puni, et qui se retrouva au piquet. Ouistiti le gentil ! On n'avait jamais vu cela dans la vallée merveilleueuse !

Un gentil qui se retrouvait au piquet comme un vilain ! et Nontiti qui, lui, restait assis. Assurément, elle perdait la tête la montagne du piquet, si maintenant elle se mettait à tout mélanger.
Bien sûr, Ouistiti pleura beaucoup. Ce n'était pas juste, vraiment pas juste, ce qui lui arrivait. Quelle honte de finir comme un vilain quand on est un Ouistiti. Et puis entendre rigoler l'autre, l'entendre se moquer : « nanana nanaire ! tu t'es fait avoir... pourquoi y aurait que les méchants qui seraient pris !... Allez, allez un peu de piquet aux gentils ! »
Oh là là ! Quel bim-badaboum cela fit dans la vallée merveilleueuse ! Car dorénavant le piquet ne savait plus comment dire les méchants et les gentils. Pauvre piquet, il fut soudain tout timide en devenant un piquet pour tout le monde. Alors, bim-badaboum, la main gauche cessa d'être la vilaine, et les gauchers purent exister. Les noirs et les blancs se partagèrent tout l'échiquier. Et les toutes petites choses furent aussi précieuses que les grandes. Même les animaux en devenant seulement carnivores cessèrent d'être méchants.

C'est depuis ce jour mon Coucoulou, depuis que Ouistiti le gentil est allé au piquet, qu'il fut décidé que le piquet deviendrait un jeu. Alors est né le jeu de piqu-et piqu-et colégram, pour désigner au hasard ceux qui vont au coin. Mais depuis ce jour magnifique, cela ne veut plus dire du tout méchant ou gentil, mais seulement debout ou assis.

Jérémy dormait déjà, sage comme une image. Car au piquet de la terre, ce sont les rêves qui commencent.

Chapitre 9

La bagarre du lit

Les semaines passèrent, et l'école s'installa dans la vie de notre petit bonhomme. Cette école si utile pour son passage sur terre, cette école qui le tirait tellement vers le bas qu'elle finit fatalement par nuire à ses envolées dans la « voix » lactée. Oh ! bien sûr, on ne le sait pas à cet âge-là que l'on quitte imperceptiblement une petite enfance magique, pour une enfance où devra commencer le tragique. Évolution naturelle des choses, rien de plus ! C'est aussi cela l'école : la fin de l'insouciance, et le début des premiers soucis.

Cette nuit-là, Jérémy dormait profondément, un bras enroulé autour du cou de Nours. Ils avaient rigolé, tant rigolé juste avant de plonger de l'autre côté. Surtout à propos de Sébastien, un copain de Barthélémy, qui disait que le père Noël n'existait pas. Il était fou, celui-là ! Nours, en bon gardien des étoiles, avait alors raconté à son jeune ami comment le père Noël avait acheté, cette année, un nuage en forme de moto, plus pratique que son traîneau. Ce qui constituait bien la preuve de son existence !

Mais combien de temps encore Nours gagnerait-il contre l'école ? C'est toute l'enfance qui se joue dans ce combat entre la tête et le cœur se disputant la place de gouverneur.

Dans son rêve, Jérémy se retrouva chevauchant un nuage de barbe à papa en forme de moto. Et Nours, assis derrière, lui criait dans les oreilles : « C'est le père Noël qui me l'a prêtée ! ». Ils allaient vite, ils étaient pressés, car Jérémy avait rendez-vous en grande pompe avec la célèbre fée bleue. Oui, oui, celle de Pinocchio ! Chemin faisant, entre deux broum-broum pétaradants qui dégageaient une odeur de pain d'épices, notre petit bonhomme fut pris d'une soudaine envie de faire pipi. Alors que d'un côté du monde il s'apprêtait à descendre de son nuage, de l'autre il sortit une jambe du lit, comme un somnambule se préparant à se rendre aux cabinets, pour une envie bien terrestre cette fois-ci. Mon Dieu, comme un petit pipi cela ne va pas avec un rêve de princesse ! C'est ou l'un ou l'autre, mais jamais les deux. Et la terre et le ciel continuent ainsi de se chamailler pour contrôler nos nuits.

Ce fut si dur de sortir du lit douillet, si dur aussi de quitter à contrecœur le rêve, en laissant une moto garée aux portes du palais ! C'est donc avec le minimum de conscience que Jérémy revint sur terre, avec juste un tout petit filet de lucidité. S'il avait une chance de retourner dans l'histoire, il ne lui fallait pas la manquer. Évidemment, dans le noir, il buta d'abord sur sa grosse voiture de pompiers qui traînait au milieu de la chambre. Arrivé sur le palier, il faillit même partir du mauvais côté. Ensuite, il longea à tâtons le couloir conduisant à la porte des W.-C.

Alors qu'il faisait pipi, en aspergeant partout tant il faisait sombre, il crut entendre un bruit. Trois fois rien, seulement un bruit minuscule auquel il ne fallait surtout pas accorder d'importance s'il voulait retrouver la fée bleue.

Quand il ressortit dans le couloir, le bruit se fit plus net, comme des grincements répétés. D'ailleurs il fut suffisamment insolite pour attirer l'attention de Jérémy. Au point où il en était de cette énigme, notre petit bonhomme allait devoir se réveiller un peu plus pour la résoudre.

Comme il était étrange, ce bruit insistant. Tout autre bruit l'aurait laissé endormi, mais pas celui-là. Allez savoir pourquoi ! Celui-là, il sentait l'inconnu, peut-être même le danger, ou pire encore : l'interdit. C'était le genre de bruit qui pince, qui pince la curiosité, à lui en faire des bleus. Ce fut comme si une intuition venue d'ailleurs le poussait, presque malgré lui, à en savoir plus sur ces grincements. Totalement réveillé, notre petit bonhomme percevait maintenant des nuances nouvelles : des petits sons aigus mélangés à des craquements réguliers. En pensant que cela pouvait être une bête, il ne fut plus très rassuré.

Sur la pointe des pieds, il remonta courageusement le couloir, en suivant la piste sonore de ce mystère qui devenait de plus en plus excitant. C'est en arrivant devant la chambre de ses parents qu'il crut entendre une sorte de remue-ménage. Poussé par une curiosité empourprée à force d'être pincée, il entrouvrit tout doucement la porte afin d'y glisser le bout de son nez.

Quel pressentiment lui dictait une telle prudence, lui qui d'habitude annonçait toujours son arrivée par des exclamations bruyantes ? Était-ce le silence imposant de la nuit, ou bien la peur d'être surpris ? Toujours est-il qu'à la faveur de la pâle lumière d'une lampe de chevet, il découvrit un incroyable spectacle... « extramidable ! » aurait dit Nours s'il avait été là.

Là-bas, sa maman était toute nue, couchée sur le lit. Elle soufflait très très fort, comme quelqu'un qui va éternuer. Et elle bougeait la tête de droite à gauche, certainement pour chercher son mouchoir. Ensuite elle ouvrit la bouche brusquement, en faisant une grimace. Jérémy aurait juré qu'un « atchoum » allait exploser. Eh bien non, pas du tout ! Il y eut juste un petit son aigu, un son inconnu, un petit couinement qui semblait réclamer quelque chose mais dans une langue totalement étrangère pour des oreilles non averties.

C'est en s'avançant un peu plus que Jérémy découvrit son papa accroupi à l'autre bout du lit. Il était tout nu, lui aussi. Mais que faisait-il dans cette position si incongrue ? Peut-être cherchait-il aussi le mouchoir ? Peut-être avait-il perdu quelque chose au fond du lit ? En observant davantage cet étrange manège, notre petit bonhomme découvrit ahuri que son papa croquait les jambes de Suzanne, comme on croque dans une pomme. Ou alors il lui faisait un guili-guili, ou un drôle de mimi sur son zizi ? Non, ça, ce n'était pas possible : on ne fait pas des mimis sur le zizi. Quelle idée !

Et voilà que Suzanne recommençait à souffler. Il devenait urgent de trouver ce mouchoir car elle bougeait la tête de plus en plus vite. Jérémy était hypnotisé par toutes les choses qui se passaient là-bas. Il était incapable de détourner les yeux de cette scène. Évidemment, il chercha à comprendre les gestes et les bruits, en les comparant à des situations qu'il connaissait.

Pourtant mille questions restaient en suspens. Quelle était cette grimace qui semblait souffrir, avec une main qui caressait en même temps ? Et puis il y avait cette brutalité, pas méchante, avec des guili-guili qui ne faisaient pas rire. Et comment pouvait-on souffler autant sans avoir couru ? Et pourquoi tous ces petits gloussements au lieu d'éternuer franchement ? Non vraiment quelque chose ne tournait pas rond. A quoi Jérémy pouvait-il donc comparer tout cela ? Ah oui ! à la bagarre du lit le dimanche matin avec son papa, pendant que Suzanne préparait le petit déjeuner.

C'était ça ! Jérémy avait trouvé. C'était la bagarre du lit des papas et des mamans, une simple bagarre du lit pour les grands. Quel soulagement de pouvoir y mettre un nom ! Il en était là de ses réflexions, quand ladite bagarre s'enflamma, preuve qu'il avait raison. Robert se mit à grogner comme un lion, et Suzanne commença à se racler la gorge comme avant de tousser.

Puis Suzanne se mit à crier quelques mots incompréhensibles, qu'elle répéta plusieurs fois pour bien se faire entendre. « Mais pourquoi elle crie comme ça ? se demanda Jérémy, qui voyait bien que son papa était tout près. Il n'est pas sourd ! ». Ensuite elle porta ses mains à la tête, comme si elle pensait : « Oh, mon Dieu, oh, mon Dieu ! Mais il ne comprend rien ! ». Maintenant elle était très essoufflée, et elle releva une jambe, puis les deux, pour lui donner des coups de pied.

« Elle l'a raté ! Parce que mon papa, c'est le plus fort. C'est toujours le plus fort. C'est normal, c'est un papa ! » jubila notre petit bonhomme. Puis Robert se releva tout décoiffé, en grognant de plus belle, et il sauta sur le ventre de Suzanne en évitant ses pieds. Oh là là ! on aurait dit qu'il allait l'écraser ! Il avait presque gagné. Maintenant c'était la vraie bagarre, Jérémy la reconnaissait bien, lui qui comme Suzanne terminait toujours la tête enfouie sous les coussins.

Quelle bagarre ! Son papa et sa maman sautaient, sautaient de plus en plus vite sur le lit. « Et pourquoi c'est interdit à Jérémy ? » Chacun faisait des grimaces et des grognements, c'est la règle dans une bagarre : c'est pour faire peur à l'autre.

Suzanne se mit alors à crier « oui, oui ! », tout en disant « non » avec la tête. Jérémy en resta médusé : ils allaient tout casser le lit. Et puis il y eut un cri plus long que les autres, avec des mains accrochées aux draps et des yeux de fous. Et voilà ! ils avaient dû se faire mal, comme c'était souvent le cas avec lui. Et puis tout d'un coup la bagarre s'est arrêtée. Et il ne sut jamais qui l'avait gagnée.

Elles étaient vraiment bizarres, ces bagarres des grands qui ne faisaient pas rire aux éclats ! Tiens ! sa maman avait enfin trouvé un kleenex, elle allait pouvoir se moucher. C'est au moment où, assise sur le lit, Suzanne commençait à se recoiffer, qu'elle aperçut Jérémy dans l'encoignure de la porte. En une seconde ce fut un invraisemblable branle-bas de combat. Les yeux de Robert et Suzanne changèrent d'expression, et une panique incompréhensible sembla les envahir. Jérémy n'en revenait pas d'une agitation aussi soudaine due à la découverte de sa simple présence. Comment pouvait-il provoquer un tel malaise ? Alors il se dandina sur place en exhibant un sourire idiot pour se protéger. En pareille circonstance, il faut très vite redevenir tout petit, tournicoter son pyjama d'une main en suçotant deux ou trois doigts de l'autre pour se donner une contenance.

Là-bas, ils s'étaient dressés comme des pantins sortant de leurs boîtes. Et chacun se précipitait affolé sur un vêtement ou une serviette. Mille fois Jérémy les avait vus tout nus. Mais pourquoi donc cette fois-ci ce n'était pas joli ? Ils échangèrent de courtes phrases à voix basse, des phrases pleines de soucis, en jetant des coups d'œil furtifs en direction de la porte. « Mais qu'est-ce qu'ils ont ? » se demanda notre petit bonhomme. Ensuite, ils foncèrent sur Jérémy comme s'il lui était arrivé un accident. Ils lui parlèrent tous les deux en même temps, chacun déversant un flot de questions auxquelles l'autre s'empressait de répondre, tant ils semblaient craindre les réponses de leur fils.

– Mais qu'est-ce que tu fais là, Jérémy ? demanda Suzanne.
– Il a dû faire un cauchemar, répondit Robert.
– Il y a longtemps que tu es là ? ajouta-t-elle inquiète.
– Mais non, mais non ! Regarde, il est encore tout endormi, la rassura Robert.
– Euh, oui ! Tu sais, on jouait avec papa ! Euh ! on se faisait des guili-guili. Tu comprends, mon chéri ?
– Oui, c'est ça ! On jouait, acquiesça Robert très satisfait de cette version.
– Ça va, mon trésor ? insista Suzanne pas rassurée du tout.
– Mais oui, ça va ! Tu devrais aller le recoucher, ma chérie ! conclut Robert qui trouvait qu'il ne fallait tout de même pas en faire toute une histoire.

Jérémy roulait des yeux ahuris de l'un à l'autre. Il n'avait pas pu dire le moindre mot. Il le sentait bien que par devant ils essayaient d'être rassurants, tandis que par derrière semblait rôder un immense malaise.
Mais que s'était-il donc passé ? Pourquoi cette honte cachée, à cause de lui ? En retraversant le couloir, accompagné par sa maman, notre petit bonhomme galopait déjà dans sa tête : après tout, lui, il n'avait fait que regarder ! Il n'était coupable de rien ! Bon, c'est sûr, sa curiosité en avait pris un sacré coup. Et pan ! un œil au beurre noir ! Mais fallait-il risquer le deuxième en cherchant à comprendre la situation ? Sa curiosité échaudée avait quand même de bonnes raisons de jeter l'éponge.

Au fond, la bagarre du lit ce n'est rien à côté du malaise qui traîne après. A cet âge-là on se moque de la sexualité, on n'en a aucune idée, mais ce sont les yeux qui comptent, ces yeux souillés et coupables d'un je ne sais quoi de honteux. Alors, même tuméfiée, la curiosité insiste, elle revient sur le ring à ses risques et périls. Et le grand match continue.

En arrivant devant la porte de sa chambre, Jérémy se décida à parler. Comment pouvait-il retourner se coucher comme si de rien n'était ? Le silence en savait trop, il fallait le faire parler :

– Maman, maman ! Jérémy aussi, il veut sauter sur le lit.
– Il n'en est pas question. Tu es fou ! C'est l'heure de dormir maintenant ! répondit Suzanne qui visiblement n'avait pas compris l'allusion, ni la source de cette demande.
– Dis maman ! Les guili-guili sur le zizi, ils...

Ce fut comme si une décharge électrique traversait Suzanne. Pas question de continuer sur le sujet. Pas question de répondre, il fallait faire celle qui n'avait pas entendu. A la façon dont elle borda le lit de Jérémy, on devinait son besoin de fuir à toutes jambes. Elle éteignit la lumière, en lançant d'un ton péremptoire : « Il faut faire dodo, maintenant ! »

Jérémy resta avec un goût d'inachevé sur le cœur. Les yeux fuyants de ses parents lui faisaient peur quelque part, sans qu'il parvienne à comprendre. Et puis, plonger ses propres parents à ce point dans l'embarras, c'était avoir la preuve soudaine que l'on dérange. C'est bien cela qui fait mal. Rien à voir avec des histoires de zizi.

Le lendemain matin, chacun déjeuna le nez dans son bol. Il ne fallait pas être un grand devin pour sentir combien l'épisode de la nuit était encore présent dans tous les esprits. Des regards furtifs, des attentions anormales soulignaient une certaine gêne. Même le silence, dans les coulisses, avait mis un doigt sur sa bouche afin d'éviter tout débordement. Sans cela,

Jérémy aurait probablement oublié, emporté par quelques instants-papillons. Mais un silence qui fait « chut ! », c'est un vrai tintamarre qui incite à ne rien quitter des yeux.

Alors commencèrent les petites phrases, celles qui voudraient bien dire quelque chose mais qui n'osent pas l'avouer franchement.

– Ça va Jérémy, tu as bien dormi ? lança Robert d'habitude complètement indifférent à ce genre de choses.
– Alors mon chéri, mais qu'est-ce qu'il t'est arrivé cette nuit ? Tu avais envie de faire pipi ? insista Suzanne qui cherchait à revenir sur le sujet.

Dans ces moments-là, l'enfance n'est pas folle. Cela sent le piège partout. L'enfant le sait, qu'il faut faire semblant d'avoir tout oublié. Surtout ne pas reparler de la bagarre du lit. Sinon ils vont encore souffrir, et il va encore les embarrasser. Mais quelle terrible évidence quand même, de constater combien on est devenu le centre du problème, alors que l'on n'a rien fait : aucune bêtise, aucune méchanceté ! Quelque part c'est un comble, une histoire de fous ; c'est pire que le piquet, parce que là au moins on sait pourquoi on a honte.

– Eh ben Barthélémy, des fois il fait pipi au lit comme les bébés ! lança notre petit bonhomme pour distraire l'assemblée.
– Tu sais mon chéri, tu es un grand maintenant ! Hum... Eh bien, il faut que tu saches que les papas et les mamans, ils jouent parfois la nuit. Ils se font des guili-guili et des mimis partout. Et même s'ils crient un peu, ils n'ont pas mal du tout. Tu comprends mon chéri ? commenta Suzanne en essayant de rattraper les choses.
– Eh ben, Jérémy, il fait plus pipi au lit. Il va aux cabinets maintenant ! tenta d'expliquer notre petit

bonhomme pour faire comprendre sa présence nocturne dans le couloir.

– Oui, bien sûr mon chéri ! Tu sais, il ne faut pas le raconter à tout le monde, les chatouilles des papas et des mamans. C'est un secret, tu comprends ! reprit Suzanne qui craignait quelques confidences intempestives auprès de madame Armando.

Un secret ! Mais il était où, le secret ? Voilà que jouer aux guili-guili cela devenait un secret maintenant. Décidément, les mots n'arrêtaient pas de bouger ! Bien sûr que si, il allait en parler avec tous les copains de la récré. Sur qui d'autre pouvait-il compter pour essayer d'y voir plus clair ?

– Tu sais, maman ! Nours, il a dit que le père Noël, il s'est acheté une moto.

Il en faut du courage, pour parler du père Noël et de sa moto, alors que l'on a tant de questions concernant la bagarre du lit. Il en faut de l'amour, pour renoncer à en savoir plus.

– Et même que sa moto, c'est un nuage, voilà !

– Mais qu'est-ce que tu racontes, mon Jérémy ? Allez, habille-toi vite, c'est l'heure d'aller à l'école maintenant.

Robert et Suzanne furent rassurés. Leur fils ne semblait pas traumatisé par toute cette histoire. Peut-être n'avait-il pas mesuré ce à quoi il avait assisté ? Peut-être même avait-il tout bonnement oublié ?

Les jours s'écoulèrent ainsi, comme si rien n'était jamais arrivé. Chacun restait néanmoins un peu aux aguets pour surveiller le moindre indice signalant la persistance du malaise. Curieusement, depuis l'épisode de la bagarre du lit, Jérémy se relevait toutes les nuits pour faire pipi. Chose qui ne lui arrivait que très rarement auparavant.

Alors commencèrent les vigilances en tout genre qui aggravent les problèmes au lieu de les régler. D'abord Jérémy dut moins boire le soir. Puis il y eut la cérémonie du dernier pipi, juste avant d'aller se coucher, avec Suzanne le surveillant sur le pas de la porte. Malgré ou à cause de ces mille précautions, il n'y eut rien à faire : c'était plus fort que lui. Il se relevait la nuit, pour faire trois gouttes-alibi, mais surtout pour éclaircir un mystère qui restait tout entier.

A cause de cette manie du pipi – qui ne tarda pas à être appelée « la sale manie » – la porte de la chambre de ses parents était maintenant fermée à clef.
Plusieurs fois, notre petit bonhomme essaya d'aller voir, d'aller entendre, mais jamais plus il ne surprit les bruits de la bagarre du lit. Cette nouvelle habitude nocturne devint la preuve pour Suzanne et Robert qu'il persistait des séquelles de cette fameuse nuit.

Évidemment, ils en discutèrent entre eux, agacés par cet état de fait qui, en les accusant soir après soir, les rendait plus coupables que jamais. Leur désarroi fut bientôt tel, qu'il leur devint impossible de comprendre que cette envie nocturne n'était autre qu'une envie pressante d'explications sur les choses du zizi.

Entre-temps la cour de récréation faisait des ravages, tant les histoires de zizi étaient devenues le sujet à la mode. C'est Barthélémy qui en connaissait le plus en cette matière. Grâce au concours involontaire de sa grande sœur, lui, il avait vu le secret des secrets : le zizi des filles. Il n'y avait rien – disait-il – qu'une choucroute sans saucisse, rien de vraiment intéressant, ça il pouvait le jurer ! D'autres racontaient des choses incroyables, d'une luxure extrême, en pouffant de rire derrière leurs mains. Il s'agissait de mimi sur la bouche où l'on suçait la langue. Mais ça, Jérémy n'y croyait pas. Dans ce concours de connaissances à risque, notre petit bonhomme voulut à son tour épater les copains en racontant les mimis sur le zizi. Mais tous se moquèrent de lui, en le traitant de menteur. Une chose pareille était impossible. Alors forcément, pour se défendre, il insista au point de ne plus parler que de cela.

De leur côté, Robert et Suzanne, maladroits, montèrent en épingle le pipi nocturne, en continuant de chercher à le combattre. C'est si douloureux, quand on est parent, d'avoir le sentiment que l'on a pu salir son enfant. Si douloureux de se faire rappeler chaque nuit, à travers ce pipi, qu'une plaie persiste. Pauvre petit papa, pauvre petite maman ! Ils en perdaient tout sens du discernement, tout humour sur la situation.
Il aurait été si simple d'en revenir à la fameuse nuit, si simple de s'étendre un peu sur les histoires de zizi. Au lieu de cela, ce fut celui de Jérémy qui devint suspect. Comme si son petit corps, avec ses envies, mettait le doigt sans le savoir sur la difficulté des grands à vivre les leurs avec sérénité.

Plusieurs soirs, Jérémy aborda le problème avec Nours. Mais la vallée merveilleueuse ne faisait plus recette. Grâce au sexe, la terre tenait là un argument de poids contre les rêves. Un poids si lourd, qu'il ne fallait pas compter sur les histoires de bébé pour provoquer une envolée.

De façon insidieuse, le souci du pipi devint un souci touchant tout ce qui concernait le zizi. Alors commença l'époque des craintes et des conseils que doit inspirer le sujet tabou du sexe. Les précautions du soir se renforcèrent. Les enquêtes du matin s'instaurèrent. Et dans cette escalade de non-dits, certains agissements de Jérémy furent bientôt épiés avec une réelle ambiguïté. Ses moindres réflexions étaient interprétées, ses moindres solitudes surveillées. Ce fut du délire ! Et notre petit bonhomme ne retrouvait plus ses marques dans cette ambiance chargée de suspicions étranges.

S'il venait à tripoter, regarder ou même simplement parler du zizi de Quentin dans son bain, soudain la chose devenait grave. Et on l'envoyait jouer plus loin. C'était fini, les grands éclats de rire avec Suzanne, cette tendre complicité d'avant quand elle disait : « Oh, mais ne tire pas sur le petit sifflet de Quentin, sinon il va devenir comme une trompette ! »

Et puis il y eut l'épisode de la maman de Sébastien, qui était venue se plaindre à la maîtresse des discussions effrayantes dans la cour de récréation. Suzanne, en apprenant la nouvelle, avait tout de suite fait le rapprochement avec son fils. Et cette anecdote enfantine devint la preuve qui lui manquait, surtout quand elle découvrit l'appartenance de Jérémy à ce petit groupe de perturbateurs. La chose vira presque au cauchemar quand, après enquête, il s'avéra que Jérémy parlait sans cesse de mimis sur le zizi. Il fallait bien que les copains trouvent un bouc émissaire, relayés en la circonstance par tous les malaises des grands. Mais qu'allait donc penser madame Armando ? Suzanne était horrifiée à cette idée. Il fallait jouer la compréhension. Il fallait en parler avec elle, lui demander si elle aussi n'avait pas remarqué quelque chose de particulier dans le comportement de Jérémy.

Ah, les témoins, les gentils témoins ! Si on leur met la puce à l'oreille, on finit toujours par en tirer la preuve que l'on attendait, dans le genre : « Maintenant que vous me le dites, cela me fait penser en effet que... » Et voilà, le tour est joué. Et c'est vrai pour les petits garçons qui font pipi la nuit, comme pour tous ceux qui ne font pas exactement ce qui convient. Après Suzanne et Robert, il y avait maintenant madame Armando sur les miradors pour surveiller étroitement notre petit bonhomme qui ne comprenait plus rien.

La fameuse nuit était trop loin à présent pour que Jérémy puisse faire le lien. Tout se brouillait dans sa tête. Il aurait aimé leur dire : « Mais non, je ne suis pas ce que vous craignez ! ». Mais il ne savait même pas ce qu'ils redoutaient tous.

Ce fut un dimanche matin où, comme d'habitude, Jérémy avait rejoint le lit de ses parents, qu'il se produisit une chose incroyable lui montrant l'ampleur des dégâts. Jusque-là, il n'avait pas pu mettre un nom sur cette nouvelle forme de vilain que ces derniers temps il fallait à tout prix éviter.
Mais ce matin-là, en se couchant entre Suzanne et Robert, il surprit un bout de sein de sa maman qui sortait de sa chemise de nuit. Il voulut le taquiner, jouer avec, comme il l'avait fait si souvent quand elle donnait le sein à Quentin. Mais là, ce fut impossible. Comme une possédée, elle lui écarta la main avec violence. Et Jérémy put lire sur son visage un tel dégoût, qu'il se sentit rejeté corps et âme, totalement rejeté.
Devant une si profonde répugnance, la vérité éclata, l'évidence s'imposa : sa maman ne l'aimait plus du tout. Et la déflagration laissa notre petit bonhomme la bouche ouverte et la main en suspens, au milieu d'un champ de ruines.

Bien sûr, Suzanne chercha immédiatement à se ressaisir. Mais le mal était fait. Oh ! mon Dieu, il crut en mourir quand la terre se déroba sous ses pieds. Il s'assit comme un automate, sortit du lit, puis traversa la chambre, groggy. Plus rien n'aurait pu l'amuser, pas même les invitations de son papa à faire la bagarre. Le dégoût sur le visage de Suzanne ne quittait plus ses yeux. Il avait été repoussé sans ménagement. Comment l'oublier ?

Malgré les quelques tentatives de Suzanne regrettant sa réaction épidermique, notre petit bonhomme resta prostré toute la journée. Au point qu'on lui prit même sa température car les grands finirent par s'inquiéter.

Le soir même, il y pensait encore dans son lit. Hanté par l'idée que ses parents allaient l'abandonner, il ne parvenait pas à s'endormir. C'est Nours, fidèle à son habitude, qui tenta de le sortir de ses tourments.

– Hé, coucou, mon Jérémy, coucou !
Tu m'as l'air bien triste, mon Coucoulou !
– Elle m'aime plus ! Elle m'aime plus, ma maman ! murmura Jérémy au milieu de gros hoquets qui en disaient long sur son chagrin.
– Mais... mais, ce n'est pas possible, mon Coucoulou ! On n'a jamais vu ça, une maman qui n'aime plus son petit garçon !
– Je te dis qu'elle m'aime plus, ma maman ! insista Jérémy en se remémorant la terrible répugnance que Nours ne pouvait pas comprendre.
– Oh ! mon petit Coucoulou-Moucoulou ! Cela me rappelle une histoire de la vallée merveilleuse ! C'était un gentil dragon à mille têtes qui avait la migraine. Tu te rends compte ? Mille migraines...

Mais visiblement, Jérémy avait trop les pieds sur terre pour que le ciel ait une chance de l'envoler. Il en avait même par-dessus la tête, de la terre. Comment Nours aurait-il pu rivaliser ? Dans l'invisible il lui tendait les mains, mais c'est du bout des doigts que maintenant notre petit bonhomme les saisissait. Dans l'invisible une petite voix continuait de parler, mais dans le visible il y avait tant de bruit, que Jérémy ne pouvait plus l'entendre dorénavant.

Nours dut une nouvelle fois se contenter d'être un confident attentif, un simple copain qui peut certes réconforter, mais plus du tout soigner.
Il fallut donc attendre les brumes de l'endormissement, pour que Nours reprenne avec énergie la direction des

opérations. Voilà bien tout l'empire qui lui restait : les rêves. Mais là aussi, tôt ou tard, la terre finirait par les envahir.
A peine Jérémy eut-il commencé à fermer les yeux, que Nours s'appliquait déjà à les lui scotcher. Puis il entraîna par la main son petit ami dans un dédale de couloirs sans fin, les couloirs qui séparent la tête du cœur. Il ne fallait pas traîner, mais arriver au plus vite aux portes de l'ascenseur qui conduit dans la « voix » lactée. Il ne fallait surtout pas laisser le temps au cerveau d'installer sa mainmise sur ces sortes de rêvasseries qui ne sont que charabia nocturne sur les soucis de la vie.

Essoufflés, ils arrivèrent aux portes de l'ascenseur. A peine eurent-ils appuyé sur le dernier bouton qu'ils se retrouvèrent embarqués. Déjà, ils chevauchaient tous deux le nuage de barbe à papa vrombissant comme une moto. Le fameux nuage que déjà une fois ils avaient emprunté au père Noël. Pas question de flâner cette fois-ci, c'est pleins gaz qu'il fallait aller à ce nouveau rendez-vous avec la fée bleue.

Ils traversèrent d'abord le brouillard épais qui précède toujours les rêves limpides, cette contrée où chacun garde en mémoire l'ombre de ses journées. Car c'est dans ce brouillard tumultueux que rôdent les douleurs du moment, juste pour donner un sujet de conversation aux songes qui le suivent.

– Accroche-toi bien, mon Coucoulou ! Ça va tournebouler maintenant, avait crié Nours par-dessus le bruit du moteur.

Étrange brouillard en vérité, semé d'obstacles dans de la purée de « pas chiche ! »: « Pas chiche que tu le dis ! » « Pas chiche que tu le fais ! ». Autant de « pas chiche » que les instants où l'on a trébuché. Alors le jeu consiste à se cogner partout, juste pour se rappeler sa dernière collection de plaies. Et bing ! voilà madame Armando, le sourcil froncé sur son mirador. Et bang ! voilà Sébastien et Barthélémy qui ne veulent pas croire aux mimis sur le zizi. Et badaboum ! en plein dans Suzanne faisant des câlins à Quentin dans son bain. Et bimbadaboum ! Oh là là, c'est le choc avec la bagarre du lit. Il y a des blessés partout, et de la honte qui saigne des yeux, et qui coule sans bruit.

« Oh ! la bagarre du lit, ça me rappelle que j'ai envie de faire pipi », pensa Jérémy en plein milieu de son rêve, en sortant une jambe au dehors pour se rendre aux W.-C.

– Ah non ! pas ce soir, mon Coucoulou ! Pas ce soir ! tempêta Nours. Sinon tu vas encore descendre du nuage. Et tu sais bien, ensuite on ne peut plus y remonter.
Ce soir, mon Roudoudou, on va jusqu'au bout. Cela fait des semaines que tu nous fais le coup du pipi. Résultat : on n'arrive jamais au rendez-vous !

Jérémy rentra sa jambe sous les draps. Soudain il avait un peu froid à son pied. Et la course folle put continuer. Et poum ! dans la maman de Sébastien furieuse à cause des histoires de la récré. Et pan ! dans le néné de maman, et sa main qui repousse. Et pan, et repan, patapan ! son dégoût, sa répugnance, Jérémy hagard.

Ils sortirent du brouillard d'un coup, comme un boulet de canon s'échouant sur une plage de banania. Devant eux brillait maintenant le royaume de la fée bleue, saupoudré de poussière d'or. Posé sur un promontoire, son palais resplendissait de couleurs et de reflets produisant des arcs-en-ciel en forme de feux d'artifice. Au pied du palais grouillait tout un village rempli d'elfes, de lutins, et de farfadets. Et au delà s'étendait une campagne comme une couverture à carreaux, d'où montaient les chants de tous ceux qui travaillaient en s'amusant.

Arrêtant un instant le nuage de barbe à papa, nos deux amis contemplèrent le spectacle.

– Comme c'est beau ! s'écria Jérémy en suivant un beau bleu et un beau rouge qui entrelaçaient leurs reflets au dessus d'une tour du palais.
– Voilà, on y est, mon Coucoulou ! Je te présente le pays formifique de la fée bleue.
– Comme c'est beau ! répéta Jérémy en découvrant un champ rempli de lutins qui leur faisaient coucou.
– Tu vas voir, mon Roudoudou, dans ce pays les choses sont un peu bizarres.
Selon comme les gens s'aiment entre eux, eh bien leurs portes, leurs murs, et même leurs vêtements deviennent plus ou moins épais. C'est drôle, non ?

En effet, les amoureux vivaient dans des maisons de papyrus précieux, avec des volets en parchemins enluminés récitant les volutes de tous les mots d'amour. Dans ces maisons, il y avait des portes en tulle et en crêpe de chine, des portes si légères qu'il suffisait de souffler dessus pour les ouvrir et s'embrasser. Et comme les amoureux étaient amusants ! Ils avaient pour seul vêtement une fine pellicule de chocolat, et des noisettes en guise de boutons. Et cette combinaison était prête à fondre au moindre émoi.

Puis Nours montra du doigt d'autres lieux, d'autres maisons, qui arrachaient des « oh ! » et des « ah ! » d'exclamation à Jérémy. Car là-bas, il y avait aussi les maisons de tous ceux qui n'étaient que des amis, que des copains, ou de simples connaissances. Et puis toutes les maisons de ceux qui ne s'aimaient pas trop, pas beaucoup, pas du tout. Et enfin il y avait les pires, les maisons des gens qui se détestaient : les maisons des ennemis.

Ah ! ceux-là, ils avaient l'air terrible dans leurs armures en bois d'ébène, prêtes à s'enflammer, prêtes à les brûler à la plus petite dispute. Il fallait les voir, ces tristes pantins toujours furieux, les voir gesticuler dans leurs raideurs, les voir transpirer d'effort simplement en levant un poing vengeur. Eux, ils habitaient des cages pleines de ratures sur les portes et les fenêtres, comme des barreaux.

Nos deux amis remontèrent sur la moto du père Noël. Il était bientôt l'heure du rendez-vous. En traversant le village, Jérémy observa que chaque habitant tenait une sorte d'élastique à la main, comme un fil d'or souple, le reliant à quelqu'un plus ou moins loin. Oh ! parfois, il y avait des nœuds, des nœuds inextricables, qui donnaient l'impression d'un réseau en étoile tant chacun tirait de son côté.

Nours expliqua à Jérémy que dans le pays de la fée bleue c'était cela une famille : juste un nœud au milieu, et chacun en tenant son bout d'élastique d'or pouvait partir et revenir à sa guise sans jamais oublier le nœud. « Impossible d'être abandonné ! » ajouta-t-il d'un air entendu, tant il savait les craintes récentes de son petit ami à ce sujet.

La fée bleue envoya son majordome zélé pour recevoir convenablement Nours et Jérémy sur les marches du palais. Quel incroyable énergumène, ce majordome ! C'était une sorte de cyclope, mais avec deux yeux. Car dans ce royaume un peu bizarre, avec deux yeux on était un cyclope, puisque pour tout voir, un seul coup d'œil suffisait. D'ailleurs, si l'on ne dit pas « coup d'yeux », c'est bien la preuve que les deux ne sont pas nécessaires !

Mais notre majordome cyclope avait aussi une autre particularité : chacun de ses yeux menait une vie propre. Ainsi disposait-il d'un regard par en dessous pour sonder l'âme des visiteurs, et d'un regard par en dessus pour deviner la noblesse cachée en chacun. Aussi était-il tantôt un rustre quand il s'agissait de secouer une âme bouffie de prétention, et tantôt un admirateur sans borne donnant envie à son interlocuteur de sa propre beauté. Jérémy et Nours, sur ce point-là, échappèrent au pire et furent donc accueillis par le meilleur.

Et puis, il avait une onctueuse façon de parler, avec un fort accent russe roulant les « r » comme un tambour solennel souligne la gravité des mots. Il s'exprimait en vers – ce qui allait de soi bien sûr – et en octosyllabes, s'il vous plaît ! « Car, disait-il, quand on est un pauvre cyclope on ne perçoit que la moitié des choses, et il faut bien un brin de poésie pour voir le reste. »

Incliné, à en tomber presque par terre, il lança soudain à la cantonade :

– Madame vous attend, messieurs.
Altesses, avez-vous un vœu ?
Assurément cherchez un peu !
Ouvrez vos cœurs à la fée bleue.
Si vous voulez bien me suivre.

Nours et Jérémy se regardèrent, interloqués par une invitation de si belle facture. Mais quel vœu allaient-ils choisir pour être reçus par la fée bleue? A n'en point douter, c'était bien là un jeu de fée, et il ne s'agissait pas de tricher. En un vœu, un seul, il fallait aller à l'essentiel, c'était la règle pour obtenir une audience.

Le majordome les précéda en grand apparat : fier comme un paon, en queue-de-pie, nœud papillon, et la bouche pincée en cul de poule. Que d'oiseaux pour un si drôle d'oiseau !
D'une main il martelait le sol avec son sceptre, de l'autre il recomptait sur ses doigts le nombre de syllabes de son dernier vers : « Si vous voulez bien me suivre ».

Nours l'entendit maugréer à voix basse : « Huit pieds, c'est bon ! Mais quelle idée, une rime avec « suivre », quelle idée ! ». Il marmonna ensuite plein de mots se terminant en « ivre » afin de préparer les prochains vers qui devaient accompagner leur entrée.
Avec moult cérémonies pompeuses, il introduisit les hôtes dans la grande salle du palais où trônait la fée bleue entourée d'une nuée de chérubins.

– Madaaame !
Ils ont bien voulu me suivre.
Qu'il leur soit donné de vivre
un seul des vœux qui enivrent.

Il claqua des talons et fit demi-tour dans un bruit de portes qui se fermaient comme dans du velours. Jérémy et Nours restèrent debout un peu figés, n'osant pas avancer.

– Bonjour Jérémy ! Bonjour petit Nours ! Approchez-vous, n'ayez pas peur, lança la fée d'une voix nappée de miel, et dans un battement de cils qui saupoudra la pièce de poussière d'or.
– Bonjour madame la fée, répondirent de concert nos deux amis, un peu impressionnés.
– Alors Jérémy, as-tu un vœu ? Attention, un seul qui contienne tout... absolument tout ton cœur ! avertit la fée en prenant sa baguette spéciale pour les pantins qui veulent devenir humains.

Elle se leva, mettant de l'ordre dans les plis de sa robe. Debout, elle avait encore plus de majesté. En s'approchant de Jérémy, comme on glisse sur la glace, elle distilla des gerbes de mots, et chaque phrase devint un bouquet au parfum si étrange que Jérémy eut l'impression de tout comprendre, tout entendre.

– Connais-tu le secret, petit Jérémy ?
Un vœu n'est magique que s'il est unique.
Alors, il devient une clef enchantée.
Et ce que tu demandes ainsi sera toujours exaucé.

Les vœux au pluriel ne mènent jamais à rien, petit Jérémy. Ils ne peuvent pas se réaliser, ne l'oublie jamais.
Trop de vœux c'est beaucoup de paresse pour demander. Seul le vœu au singulier peut tous les contenir, tous les exaucer. Comprends-tu, petit Jérémy ?
Alors demande !

Elle était arrivée en face de lui, à portée de mains. Son trône l'avait rattrapée, en glissant sur le sol lui aussi. En s'asseyant, pendant une éternité entière, elle laissa le temps à Jérémy de galoper de long en large dans sa tête pour trouver ce vœu, ce vœu unique qui ouvre les portes du paradis.

– Euh, oui ! euh ! commença-t-il par bredouiller, devant l'enjeu de sa prochaine phrase. Euh ! enfin... oui, Jérémy, il voudrait que sa maman, elle...

Il n'eut pas le temps de terminer, car les fées n'ont pas besoin d'écouter la fin des vœux. Il suffit de leur offrir le courage du début, le courage de se mettre à nu.
Alors, aussitôt dit, aussitôt fait, le bouquet de mots du vœu unique devint un printemps immense qui se leva sur la tête de notre petit bonhomme.

Sous les yeux ébahis de Nours et Jérémy, la fée bleue prit les traits de Suzanne, tout en restant fée partout ailleurs. Jérémy eut un instant de recul devant cette magie, mais aussi parce qu'en se retrouvant devant sa maman il lui revint machinalement la peur d'être un méchant. Pourtant ce n'était pas du tout sa maman des dernières semaines qu'il avait devant lui. Bien au contraire, cette Suzanne bleue était débordante d'amour jusque dans les moindres plis de ses yeux. Et quand elle ouvrit ses deux mains, ce fut comme des étoiles de doigts distribuant une douce chaleur en direction du cœur de Jérémy.

– Maman... maman, c'est toi ?
– Mais oui, mon tout petit ! mon trésor !
– Oh ! maman... maman, comme je t'aime !
– Comme je t'aime, moi aussi, tu sais !
– Dis maman ?
– Oui, mon trésor !
– Non, rien ! C'était juste pour t'entendre, à moi. Rien qu'à moi !
– Viens ! Allez, viens plus près de moi !

Jérémy se jeta dans ses bras, comme on retournerait dans le ventre de sa mère, là où l'amour est encore sans nom, tant le moindre mot le rabaisserait.
Il se remplit d'amour à pleins poumons, comme un affamé, comblant le vide de ces derniers mois. Car depuis que Quentin était né, sa maman ne faisait plus que l'effleurer. Elle l'effleurait même de moins en moins souvent, comme si elle s'en allait inexorablement.

Comme avec Babidule, les mamans des premiers instants on ne peut jamais les garder bien longtemps. On ne peut pas revenir à l'état de chose sans nom, comme on ne peut pas revenir dans leur ventre. Alors elles s'envolent elles aussi, elles s'envolent toujours un peu plus loin, pour que d'autres amours puissent arriver, d'autres amours auxquels il faudra faire de la place pour que l'Histoire continue. A tous les Babidules, à toutes les mamans de la terre, Jérémy aurait voulu crier : « Restez, restez encore un peu, encore un tout petit peu ! »
Ah ! la terrible loi des choses quand on la comprend jusqu'au bout ! Faudra-t-il donc perdre tous nos amours, pour que le plus grand advienne ?

Jérémy but à satiété l'odeur retrouvée de sa maman. Il savoura par petites bouffées le goût de cette présence à nouveau toute à lui. Son vœu se réalisait pleinement : la retrouver au point de se fondre en elle, retrouver cet amour incroyable avec lequel on n'a plus rien à craindre. Soudain redevenir invincible, parce qu'une étreinte nous protège.

Pauvre Jérémy, il ne savait pas que c'était seulement la première moitié de son vœu qui s'exauçait ainsi ! Il ne savait pas que l'on ne peut jamais revenir dans le ventre des mamans sous peine, comme Tralala, de voir le sang se mettre à bouillir, à bouillir tellement qu'on risquerait de se brûler le cœur, en demeurant trop longtemps dans cette proximité contre nature.

Alors, juste avant que cette communion magique n'atteigne les chaleurs de l'ébullition, il s'endormit repu dans les bras de sa maman-fée, qui alla tout doucement le déposer sur un petit lit douillet dans une belle chambre du palais. Mais dans les rêves quand on dort, on se relève aussi la nuit : on se relève pour faire mimi. Et tandis qu'il traversait les couloirs du palais à tâtons, Jérémy entendit un petit bruit. Tout autre bruit l'aurait laissé endormi, mais pas celui-ci. Ah, non ! pas celui-ci ! En s'approchant de la grande salle du palais il crut même distinguer des craquements répétés et quelques murmures sourds. C'est en passant le bout de son nez par la porte entrebâillée qu'il découvrit l'horreur.

Là-bas, sur les genoux de la fée bleue, il y avait Pinocchio qui faisait « à dada sur mon bidet » et qu'elle couvrait de bisous. Ils riaient tous les deux, en se faisant des guili-guili. Il était en train de tout lui prendre, celui-là : lui prendre sa maman, sa fée, lui prendre la place dans le ventre... lui prendre son invincibilité !
Et puis, la fée bleue se mit à rire à en perdre haleine, comme quelqu'un qui a beaucoup couru. Elle disait « oui ! » du bout des lèvres, en disant « non ! » avec la tête, aux moindres facéties de l'ancien pantin qui faisait son intéressant. On aurait presque dit que leurs bouches allaient crier, mais il n'en sortait que de petits rires étouffés, afin de ne pas réveiller tout le palais.

Jérémy était au comble de la douleur, quand elle tombe comme une averse de clous sur des plaies à vif. Deux fois la même histoire, cela faisait beaucoup trop ! Se faire deux fois voler le ventre où il avait habité, et se le faire voler sous ses propres yeux ! Il y avait de quoi devenir fou.

C'est en ramassant sa baguette magique tombée par terre dans la bagarre, que la fée au visage de Suzanne aperçut Jérémy dans l'embrasure de la porte. Il faisait peine à voir, tant son cœur labouré déversait sur ses joues un flot de larmes.

– Approche, petit Jérémy ! Approche ! insista-t-elle en tendant une main comme un mouchoir à misères.

Jérémy s'avança tout penaud, à petits pas étriqués. Mais à cet endroit, l'histoire ne recommençait pas. Car nulle honte ne filtrait dans les yeux de la fée. Aucune gêne, aucun malaise ne transpiraient dans ses gestes. Sa majesté royale restait intacte. Mieux encore, il semblait même qu'elle attendait notre petit bonhomme à ce point précis de l'histoire, pour que l'autre moitié du vœu s'accomplisse.

Il y eut soudain tant de chaleur dans cette main tendue, l'accueillant sans retenue, que les yeux de Jérémy se mirent à transpirer des larmes sucrées : des larmes de bonheur.

– Viens ! Approche, petit Jérémy ! Il faut que je te présente Pinocchio. Regarde comme il ressemble à Quentin ! Oh ! et maintenant regarde comme il ressemble aussi à ton papa. C'est toujours ainsi, petit Jérémy, aucune maman ne peut être qu'à toi. Ce temps-là est fini !

– Mais... mais ! se contenta de répondre notre petit bonhomme aux abois, en prenant peur pour la seconde fois d'être abandonné.

Alors le soi-disant Pinocchio prit la tête de Quentin, quand sa maman était toute à lui. Et puis, comme si cela ne suffisait pas, il prit ensuite les traits de Robert quand Suzanne faisait la bagarre du lit avec lui. Pas de doute : Pinocchio prenait toute la place ! Quelle impitoyable magie ! Après avoir façonné une communion sans partage, voilà que maintenant elle construisait une distance entre Jérémy et sa maman-fée. Comme elle est dure, cette distance, confondue avec l'abandon, quand on est encore incapable de saisir la liberté quelle contient aussi !

Ah ! le terrible sourire aux anges de ce Pinocchio, de ce voleur de ventre accroché à l'autre main de la maman-fée. Mais pourquoi donc en amour faut-il toujours partager ?

– Dis-moi petit Jérémy ! Est-ce que ta maman aime ton papa ?
– Oh ! oui, madame la fée, répondit-il en serrant la main qui lui restait.
– Est-ce que ta maman aime ton petit frère ?
– Oh ! oui, très beaucoup, madame la fée !
– Est-ce que tu préférerais qu'elle se dispute tout le temps avec ton papa ? Et que ton petit frère pleure toute la journée ?
– Oh ! ça, non ! répondit Jérémy, bien obligé de convenir ainsi de l'amour de sa maman pour ses rivaux. Dis, madame la fée, toi aussi tu vas abandonner Jérémy ? continua-t-il, persuadé qu'il ne restait plus que cette solution.

La fée devint éclatante, comme un sapin de Noël qui s'éclaire soudain. Une colère de fée, c'est à voir, cela clignote de partout ! Elle se remplissait d'amour à vue d'œil, et cet amour empourprait son visage et mettait dans ses yeux une canicule qui invitait à se baigner, à tellement se baigner dans l'eau bleue de ses pupilles.

Alors, toute cette sève d'amour devint un jaillissement se déversant en cascades jusque dans ses mains. A droite comme à gauche, Jérémy et Pinocchio furent traversés par l'onde de cette colère de lumière. Forcément, ils s'y brûlèrent un peu, mais chacun des deux s'accrocha de plus belle à la main qui lui était confiée. Pas question de lâcher son bout de fée !

Ensuite la fée bleue se tourna vers Jérémy et elle l'embrassa longuement jusqu'à le faire fondre dans une éphémère communion retrouvée, celle du début de l'éternité. N'est-ce pas là tout l'immense mystère du baiser ? En un instant, en un seul acte, nous faire remonter jusqu'à nos origines. Et Jérémy se mit à fondre, à fondre, à fondre au point de se confondre.

Voilà que maintenant la fée bleue se tournait vers Pinocchio. A son tour, lui aussi il remonta le temps, en un seul bisou. Quel enfer pour Jérémy d'assister à une chose pareille ! C'était un voyage qu'on lui volait, et notre petit bonhomme plongea à nouveau dans les pires glaciations de l'abandon.

Mais pendant que la fée embrassait Pinocchio à tête de Quentin, il se produisit une chose étrange et magique à la fois. La main de la fée bleue que tenait Jérémy devint très douce et onctueuse, aussi douce qu'une pente moelleuse serpentant jusqu'au souvenir de la toute première communion avec sa maman. De sorte que notre petit bonhomme fut dans l'incapacité de se sentir abandonné. Ah ! cette main, cette main, elle contenait tout finalement !
Alors Jérémy la serra entre ses doigts, comme s'il tenait là son bien le plus précieux. Étrange mystère contenu dans nos comportements ! Toutes ces poignées de main pour essayer un bref instant de nous rappeler l'Essentiel, à défaut de bisous.

La colère d'amour cessa avec la fin du baiser donné à Pinocchio. Chacun resta immobile, dégustant les différents voyages qui avaient eu lieu.
Deux mystères venaient de s'accomplir une nouvelle fois grâce à la magie de la fée bleue : le mystère du baiser, et le mystère de « la main dans la main ».
Ainsi existe-t-il une communion première, une fusion d'amour, que nous cherchons à revivre de façon éphémère dans tous nos baisers. Bien sûr, cette fusion prend le risque de la confusion quand le sexe s'en mêle. Jérémy en savait quelque chose ! Mais il y a aussi, dans l'union de nos mains, le mystère d'un divin rappel quand, à défaut de baiser, cette union est tout ce qui nous reste pour choisir la chaleur plutôt que l'abandon glacé. Bref, la première étreinte dans le ventre de maman, plus tard c'est avec la bouche qu'on la revit, et avec la main qu'on s'en souvient. Quelle magie !

Ce fut la fée bleue qui rompit ce silence plein de mémoire.

– Petit Jérémy ! murmura-t-elle en battant des cils dans un nuage de poussière d'or. Étais-je complètement partie quand j'embrassais Pinocchio ? Ai-je abandonné Jérémy en me tournant vers son petit frère ?
– Oh ! non madame la fée. J'ai serré ta main très fort, et j'étais pas abandonné.
– Ce n'est pas ma main que tu as serrée, petit Jérémy.
– Ah ! s'exclama notre petit bonhomme qui aurait pourtant juré le contraire.
– Non, petit Jérémy, ce n'était pas ma main, mais l'élastique d'or qui relie tous ceux qui s'aiment. Je suis à un bout et tu es à l'autre. Entre nous l'or souple – l'amour – qui se tend et se détend. Tu comprends ?

La fée bleue se coiffa alors de son grand chapeau pointu, celui qui se termine tout au bout par une étoile en guise de ponpon. C'est cette étoile dont on dit qu'il suffit de savoir la mettre sur sa tête, mais bien au dessus, pour l'avoir au fond du cœur et devenir une fée. Voilà pourquoi les chapeaux de fée sont si longs ! Simplement pour que l'étoile domine bien la situation. Jérémy le savait, la suite s'annonçait magique.

– Petit Jérémy, prends cet élastique par un bout, je garde l'autre dans ma main, suggéra la fée bleue en tendant un fil d'or souple qu'elle avait sorti de son chapeau.

– Oh ! c'est chaud ! c'est chaud comme ta main, madame la fée.

– Mais bien sûr, petit Jérémy, c'est l'élastique d'or de l'amour, celui qui relie tous les amoureux de la terre qui marchent main dans la main.

La fée bleue se leva pour rejoindre Pinocchio, encore lui ! Et tout d'un coup Jérémy dut serrer très fort, tout en tirant en arrière pour ne pas tomber.

– Mais que t'arrive-t-il, petit Jérémy ?

– J'ai presque tombé, madame la fée. Mais Jérémy, il est fort, alors il a beaucoup serré le lastique.

– Oh oui ! tu es très fort, petit Jérémy ! Et être fort, cela veut seulement dire serrer le fil d'or, serrer la main d'amour.

La fée bleue s'éloigna encore. Le terrible Pinocchio la tirait dans un coin. « Ah ! celui-là, il fait que m'embêter ! » pensa notre petit bonhomme en tirant de toutes ses forces dans l'autre sens. Maintenant, l'élastique d'or était tendu comme un câble d'acier.

– Y va casser, le lastique, y va casser, madame la fée ! cria Jérémy à bout de forces.

– Mais non, mais non, petit Jérémy. Il va seulement se tendre, se tendre, si tendrement. Jusqu'à un point où il me rappellera vers toi. Tiens, regarde !

Effectivement la fée bleue se mit à glisser comme sur des patins à roulettes, tirée par l'élastique d'or. C'était incroyable, cet élastique qui lui ramenait sa maman-fée comme sur un plateau, sans qu'il ait à tirer, seulement en tenant bien le bout. Oh ! s'il avait tiré, cela aurait été l'accident.

– Et voilà ! Me revoilà, petit Jérémy, s'exclama la fée bleue en lui caressant les cheveux. Avec l'élastique d'or, tu vois, quand on part c'est pour mieux revenir. Il n'y a pas d'amour tendre, sans tendre l'élastique. Il faut savoir se quitter pour mieux se retrouver.

Emportée dans son élan, la fée bleue laissa deviner à Jérémy combien tous ses amours seraient ainsi. Babidule avait laissé la place à une gentille maman, et cette maman à son tour laisserait sa place à une bien-aimée. Perd-on Babidule pour autant, perd-on sa maman ? C'est encore et toujours le jeu de l'élastique d'or.

Alors Jérémy aperçut un élastique tendu jusqu'à l'infini, un élastique tendu jusqu'à LUI. Il n'en crut pas ses yeux :

– Mais comment t'appelles-tu ? demanda-t-il à ce « LUI ». C'est... c'est... c'est toi Babidule ?
– Mais oui, mon petit Tralala !
– Oh ! Babibule, Babidule, comme je t'aime ! Mais tu es revenu, tout seul ?
– Oh non, mon Tralala, tu m'as rappelé en gardant le fil dans ta main. Tu as perdu tant de monde pour me retrouver.
Tu as souffert tant de chaleurs qui se sont envolées une à une. Oh ! mon Tralala ! viens, viens dans mes bras !
Tous tes amours sont là. Ils t'attendent. Tu vas tous les retrouver parce que tu n'as rien possédé, parce que tu n'as jamais tiré sur le fil.

Sais-tu ? Il n'y a qu'un élastique d'or : celui entre toi et moi.

Oui, au bout de tous nos amours, il y a toujours Babidule, ce Babidule perdu au tout début. Voilà ce que la fée bleue montrait à Jérémy Et tous nos amours tendent l'élastique qui nous ramène jusqu'à LUI.

Le majordome fit son entrée. Son œil par en dessous ne manqua pas de sonder l'âme de notre petit bonhomme. En raccompagnant Nours et Jérémy sur les marches du palais, il comptait encore sur ses doigts le nombre de pieds des vers de sa dernière salutation.
Il frappa le sol – trois coups avec son sceptre – comme pour une levée de rideau signalant la fin du rêve. Visiblement il lui manquait un vers, car il tarda à proclamer :

– Qu'il en soit ainsi, Jérémy !
Ça suffit – suffit les pipis.
Tous tes vœux seront accomplis
Si tu tiens le fil bien saisi !

Jérémy se réveilla le poing fermé sur l'élastique d'or. Jamais plus il ne se releva la nuit, sauf pour de vrais pipis. La vallée merveilleueuse une fois encore avait pu triompher de la terre. Mais combien de temps cela pourrait-il durer ?

Chapitre 10

Le faiseur d'orages

Tous les dimanches avait lieu le traditionnel repas chez mamie Vette. Le repas de la « tribu Gavat », comme disait Robert en évoquant la famille de son épouse. Il y avait là les tontons et les taties, les cousins et les cousines, sauf l'oncle Jean dont il ne fallait jamais parler.

C'est au cours d'un de ces repas dominicaux bien arrosés que tout commença. Robert riait beaucoup avec Tatie marraine. Allez savoir pourquoi, la discussion se porta soudain sur Jérémy, assis en bout de table au milieu du clan des petits.

– Oh ! mais vous ne savez pas, vous ne savez pas la bonne nouvelle ! Jérémy a une fiancée ! Hein, Jérémy ! lança Robert qui voulait s'amuser.

Jérémy leva le nez de son assiette, un peu étonné. Il avait bien une copine : c'était Marceline, sa voisine de bureau. Mais une fiancée ! Qu'est-ce que c'était, une fiancée ? A quoi cela pouvait-il bien servir ? « Encore un nouveau mot », pensa notre petit bonhomme. Un mot qui devait être rudement important pour que l'on devienne brusquement le centre d'intérêt de toute la tablée.

– Et alors, Jérémy, comment s'appelle l'heureuse élue ? demanda Tatie marraine en pouffant de rire comme une petite fille.
– C'est Marceline Galoubet ! Hein, Jérémy ! C'est bien comme cela qu'elle s'appelle, ta fiancée ? reprit Robert tout émoustillé.
– Galoubet... Galoubet ! La fille du docteur ? interrogea Tatie marraine.
– Oui, oui, c'est ça ! C'est un bon parti, tu ne trouves pas ?
– Allons, Robert, arrête maintenant, intervint Suzanne discrètement, en le poussant du coude, pour lui rappeler que ce sujet était délicat compte tenu de l'ambiance de ces dernières semaines.

A cause du malaise permanent de Suzanne face aux plaisanteries grivoises, tous insistèrent. Pensez donc, un sujet de conversation aussi croustillant ! Chacun y alla de son commentaire humoristique, pour essayer de faire rire l'assemblée, et surtout de malmener un peu Suzanne-la-prude. Jérémy roulait des yeux comme une boule de flipper qui rebondit de droite à gauche, cherchant à saisir ce qui pouvait bien les amuser. Avec un sourire idiot il essaya de sauver les apparences, tant les moqueries commençaient à fuser. Passé les premiers instants où il avait été très fier d'être aussi intéressant, venait maintenant le désenchantement d'être la risée de tous, et en plus de rendre furieuse sa maman.

Malgré la fin inexplicable des pipis nocturnes, Jérémy était encore sous étroite surveillance. Et il le voyait bien, dans les yeux de sa maman, qu'avec cette histoire de fiancée, à laquelle il ne comprenait rien, il allait encore devenir un vilain. Suzanne, décidément peu à l'aise avec les choses du sexe, jeta un regard de colère en direction de son époux :
– Tu ne crois pas que ça suffit, toutes ces bêtises ! se mit-elle à crier. Il est déjà assez perturbé !

Puis elle se leva bruyamment, repoussant sa chaise avec rage pour manifester sa désapprobation. Mamie Vette, embarrassée par les éclats de sa fille, se leva à son tour pour essayer de calmer la situation.

– Mais Suzanne... Suzanne, ce n'est pas grave ! Ce n'est pas bien méchant ! répéta-t-elle en courant derrière elle.

Un froid glacial traversa l'assistance médusée. Et chacun s'ingénia à changer de conversation dans une atmosphère qui était devenue électrique. Alors ils commencèrent à régler leurs comptes avec courtoisie, dans cette sorte de politesse givrée où les plaisanteries tournent vite à l'acidité. Il ne resta plus que les cousins et les cousines pour se moquer encore de Jérémy. « Il a une fiancée... il a une fiancée » ânonnaient-ils en chœur pour le taquiner.

C'est terrible un mot pareil, quand la tête n'est pas encore faite pour le programmer ! Quand on ne sait même pas à quel sentiment il fait référence. Comment notre petit bonhomme aurait-il pu manger de ce pain-là : il ne connaissait même pas la faim qui va avec ? Il ne savait pas à quoi cela pouvait bien servir, une fiancée. Alors il se mit à fanfaronner, jouant avec cette idée complètement martienne, juste pour faire le grand auprès d'Amélie, sa cousine, en pâmoison devant lui. Bien sûr, qu'il avait une fiancée ! Et peu à peu, il s'en fit une petite définition, la sienne évidemment, comme pour la boîte à guili-guili. Et Amélie fut épatée, mais aussi tellement déçue de ne pas être la fiancée.

« Marceline, c'est ma fiancée ! » répétait sans cesse Jérémy à sa cousine ébahie, tout en dégustant la portée de son pouvoir avec ce simple mot. Jusque-là, il avait une copine, et voilà que maintenant cette même copine était devenue sa fiancée, sans que rien n'ait changé ! Sauf que s'il avait dit : « Marceline c'est ma copine ! » sa cousine n'aurait pas ouvert de grands yeux béats d'admiration.

Quelle terrible chose, ce « prêt-à-porter » du cœur qui s'insinue soudain dans l'enfance, ce « prêt-à-penser » qui oblige les petits à mimer des comportements amoureux, juste pour amuser les grands. Mais pourquoi faut-il déguiser les enfants de la sorte, pourquoi faut-il troubler leur innocence, avec toute cette ambiguïté qui les force à vieillir trop tôt ? Pourquoi faut-il si mal préparer le début des beaux sentiments ? Jouons-nous ainsi avec leurs amours faute de savoir jouer avec les nôtres ?

Étonnante alchimie qui commence toujours vers la fin de la petite enfance ! Quand la terre, décidément bien maladroite, cherche à vaincre les rêves innocents de la vallée merveilleueuse par des songes déjà coupables de l'émotion amoureueuse.
C'est sûr : avec cette histoire de fiancée, la graine était semée. La terrible graine qui, au fil du temps, finirait par envahir tous les rêves de Jérémy. Alors viendrait l'heure du séducteur, quand le merveilleueux cède la place au simplement amoureueux, cet autre ravissement de la nature humaine. Mais ce serait aussi l'heure de l'innocence qui se termine, quand le coupable des premiers émois pour Marceline ferait son apparition.
Avec l'arrivée de Marceline dans la vie de Jérémy, Nours reculait encore d'un pas. Rêves contre rêves, ceux de la terre n'arrêteraient plus de l'emporter.

Voilà donc comment Marceline devint « la fiancée de Jérémy ». Cette petite phrase continua longtemps d'allumer les yeux des grands, sauf ceux de Suzanne visiblement agacée par cette situation. Maintenant donc, sa voisine de bureau n'était plus sa copine : changement de mot, changement de jeu, changement de stratégie.

Tout un vocabulaire glissait, et toute une série de comportements était donc à revoir. La cour de récréation allait devoir en débattre sérieusement, pour convenir des suites à donner quand on est devenu un fiancé. Bien sûr, il allait falloir l'annoncer à Marceline. Et c'est là que tout commença à se compliquer, car on ne dit pas ces choses-là carrément ! Non, non ! cela ne se fait pas – paraît-il – d'aller trouver la fille en question et de lui annoncer tout de go : « Tu es ma fiancée ». Sébastien avait beaucoup ri devant la naïveté de Jérémy : « Oh ! lui, il sait pas y faire ! C'est pas comme ça qu'il faut s'y prendre ! » avait-il insisté avant d'expliquer la solution.

Il fallait d'abord confier le secret à un copain, un bon copain. Et lui devait aller le murmurer en cachette à une copine de Marceline. C'est seulement cette dernière qui avait le droit de tout dire à l'intéressée. Et attention ! Pas question de se faire prendre par madame Armando ! Comme c'est bon, quand la vie devient ainsi un vrai danger.

Jérémy appliqua la leçon à la lettre. Mais les jours suivants furent édifiants en matière de complications. Car depuis que Marceline était la fiancée officielle de Jérémy, ils ne parvenaient plus à se parler comme avant. Il y avait maintenant une gêne entre eux, que tout le monde mettait à profit pour les taquiner à loisir, et s'amuser un peu. C'était vraiment une sorte de malaise, rappelant étrangement celui de Suzanne avec son fils, comme si chacun était aux aguets de l'autre. Bref, la sincérité d'hier avait laissé la place à une valse d'hésitations à propos de tout et de rien.

Et puis vint ce terrible mercredi de décembre, jour de l'anniversaire de Marceline. Presque toute la classe avait été invitée à un après-midi de jeux et de gâteaux.
Vers la fin de la journée, la plupart des parents étant

venus chercher leurs enfants, il ne resta bientôt plus que Jérémy et Marceline. Tandis que la maman de cette dernière préparait le repas du soir, nos deux amis étaient allés jouer dans la chambre de la petite fille. Marceline avait bien sûr des poupées Barbies, dont une habillée en mariée. Elle avait prêté à Jérémy la poupée du Ken musclé et bronzé, celui qui conduit la voiture de course comme un fou. Bien évidemment, dans leur histoire, les deux poupées étaient fiancées. Et comme Marceline n'y connaissait pas grand-chose, Jérémy dut lui expliquer que les papas et les mamans, quand ils étaient amoureux, ils faisaient la « bagarre du lit » et s'embrassaient sur le zizi.

Devant une telle révélation, chacun se mit à pouffer de rire. Et ils commencèrent à se provoquer. Pour faire comme les grands, ils sautèrent sur le lit chacun de leur côté, jusqu'au moment où Marceline retomba à cheval sur Jérémy. Bien sûr la coquine, pour faire semblant, voulut embrasser son zizi. Il s'ensuivit alors une furieuse bataille de guili-guili.

Au moment même où notre petit bonhomme était en train d'embrasser la culotte de sa copine, la maman de cette dernière entra en trombe, attirée par leurs cris. Elle ne comprit pas tout de suite la situation. Mais soudain son visage s'empourpra. Et cette maman qui n'était pas la sienne se jeta sur Jérémy comme une furie. Elle le sortit du lit, horrifiée, en le tirant sans ménagement par un bras, tout en s'écriant :

– Mais... mais, qu'est-ce que vous faites ? Ce n'est pas possible ! Vous êtes devenus fous, complètement fous tous les deux.

Son visage exprima alors tout le dégoût du monde, un dégoût annonçant une énorme colère qui incita Jérémy à reculer d'un pas, tandis que Marceline, pressentant l'ampleur de l'orage qui pointait à l'horizon, commençait à sangloter afin de se protéger.

– On jouait aux fiancés, maman ! C'est Jérémy... c'est Jérémy qui m'a dit ! lança-t-elle timidement pour prouver son innocence.
– Je ne veux pas de ça chez moi ! C'est compris tous les deux ? Où avez-vous appris des choses pareilles ? Je vais en parler à ta maman, Jérémy, tu vas voir !
– C'est Jérémy... c'est Jérémy qui m'a dit ! répéta Marceline en larmes, pour sauver sa peau.

Notre petit bonhomme en resta pantois. Alors là, il ne comprenait plus rien ! Mais pourquoi donc y avait-il soudain un tel drame ? D'habitude, les histoires de fiancée faisaient rire tout le monde. Il n'avait pas oublié le repas chez mamie Vette, et les yeux tout allumés de Tatie marraine pour le même sujet. Ils avaient joué aux fiancés, un point c'est tout. C'était pour de rire, il n'y avait pas là de quoi s'inquiéter.

Quand Suzanne arriva ce fut pire encore. Car elle blêmit à l'annonce de toute cette histoire. Visiblement, elle ne savait plus où se mettre, tortillant son sac dans tous les sens. Jérémy essaya de faire le « tout sage ». Mais il lui fallut se rendre à l'évidence : il ne pouvait même pas compter sur sa maman pour le sauver de cette curieuse disgrâce. Comme c'est triste, un « tout sage » qui baisse la tête en signe de reddition, alors qu'il ne sait pas du tout où il a bien pu être polisson !
Devant le récit insistant de cette maman si choquée, Suzanne eut tellement honte qu'elle ne tarda pas à donner quelques explications sur son fils, pourtant présent, et à se confondre en excuses qui n'en finissaient plus.

Durant tout le parcours en voiture, Jérémy se fit sévèrement gronder. Des phrases revenaient sans cesse, des phrases incompréhensibles, comme si sa maman criait dans une langue étrangère : « Ça ne peut plus durer ! » – mais durer quoi ? – « Je ne sais plus comment faire avec toi ! » – mais enfin, faire quoi ? – « Je vais aller voir madame Armando, pour qu'elle te mette à côté d'un petit garçon ». Comment aurait-il pu comprendre une telle punition ?

Ce soir-là, il se retrouva au lit, privé de dessert. Les yeux grands ouverts dans le noir, il eut l'impression que l'irréparable avait été commis. Il avait mal à toute sa vie, notre Jérémy. Là-bas dans la cuisine, il entendit ses parents qui se disputaient à cause de lui. Et la torture fut plus grande encore. Les portes des placards claquaient, leurs cris résonnaient à travers le couloir. « Il n'est pas normal je te dis ! » « Tu ne t'occupes jamais de lui ! » « J'en ai marre, marre, marre de ce gosse ! » « Non mais, tu te rends compte où il en est ! »
Pas de doute, c'était bien le mimi sur la culotte qui était la grosse bêtise. Voilà ce qu'en conclut notre petit bonhomme au milieu de la tourmente.

Et puis le ton monta. C'était maintenant leur couple que ses parents se jetaient à la figure. Suzanne se mit à pleurer, tandis que Robert hurlait tout ce qu'il avait sur le cœur. Les oreilles de Jérémy n'en pouvaient plus d'entendre la catastrophe qu'il avait provoquée. Un tel désastre le brûlait de fond en comble. C'était un incendie. Alors il s'enfouit sous les draps, tirant les couvertures par-dessus sa tête. Il s'en voulut à mourir. Il aurait tout promis pour que cela cesse : tous les bien-gentils, tous les jamais-plus ! Il lui fallait disparaître. Oui, il était un méchant, un vilain, un moins que rien !
« Mais arrêtez, arrêtez de vous disputer, je vous en supplie », hurlait son petit cerveau qui allait exploser.
Alors, sous les draps, Jérémy secoua la tête comme un fou de droite à gauche, en tapant avec ses pieds, pour se défaire de ces insupportables cris.

Dans toute cette agitation, Nours tomba par terre. Et c'est en cherchant à le récupérer par un bras, comme lui-même avait été sorti du lit de Marceline, que Jérémy arracha brusquement une patte de Nours.
En d'autres temps, cela aurait été le drame suprême. Il aurait couru dans le couloir en hurlant sa peine et Suzanne l'aurait consolé. Mais cette fois-ci c'était impossible ! Là-bas, dans la cuisine régnait l'enfer.
En d'autres temps, pétrifié d'horreur, notre petit bonhomme se serait tourné vers Nours si gravement mutilé. Et il aurait eu tellement mal de le voir ainsi, que son ami l'aurait sauvé en lui racontant l'histoire du manchot de la vallée merveilleueuse, du manchot qui avec une seule main arrivait à faire comme avec les deux.

Mais pour la première fois il se produisit un incroyable revirement : Nours ne fut plus le porte-bonheur, tant il devint le souffre-douleur de tout ce qui arrivait. C'est ainsi que, par un soir de ténèbres profondes, Nours le magnifique perdit toute magie. Soudain, il ne resta plus dans le lit que sa dépouille : un simple nounours avec une patte en moins, un vilain sur lequel maintenant on pouvait se défouler. Quel bonheur pour Jérémy de pouvoir enfin régler ses comptes avec la terre entière. Nours des zétoiles dut se résoudre à son nouveau rôle de nounours de la terre : celui que l'on dispute, celui que l'on bouscule, celui que l'on punit selon les histoires que l'on se raconte. Et comme ce sont des histoires qui n'ont jamais plus de questions, voilà pourquoi, un beau jour, les petites peluches ne répondent plus.

Pour la toute première fois, Jérémy se trouva dans cette sorte de bruit qui ne prête plus d'attention au silence. Pourtant un petit murmure l'appelait encore :

– Coucou, Jérémy, coucou ! soufflait Nours ballotté de toute part. Mon Coucoulou, à quoi on joue ?

– Qu'est-ce que tu as fait ? Qu'est-ce que tu as fait ? Tu es un vilain ! Tu vas voir ton père ! répondit Jérémy depuis une autre histoire où le nounours avait pris sa place dans le lit de Marceline.

– Coucou, Jérémy, coucou ! Mon petit Coucoulou ! mon tout petit ! insista Nours un peu plus fort, tant il commençait à s'éloigner dans la « voix » lactée.

– Tu es... tu es un méchant vilain, voilà !

Des mots, sans oreilles pour les recevoir, cela s'envole au gré du vent. Et bientôt le murmure devint un souffle, un tout petit souffle, comme si le silence gonflait dedans. Par instants seulement, quelques phrases parvenaient encore à effleurer Jérémy. C'était comme un vol de papillons, tous ces mots virevoltant autour de lui et essayant de le caresser. Mais un vol très vite chassé, d'un revers de main énergique et agacé. Quelque part, Tralala et Babidule recommençaient à se quitter. Alors le petit souffle divin se perdit à son tour au loin. Et il ne resta plus qu'un point au milieu du silence boursouflé, un point de suspension qui, l'air de rien, attendrait toujours la suite.

– Coucoulou ! Mon Coucoulou, au revoir ! disait le petit point suspendu.

– Et d'abord, c'est vilain les mimis sur le zizi ! Ça peut pas durer !

– Mon tout petit... mon Roudoudou, où es-tu ? Que nous est-il arrivé ?

– C'est interdit de sauter sur les lits ! In-ter-dit, c'est compris !

– Cou... cou... louou !

Dans le ciel une étoile se mit à briller très fort, ragaillardie. Certains disent que c'est toujours ainsi quand un nounours a fini de parler : les mots retournent à la lumière, pour briller dans l'obscurité, en attendant de se faire remarquer. Et si la voie lactée était ainsi une immense bibliothèque ?

Pendant quelques jours, il y eut des discussions animées concernant les penchants de Jérémy. Son état de santé psychologique fut même carrément évoqué. N'y avait-il pas, du côté de la famille de Robert, quelques tendances héréditaires à une certaine « instabilité mentale » ? C'est ainsi que le disait Suzanne avec pudeur, pour éviter de prononcer le mot « folie ».

Madame Armando fut même sollicitée pour donner son point de vue, forcément avisé, sur les comportements de Jérémy. Et comme on peut faire dire n'importe quoi au moindre signe quand on veut vraiment le faire parler, elle émit quelques soupçons, certes mesurés, mais qui savamment distillés furent néanmoins suffisants pour entretenir le doute.
Bref, l'épisode Marceline – né de ce fameux dimanche où elle était devenue la fiancée – continuait de faire des ravages en coulisses. Oh ! des ravages subtils, bien sûr, car extérieurement la famille Luguet ressemblait à une bonne petite famille tranquille.

Mais à cet âge-là, rien n'échappe aux oreilles d'un petit garçon inquiet. Par bribes, ou par déductions, il finit toujours par entendre tous les commentaires qui l'accompagnent partout.
Même les drôles de silences qui s'installaient désormais quand Jérémy entrait dans une pièce où ses parents se trouvaient, même ces silences lui hurlaient aux oreilles : « On te guette du coin de l'œil, tu sais ! ». A ce jeu-là, il finit bientôt par ne plus entrer, et il se mit à écouter derrière les portes toutes ces discussions qui se taisaient dès son arrivée.

Comme ils sont imprudents, les grands, dans leurs soucis ! Ils ne savent pas que les murs ont des oreilles pendant toute l'enfance d'un petit garçon. Alors ils se trahissent sans cesse. Et s'ils n'arrêtent pas de dire en secret qu'il n'est pas très normal, et si en plus ils sont

malheureux, c'est donc que c'est vrai. Comment en douter une seule seconde ?
C'est ainsi que Jérémy finit par se faire à l'idée qu'il n'était pas tout à fait équilibré, sans trop savoir où se situait son anormalité.

Tout se met en place à merveille dans ces histoires-là, car finalement l'enfant n'est pas si mal dans ce nouveau déguisement qui rapporte quand même quelques attentions. Alors, de la même façon qu'il avait appris à tousser au moindre regard efficace de sa maman, un nouveau personnage se mit à apprendre une certaine anormalité, tout aussi nécessaire pour obtenir de l'importance à ses yeux.

Jérémy emboîta donc le pas à ses parents dans ce terrible jeu de rôle. Et comme il n'avait aucune idée de son anormalité, il lui fallut en trouver une. La première qui passerait par là ferait l'affaire. Et ce fut madame Armando, trop attentive à Jérémy, qui indiqua à notre petit bonhomme que c'était forcément l'école, sa maladie.
C'est ainsi que l'ordre des choses fut rétabli, et la période des tracasseries scolaires put commencer. Étrange histoire quand même, qui avait débuté par une fiancée, et qui se terminait par des zéros chroniques en dictée. Mais en chacun de nous n'y a-t-il pas ce genre de scénario top secret, caché au fond de notre personnalité ? Ne nous faut-il pas toujours une petitesse, pour que notre éventuelle grandeur ait un prix ?

Pauvre Jérémy ! Son entourage en était à se demander s'il n'était pas un peu bête, pour avoir d'aussi mauvais résultats malgré le temps passé chaque soir sur ses devoirs. Et comme Suzanne en avait fait une question d'honneur et de dévouement remarquable, notre petit bonhomme se retrouva pourchassé orthographiquement. Il y avait désormais des mots à doubles consonnes sur les murs de la cuisine, pour que même au petit déjeuner il ait ses fautes sous le nez. Il y avait des règles de grammaire à savoir par cœur, et à sortir sur simple demande, même avec du dentifrice plein la bouche. C'était un jeu, paraît-il ! Et puis il y avait les interminables dictées, pendant que les copains couraient et jouaient à qui mieux mieux. Tous connaissaient les feuilletons de la télé, tous sauf Jérémy. Aussi devait-il utiliser mille ruses pour ne pas perdre la face à la récréation.

Et voilà, après le vilain tousseur nocturne appelant sa maman, c'était à présent l'heure du mauvais élève allergique aux doubles consonnes et aux accords de participe passé, forçant ainsi Suzanne à s'asseoir auprès de lui pour lui faire faire des dictées.

La terre régnait en maître absolu, maintenant, jusque dans ses rêves. Le merveilleux avait pris un nouveau visage, tant il ne lui restait plus que les nuits pour mettre le nombre de « m » qu'il voulait à « camion ». Nours s'était envolé. Il ne restait qu'un nounours sale, à un seul bras, faisant tantôt le méchant, tantôt la fiancée, en fonction des histoires que Jérémy continuait à se raconter. Nours et Jérémy vivaient désormais chacun de leur côté. Et tandis que l'un retenait ses questions, l'autre retenait ses réponses. Et le tour était joué.

Quelques mois plus tard, tout au début de l'été, il arriva ce qui devait arriver, comme un point final sur le « i » des soucis.

Suzanne était tellement inquiète à cause de son Jérémy si performant dans son rôle d'attardé scolaire, mais aussi devant son propre dévouement inefficace qui ne lui rapportait pas la gloire escomptée ! Elle était tellement inquiète qu'elle finit par convaincre Robert de la nécessité d'emmener leurs deux enfants consulter un docteur, un « docteur de l'orthographe » comme elle disait pour faire passer la pilule en douceur. Mais derrière la porte du salon, Jérémy avait bien entendu qu'il s'agissait d'un docteur de la tête, et que l'on emmenait Quentin avec lui juste pour noyer le poisson.

C'était un très gentil docteur, chez qui on faisait des jeux toute la journée : des dessins, des constructions, des coloriages. Cela s'appelait même des tests !
Il habitait une belle maison dominant toute la campagne, et lui, il connaissait bien la langue des enfants pour parler des arbres, des chemins et de la rivière que l'on voyait au loin. Il racontait les choses presque comme un nounours, avec une gentille musique dans la voix. Vers la fin de la journée, quand tout fut fini, et en attendant le retour des parents, il emmena Jérémy devant la grande baie vitrée de son cabinet. Quentin jouait dans un coin avec des cubes pour les bébés. Lui, il n'avait pas le droit de regarder la terre entière, toute la terre rassemblée devant la maison. Comme c'était beau, ces forêts à perte de vue et ce ciel lourd chargé de nuages dodus.

– Est-ce que tu sais faire les orages, Jérémy ? demanda soudain le gentil docteur.
– Heu ! non, monsieur ! répondit notre petit bonhomme surpris.
– Eh bien moi, je sais ! Regarde ! Ouvre bien tes yeux !

Il leva les mains au ciel, comme un magicien qui se prépare à faire une incantation. Il prononça ensuite les mots magiques : « Abracadabra, je veux la pluie ! ». Et il attendit. Il faisait tellement gris qu'il avait peu de chance de se tromper, mais cela, Jérémy était trop petit pour le deviner.

– Allez, allez la pluie ! Qu'est-ce que tu attends ? Je t'ai demandé de tomber ! Que va dire mon copain Jérémy ? insista-t-il sur un ton sévère, juste avant que les premières grosses gouttes fassent leur apparition.

– Oh, il pleut ! Regarde, monsieur, il pleut ! lança Jérémy vraiment très impressionné par la magie de ce docteur faiseur d'orages.

– Attends, attends ! Tu vas voir ! Est-ce que tu veux des éclairs et du tonnerre ? Car je peux les demander aussi. Tiens ! on va demander les éclairs, juste devant nous, là ! reprit le gentil docteur.

Alors il fit un grand geste large, pas trop précis, pour désigner l'endroit où les éclairs devaient apparaître, s'ils étaient obéissants. Et il refit une incantation solennelle : « Abracadabra, qu'il tonne et tombe des éclairs, là, juste devant mon copain Jérémy ». Et le ciel se mit à gronder. C'était incroyable !
Le premier éclair tomba, mais d'un autre côté. Ce qui fit beaucoup rire le docteur qui s'écria : « Celui-ci est un coquin, je le connais bien, il ne veut jamais m'écouter ! ». Mais très vite, compte tenu de l'immensité ouverte sous leurs yeux, il y eut un, puis deux, puis plein d'éclairs qui commencèrent gentiment à écouter le faiseur d'orages.

Jérémy ouvrit de grands yeux devant la pluie torrentielle qui maintenant tombait, ponctuée d'éclairs comme des clins d'œil et d'un tonnerre qui n'en finissait plus de les saluer. Dans cet instant magique avec ce docteur faiseur d'orages, ce fut comme si un court moment notre petit bonhomme avait retrouvé Nours et le monde des étoiles. Comme s'il revivait cette sorte d'enchantement qui donne soudain aux événements une tournure si merveilleueuse.

Le nez collé aux carreaux de la baie vitrée, une petite nostalgie fugace traversa Jérémy. Quelque part il avait oublié quelque chose. Mais quoi ?

– Eh bien tu vois, Jérémy, reprit le gentil docteur, les orages m'écoutent ! Mais toi aussi tu es un faiseur d'orages ! Tous les petits garçons sont des faiseurs d'orages ! Il suffit de s'entraîner.

– Ah ! s'exclama Jérémy ébahi, en levant la tête vers le docteur.

– Les petits garçons sont des faiseurs d'orages, comme moi, mais en plus petit.
Toi, par exemple, tu sais très bien faire des orages dans ta maison. Tu fais une bêtise. Et hop ! maman gronde comme le tonnerre, il y a des éclairs dans ses yeux, et il pleut plein de mots, quand tu veux ! Toi aussi, tu es un faiseur d'orages et d'éclairs !
Et c'est bien ce que je vais dire à ton papa et à ta maman pour les rassurer. Tu n'es pas malade du tout, tu es seulement un faiseur de petits orages, poursuivit-il habilement pour tranquilliser Jérémy.

De toute façon, notre petit bonhomme le savait bien qu'il n'était pas malade, puisque personne ne lui avait pris la température. Par contre, quel bonheur de découvrir qu'il était un vrai, un authentique faiseur d'orages dans la maison. Barthélémy et Sébastien allaient en faire une tête, en apprenant une chose pareille !

Comme la vie est bonne, quand elle offre au hasard de l'existence quelques rencontres éphémères avec des docteurs-Nours, ou tout autre magicien de passage. Dans ces moments-là, elle souffle à l'oreille : « Coucou, mon Coucoulou, à quoi on joue ? Tiens, et si on jouait au faiseur d'orages ! ». Et tout au fond on la reconnaît, cette patrie pas tout à fait oubliée.

Suzanne et Robert furent donc rassurés. Il n'y avait pas de quoi s'inquiéter. Au contraire même, leur petit garçon s'annonçait très imaginatif. Il était seulement un faiseur d'orages réclamant un peu plus de vraie attention.

Le soir même, Jérémy retrouva Nours dans son lit. Bien sûr, notre petit bonhomme voulut l'épater, en lui refaisant le coup des grandes incantations qui font tomber la pluie. Mais Nours était devenu un simple nounours, pas marrant du tout.

*
* *

Les années passèrent, pendant lesquelles très souvent Jérémy se colla contre les carreaux des fenêtres, pour s'entraîner à faire tomber la pluie. D'ailleurs, quelquefois, il y était presque arrivé ! Puis, vers la fin de l'enfance, quand la puberté reçoit le printemps en boutons sur le nez et le menton, Jérémy fit une autre rencontre avec un envoyé de la vallée merveilleueuse.

Il était maintenant au lycée, l'école des très grands. Et pendant toute une année, il eut monsieur Chambard comme professeur d'histoire. Oh ! monsieur Chambard n'était pas un professeur comme les autres. D'abord il était gros et joufflu, ce qui lui valait le surnom de « Babar ». Peut-être aussi parce qu'il était gentil comme un nounours, mais qu'il avait un long nez qui lui tombait sur la bouche comme une trompe. Mais surtout, lui, il racontait vraiment l'histoire au lieu de seulement l'enseigner.

Monsieur Chambard était un faiseur d'images de grande lignée, un autre magicien de passage dans la vie de Jérémy. Il était capable, comme un Nours, de vous transporter à n'importe quel endroit de la terre, à n'importe quelle époque, comme si vous y étiez. Pas de doute, lui, il connaissait les îles Turlututu que tous ses élèves avaient oubliées.

Jérémy voyagea ainsi auprès des pharaons de l'ancienne Égypte, jusque dans leurs chambres à coucher. Il croisa les Grecs et les Romains sur les chemins d'Italie, au point de sentir la poussière sur leurs sandales. Il eut même pour chef de guerre un certain Vercingétorix, dont il dut se séparer un soir à Alésia, juste après avoir jeté les épées et les boucliers. Bref, Jérémy apprit auprès de cet homme le goût des images magiques, des mots si bien assemblés qu'ils font voyager en tapis volant à travers toutes les civilisations. D'ailleurs monsieur Chambard ne tarda pas à remarquer Jérémy, et à le prendre sous son aile, tant il trouvait en lui le public idéal pour assouvir ses talents de conteur exceptionnel.

Ce gros Babar faiseur d'images n'était-il pas, après le faiseur d'orages, le second adulte à porter un tout autre regard sur Jérémy ? Quel bonheur de ne plus être remarqué du côté du petit, du côté de l'enfant à problèmes si nécessaire aux amours de sa maman. Quel bonheur de voir qu'il existait dans les yeux de monsieur Chambard un grand Jérémy, un enfant brillant qui promettait tant.

Plusieurs fois, sur les bulletins scolaires trimestriels, le professeur d'histoire avait signifié en quelques mots élogieux combien l'élève Luguet lui semblait promis à un avenir radieux. Oui mais voilà, l'histoire-géo sur le bulletin, c'était toujours la ligne en dessous du français où on pouvait lire un « catastrophique ! » qui invariablement attirait l'œil des parents.

Puis Jérémy changea de classe et de professeur d'histoire. Mais pour ne pas quitter son faiseur d'images, il s'inscrivit au groupe de théâtre du lycée. Car c'était précisément Babar qui animait cette activité. Ainsi leur idylle put continuer. Monsieur Chambard initia Jérémy aux grands voyages dans les mots déclamés, ceux qui doivent être capables de transporter le public, ceux qui font bouillir le sang du cœur comme certaines proximités avec les choses du ciel.

Peu à peu, ils fréquentèrent ensemble les poètes, ces vagabonds de la phrase, ces garnements de la grammaire, et cela tombait bien pour notre petit ami. Bientôt, ils eurent des discussions enflammées à propos de tous ces maîtres faiseurs d'images, de tous ces « pouette-pouette » comme les appelait monsieur Chambard en parlant de Rimbaud, Verlaine, Aragon ou Prévert. Tant pour lui la poésie était une forme de guili-guili-pouette-pouette pour chatouiller la vie à rebrousse-poil.

Alors Jérémy l'apprenti faiseur d'orages devint J.Luguet apprenti poète, apprenti faiseur d'images. Et il fit le « pouette-pouette » en cachette sur des petits carnets bleus cachés au fond du tiroir de son bureau. Et il fit le « pouette-pouette » pour faire bouillir le sang de son cœur, avec des mots truffés de fautes d'orthographe, comme les truffes qui relèvent les omelettes. Et si être poète, cela servait seulement à retrouver la vallée merveilleueuse, avec cette petite nostalgie fugace qui donne de l'inspiration comme si on avait oublié quelque chose, mais quelle chose ? Au fond, chaque poème cherche un nom, un mot, que l'on a toujours sur le bout de la langue, et que l'on ne parvient jamais à écrire.

Ah ! mais pour être un bon poète, il faut un zeste de misère, juste un nuage de maudit. Alors on peut mettre du relief dans ce que l'on écrit. Voilà peut-être pourquoi il y eut ce douloureux samedi, où notre jeune auteur en mal de profondeur allait faire par mégarde une terrible découverte.

Suzanne et Robert, comme souvent en fin de semaine, étaient sortis chez des amis en laissant Jérémy et Quentin, maintenant assez grands pour rester tout seuls.

C'est en cherchant une paire de ciseaux pour découper dans une revue la photo de son idole du moment, que notre jeune ami se mit à fouiller le grand tiroir de la commode de l'entrée. C'était le tiroir dans lequel Suzanne rangeait habituellement les stylos, les gommes et le répertoire du téléphone. Alors pourquoi pas les ciseaux ?
En farfouillant jusqu'au tréfonds du tiroir, il découvrit une série de petits cahiers d'écoliers sur lesquels étaient inscrites, en guise de titres, seulement des années. Bien sûr, il se mit à les feuilleter négligemment, juste pour satisfaire sa curiosité. Or c'était bel et bien sur le journal intime de Suzanne qu'il était tombé.

Par quel hasard, dans ce genre de situation, trouve-t-on immédiatement le passage qui nous concerne ? Par quel hasard, trop bien organisé pour en être un, a-t-on besoin de se faire mal à ce point ? La profondeur poétique pourrait trouver d'autres sources d'inspiration. Eh bien non ! Il n'en est rien, car pour être un pouette-pouette maudit, il faut d'abord se maudire soi-même.

C'est ainsi que Jérémy commença à lire le récit d'une journée, précisément celle qui avait précédé la visite chez le docteur de la tête, chez le psychologue comme l'écrivait Suzanne, chez le faiseur d'orages comme s'en souvint brusquement notre jeune ami.
Ah, l'horrible lecture ! relatant une des innombrables disputes à propos de Jérémy. Il avait là, sous ses yeux, tout le chagrin d'une mère, avec ses soucis les plus secrets, mais aussi ses réflexions sur l'opinion de Robert. Pour ce dernier, il n'y avait pas de doute : son fils était un peu bête, il n'y avait rien à en espérer. Mon Dieu, comme cela fait mal quand c'est écrit en toutes lettres ! Suzanne cherchait encore à se convaincre du contraire, étalant ses doutes, incriminant leur couple et

la trop grande absence de son mari dans l'éducation de leurs enfants.

Des bouffées d'une immense tristesse vinrent s'abattre sur Jérémy. Ce n'est pas rien, de découvrir qu'on est une déception vivante, un bien-gentil qu'il faut protéger. Il eut bientôt si mal de lire ces lignes que ce fut plus fort que lui : il referma le cahier, préférant ne pas savoir la suite plutôt que de risquer des douleurs plus grandes encore.

Ah ! si au moins il avait pu lire la page d'après ! Il aurait découvert une Suzanne rassurée par le faiseur d'orages. Et même un peu fière d'apprendre les bonnes dispositions de son fils en matière d'imagination, et de créativité.

Mais la commode devint maudite. Jamais plus il n'osa lire les terribles cahiers. Et les quelques phrases parcourues à la sauvette le hantèrent pendant des années.

Depuis longtemps Nours n'était plus dans le lit de Jérémy. Il reposait tout en haut d'un placard, sur une étagère, juste à côté du vieux camion de pompiers. Nours n'était plus du tout dans la vie de Jérémy, mais la poésie de J. Luguet était encore une façon de s'envoler dans la vallée merveilleueuse, et d'oublier qu'ici-bas il n'y avait pas grand-chose à espérer.

*
* *

Comme les chemins sont sinueux pour arriver dans les bras de celle que l'on va épouser ! Jérémy n'était pas une affaire – comme on dit – en matière de sérénité amoureuse. Mais qui en est une au sortir de l'enfance ? Tout était si mal parti avec la célèbre bagarre du lit et le marathon des pipis nocturnes pour essayer d'en comprendre un peu le mystère.

Puis il y avait eu l'épisode « Marceline, c'est ma fiancée », point de départ d'une certaine anormalité qui avait conduit aux affreuses dictées. Cela avait fait des années à tirer la langue sur un horizon de mots, pendant que les autres allaient jouer !
Et pour finir, il y avait eu la poésie, cette autre dictée du cœur, quand on essaye d'écrire en cachette tout l'amour que l'on ne sait pas encore dire.
Non, vraiment, Jérémy n'était pas une affaire, tant il allait lui falloir une compagne pour continuer à se faire gronder.

Nours avait maintenant disparu, peut-être dans une poubelle, peut-être dans un grenier. D'ailleurs le ciel tout entier avait subi le même sort. De la terre victorieuse poussaient à présent quelques prénoms de jeunes femmes qui arrivèrent les unes après les autres pour faire bouillir le sang de Jérémy. C'est ainsi qu'il découvrit une autre proximité brûlante : celle des corps qui se frôlent, qui se touchent, qui se couchent jusqu'à s'aimer. Après Babidule et Nours, c'était bien grâce à ces jeunes femmes que, désormais, Jérémy pouvait encore s'envoler dans une vallée merveilleueuse : celle des émois amoureux.

Et puis Jérémy se maria, sans avoir pris le temps de répéter suffisamment ses « je t'aime ». Il fonda un foyer, une famille, et tout ce qu'il fallait pour occuper le temps sur un agenda. Bien sûr, avec les années, il oublia peu à peu la vallée magnifique que l'on ne peut visiter qu'à deux. Il perdit tous les frissons de sa peau, plus aucun papillon ne vint y poser son baiser. Il était trop occupé. Une fois encore la terre et le ciel se disputaient la place, quand travail et amour ne font pas bon ménage. Car finalement, il ne s'en était pas trop mal sorti, malgré son infirmité grammaticale : dorénavant il signait des ordonnances médicales, avec une écriture de chien pour cacher ses fautes. Comme quoi pour être médecin, il ne faut pas forcément une intelligence hors pair, il faut surtout une bonne mémoire. Et dire que c'était dans les cours d'histoire de monsieur Chambard que notre jeune homme avait appris à la développer !

Mais comme pour tous ceux qui se sont précipités sur le mariage un peu hâtivement, il y eut soudain ce matin de novembre, ce terrible matin où il se retrouva debout dans le couloir. La porte venait de claquer. Sa femme et ses enfants étaient partis définitivement.
Jérémy alla s'asseoir dans son salon en cuir, au milieu de sa réussite défunte. A cet endroit précis où chacun se demande un jour : « Mais enfin, cela ne peut pas être que ça, ma vie ! »

Il lui sembla brusquement qu'il n'avait rien compris. Il lui sembla confusément que d'autres solutions devaient exister, mais il ne savait pas trop où les chercher. Il mesura avec horreur combien sa réussite au dehors – celle de l'agenda et des chéquiers – n'était pas suffisante pour nourrir ses journées. « Il doit bien exister une autre façon de réussir, pensa-t-il, quelque chose qui me ferait dire : « je suis vivant ! », au lieu de cette course permanente où je finis par m'oublier moi-même. Il doit bien exister une tout autre direction pour se remplir au lieu de se vider. Mais par où commencer, par où commencer ? »

On est si aveugle quand on ne sait même pas que l'on a tout oublié ! Quelque part, il y a bien un nom sacré, un Babidule qui attend, mais il est encore impossible de l'appeler. Alors bientôt, la vallée des larmes remplace la vallée merveilleueuse, et l'on tombe sous le charme de ses propres drames. Ensuite, il faut se mettre à marcher, et à marcher encore, à errer sans but, en titubant dans le vide de son existence gâchée. C'est comme si on n'avait pas encore assez mal pour attirer le médicament qui va nous guérir.

C'est ainsi que Jérémy, à cette époque, prit l'habitude de faire de longues randonnées solitaires en forêt. C'était comme une fuite en avant, une fuite où il cherchait néanmoins à se retrouver. C'était le début d'une quête qui ne sait pas du tout qu'elle a commencé. A force de prendre toujours les mêmes chemins, il se mit à saluer les habitants des fermes isolées qu'il croisait. Et puis le simple salut s'accompagna de quelques mots par-ci par-là, sur la pluie et le beau temps. Il advint aussi qu'il fut invité à boire la goutte ou le café.

Parmi toutes ces rencontres, il y en avait une qu'il attendait toujours avec impatience. Il lui arrivait même de guetter le moment propice, caché derrière un bosquet, pour ne pas la rater. C'était au lieu-dit Sauveterre, le bien nommé, tout au fond d'une combe où se terrait une bâtisse datant du siècle dernier, avec un vieil homme étrange qui régnait là en maître absolu. Quel bonhomme, celui-là ! Jérémy en était tombé amoureux, secrètement bien sûr, car ces choses-là ne se disent pas chez les gens de la terre. C'était une sorte de vieux encore tout neuf, avec sur le visage des cascades de rides comme sur un antique parchemin, mélangées à des plis racontant une certaine espièglerie. Pas de doute, il s'agissait d'un de ces vieillards pleins de bon sens, qui ont ce quelque chose en plus, juste au bord des yeux, qui sourit tout le temps. Jérémy aurait été incapable de dire ce qui l'attirait tant auprès de lui. Une chose était certaine : chacune de leurs rencontres devint si précieuse, qu'il lui sembla retomber en enfance, comme devant un sapin de Noël.

Il s'appelait César, et c'était bien un empereur dans son genre, sachant tout faire de ses dix doigts en matière de silence raboté et d'immobilité bien clouée.
Il avait dû acheter le temps avec sa ferme, pour éviter que dorénavant il ne passe sans son consentement. Oh !

pas question de venir pleurnicher sous ces yeux aigus gardés par des sourcils broussailleux. Le temps est trop précieux quand on en est propriétaire. Il y a mieux à faire. Pour une larme, il vous aurait séché sur place avec ce regard insistant qui met si mal à l'aise quand soudain on rencontre le bouillant.

Décidément, le « hasard » était bon avec Jérémy. Voilà qu'une nouvelle fois il lui prêtait un envoyé spécial de la vallée merveilleueuse, un magicien de passage capable de lui réapprendre à s'envoler. Tant et si bien qu'approcher ce vieil homme devint peu à peu une question de survie pour Jérémy. Avec lui, le moindre objet devait trouver sa place, comme la moindre pensée. C'était cela le secret du silence et de l'immobilité. Avec lui, faire un feu devenait tout un art de la cheminée, quand il faut guider le bois à brûler sans emphase, mais avec efficacité. Et – mon Dieu ! – comme ce César savait se réjouir sincèrement pour une juste flambée, seulement une juste flambée.

C'est en l'observant au milieu de ces innombrables coups de cœur pour les toutes petites choses de la vie, que Jérémy découvrit un étrange bonheur caché dans l'ordinaire. Ça alors ! C'était un bonheur si particulier, qui semblait provenir du dedans, et non plus du dehors comme tout ce qu'il avait connu. Jérémy en resta perplexe : il y avait là une piste à explorer, une tout autre humanité.

Bien sûr, au début, notre jeune homme se fit très mal en constatant les réjouissances incessantes du vieil homme à propos de tout et de rien. Car enfin, il est terrible ce sourire de plaisir qui ne s'arrête jamais, quand juste à côté on n'arrive pas à rejoindre cette sincérité. Pourtant, César n'était-il pas en train d'indiquer à son jeune ami la seule route qui reconduit à la vallée merveilleueuse, pour celui qui sait partir de son quotidien ?

Oh oui ! César était un faiseur d'hommages, sachant déclarer sa flamme à la simplicité du moment. Et comme il parlait peu, pour éviter que sa bouche perde son sourire, il n'y avait plus que deux solutions : tout goûter à la folie, ou bien s'ennuyer à mourir auprès de lui.
Qu'elle était donc étrange, cette petite nostalgie fugace qui étreignait maintenant Jérémy à chacune de ses rencontres avec César. C'était comme si le jeune homme avait oublié quelque chose. Mais quoi, mais qui ?

Un jour, César prépara une poêlée de champignons fraîchement ramassés dans les bois. Certes, il y avait mis tout son cœur, et le plat était fameux dans son récit des saveurs uniques de la terre en automne. Jérémy, devant l'extase du vieil homme, se sentit obligé de le déguster sans retenue. Et en quelques instants il n'eut aucun mal à se sentir vivant, si vivant, comme jamais auparavant, pour une poignée de champignons.

Et c'est là qu'il commit une énorme erreur en cherchant à témoigner de sa gratitude bien courtoise :

– Oh ! merci César. Vraiment merci pour ces champignons fantastiques. Je me suis régalé.
– César n'aime pas les mercis, laissa tomber le vieil homme comme un couperet de guillotine. Ce ne sont que civilités, bavardages de citadins.
– Mais... mais César ! C'était tellement bon. Je suis sincère, vous savez ! reprit Jérémy franchement surpris par une telle fermeté.
– Tu ne sais pas remercier, mon ami ! Tu ne sais rien remercier ! Remercie donc les champignons, maintenant.
  Et tu verras combien c'est autre chose, un vrai merci. Allez, essaye ! Je t'écoute !

Jérémy fut si maladroit en balbutiant quelques banalités sans âme, qu'il dut se rendre à l'évidence : César avait raison, même un banal merci devait trouver sa juste place s'il voulait apprendre à s'extasier comme un Vivant. Décidément, avec le vieil homme tout devenait un jeu dangereux, mais si stimulant pour le cœur d'un mourant.
Ce fut peut-être à cause de cette exigence un peu folle pour les moindres mercis, que César le faiseur d'hommages et Jérémy se prirent d'amitié. C'était certain : tandis que l'un devait chercher un fils, l'autre avait tant manqué d'un père qu'ils ne pouvaient que se rencontrer.

Les mois passèrent ainsi, et le vouvoiement de rigueur se transforma en tutoiement d'amitié. A présent Jérémy venait passer de petits séjours à Sauveterre. Et plus il revenait, plus il lui semblait que le faiseur d'hommages devait avoir un secret pour tenir le bonheur aussi longtemps. Mais à chaque fois que le jeune homme abordait le sujet de cette réjouissance sans fin, il s'entendait répondre invariablement : « Apprends à remercier chaque instant ! »

Et puis il y eut le fameux séjour de l'été suivant, celui-là un peu plus long que d'habitude. Un après-midi, ils étaient allés faire les courses au village d'à côté. Et c'est en passant devant une de ces épiceries-boulangeries-magasins de jouets et de souvenirs, au stock datant de la nuit des temps, que Jérémy tomba en arrêt devant la vitrine poussiéreuse. Soudain, il eut un choc étrange en découvrant un sosie à peine modernisé du nounours de son enfance. Bien sûr, l'émotion passée, il en fit part à César, tout en craignant son romantisme de citadin qui risquait de lui valoir une cinglante remise en ordre.

Mais il n'en fut rien, bien au contraire. Car à sa grande surprise, le vieil homme entra dans le magasin pour acheter immédiatement ce nounours qui ne semblait pas d'une grande fraîcheur. « Quelle folie, pour un homme si peu fortuné ! pensa Jérémy. Quelle babiole inutile, à moins que ce ne soit encore un de ces tours de passe-passe dont il a le secret ? »

En sortant du magasin, et très solennellement, le faiseur d'hommages tendit à Jérémy le surprenant nounours.

– Tiens ! Je te confie cet ours en peluche. A toi de jouer ! On ne doit jamais rater un rendez-vous de ce genre : passer devant son enfance sans s'arrêter.
– Euh ! oui... mais je ne comprends pas ! murmura Jérémy, se sentant un peu bébête avec ce nounours dans les bras à un âge aussi diplômé.
– Alors, qui vas-tu remercier maintenant ? interrogea César campé sur ses deux jambes comme un lutteur prêt au combat.
– Pas la peine d'insister ! Je ne me risquerai pas à te remercier, tu sais !
– Alors il te reste à lui parler, les yeux dans les yeux, reprit César en indiquant le nounours. Pas maintenant, car cela ne me regarde pas. Mais tout à l'heure à Sauveterre, n'oublie pas de le faire.

Pendant tout le trajet en voiture César, peu loquace d'habitude, n'arrêta pas de souligner les instants de silence sacré nécessaires à ce face à face entre Jérémy et son nounours. En vieux magicien rusé, il fit monter la pression jusqu'à ce que le sang du jeune homme commence à chauffer. Il fit tant et si bien que c'était à une véritable messe que Jérémy devait maintenant se préparer, sans trop savoir ce qui allait vraiment se passer.

Dès leur arrivée, César balaya d'un énorme coup de patte son jeune ami :

– Laisse-moi débarrasser. Tu as mieux à faire, il me semble. Apprends à remercier du fond du cœur ! Alors tu pourras lui demander une seule chose, un seul vœu.

Mais réfléchis bien avant de le prononcer, car ta demande sera exaucée.

Jérémy entra dans la maison, en tenant le nounours comme on porte un bébé qui vient de naître. C'était un peu fou quand même, d'être autant intimidé par une simple peluche. Bien sûr, il était incapable de se souvenir de la fée bleue, et de son lointain vœu. Mais néanmoins, une sorte de goût merveilleux se mit à ruisseler brusquement depuis le centre de son âme. Au fond, chacun le joue toute sa vie, ce jeu du « vœu unique », du vœu à la vie à la mort qui pourrait tout changer.

En s'asseyant sur la chaise, il installa le nounours en face de lui, sur la table. Immédiatement ce fut le silence, un silence de pierre. Il eut l'impression d'être happé dans un vertige en forme de vol de papillons. Et il se retrouva soudain devant une immensité. Que demander ? Comment remercier ?

Par on ne sait quel miracle, il lui revint alors à l'esprit le gentil docteur, le faiseur d'orages avec lequel il avait contemplé la même immensité de l'autre côté d'une baie vitrée. Machinalement, il chercha à ressentir les moindres détails de cet instant si magique : les premières gouttes, et les éclairs éclatant juste devant eux. Ce fut plus fort que lui : il leva la tête, bouche bée, comme tant d'années auparavant, retrouvant instantanément son émerveillement d'alors.
Une larme coula. Une larme qui le lavait du journal intime de Suzanne, du mauvais en orthographe, et du mimi sur la culotte de Marceline. Incroyable larme venant mourir sur la bouche de Jérémy qui commençait à sourire dans une ovation de mercis.

En baissant la tête, rempli de grâce par ce qui venait d'avoir lieu, Jérémy se fit surprendre à nouveau, mais

cette fois par monsieur Chambard, le faiseur d'images qui l'avait si souvent enchanté.
Malgré lui, il se retrouva entraîné dans une foule de ravissements, comme au temps où Babar le magicien conduisait le tapis volant.
Oh ! cette fois-ci, ce ne furent pas les civilisations anciennes qu'il explora, mais la vallée merveilleueuse. Et par petits bouts, tous ses rêves revinrent à la surface, et avec eux toute la magie de son enfance : la petite fille éclabouriffée, Lulu le popotame, les oreilles d'éléphant et les oreilles des hommes collées à l'envers, le petit frère des zétoiles, ainsi que Tralala et... Tralala et qui déjà ? Impossible de le retrouver.

Jérémy d'hier et Jérémy de Sauveterre froncèrent les sourcils devant ce nom qui leur manquait. Et soudain ce fut l'évidence, comme un soleil perçant l'obscurité. Il était là devant les yeux : un simple mot, un seul, qui rappelait tout, d'un seul coup. « Nours ! Oui, c'est ça. Nours... c'est comme cela que je t'appelais ! » pensa Jérémy en regardant le nounours assis en face de lui.
Il s'écoula une éternité avant que le jeune homme trouve la force de parler :

– Nours, c'est toi ! C'est toi, Nours, je me souviens maintenant !
– Oui mon Coucoulou, mon tout petit ! C'est moi, mon Jérémy !
– Oh ! Nours, j'avais même oublié ton nom...
– Ce n'est rien, mon Coucoulou-Moucoulou, ce n'est rien du tout ! Dis, Jérémy, à quoi on joue ?

Jérémy allait ouvrir la bouche pour dire son vœu. Mais les nounours n'ont même pas besoin du début, tant il leur suffit d'un cœur d'enfant pour tout exaucer en même temps. En retrouvant cette voix intérieure qui connaissait la vallée merveilleueuse, Jérémy était sauvé. Que pouvait-il demander de plus ?

Dans la cuisine César s'arrêta net. Il fut surpris par la réjouissance sans raison qui venait de le traverser.
Dans la chambre, un apprenti faiseur d'hommages venait de naître.
Décidément, il y a de la magie à tout âge.

TABLE DES MATIÈRES

Achevé d'imprimer,
avec les films fournis,
en mai 1998
par IMPRIMERIE LIENHART
à Aubenas d'Ardèche

Dépôt légal mai 1998
N° d'imprimeur : 9720
Printed in France

Mise en page : Grafimprim - Valence